Für meinen Märchenprinzen, den ich zum Glück nicht mehr suchen muss.

Bibliografische Information der Deutschen Nationalbibliothek: Die Deutsche Nationalbibliothek verzeichnet diese Publikation in der Deutschen Nationalbibliografie; detaillierte bibliografische Daten sind im Internet über dnb.d-nb.de abrufbar.

TWENTYSIX – der Self-Publishing Verlag
Eine Kooperation zwischen der Verlagsgruppe Random House GmbH und der Books on Demand GmbH

© Noëmi Caruso, 2016
Lektorat: Diana Kneip - www.dkf-korrekturen.net
Cover: Sarah Buhr - www.covermanufaktur.de
Herstellung und Verlag: BoD – Books on Demand, Norderstedt
ISBN: 9783740716127

Prolog

Ein letztes Mal drehte ich mich vor dem großen Spiegel in meinem Zimmer um die eigene Achse. Dann legte ich den Kamm, der in meiner Hand lag, auf meinen Schminktisch. An meiner Frisur gab es nichts mehr zu verbessern, jede Strähne saß an ihrem Platz. Ich atmete tief durch und warf einen letzten Blick aus dem Fenster. Still lag der Garten da - komplett unberührt von der Hektik, die im Palast herrschte, und die auch mich selbst in der vergangenen Nacht wachgehalten hatte. Ich wusste, dass es auf der anderen Seite des Gebäudes völlig gegenteilig aussah. Da trafen im Minutentakt große Familienkutschen und kleinere Einspänner ein.

Für den heutigen Tag wurden zusätzliche Stallburschen angeheuert und dutzende neue Uniformen mussten genäht werden. Wochenlang war ausgebessert, geplant, gestrichen, geflickt, geputzt und vorbereitet worden, während ich nichts anderes zu tun hatte, als mich um mein Kleid, meine Frisur und mein Make-up zu kümmern. Und natürlich um Zeit mit ihm zu verbringen.

Meinem Bräutigam.

Das Wort fühlte sich seltsam an auf meiner Zunge und so probierte ich es mehrmals aus, wenn ich mir sicher war, allein zu sein.

Mein Gemahl.

Wie würden wohl die Fernsehleute und Zuschauer reagieren, wenn sie erfuhren, dass ich diese Worte in den letzten Wochen sicher tausendmal mit den verschiedensten Betonungen und Stimmlagen ausprobiert hatte? Ich kicherte und lauschte dem Getrappel von hunderten Hufen, das bis hinauf zu meinem Fenster erklang und an den Palastmauern widerhallte.

Einen Moment lang dachte ich an all die herrlichen Pferde in unseren Stallungen, die ich als kleines Mädchen so gerne angeschaut und mit einem Zuckerstückchen beglückt hatte. Mich hatte nie gekümmert, wie lang ihre Stammbäume waren und ob sie aus eigenen oder englischen Elitezuchten stammten. Wenn sie mit ihren weichen Nüstern meine Hand berührten, schwebte ich im siebten Himmel. In diesem Moment fühlte ich Dankbarkeit, jemanden gefunden zu haben, der jede meiner Leidenschaften zu teilen schien. Er würde mir nie verbieten, einen Ausritt zu machen, auch nicht, wenn ich darauf bestand, dies in Hosen und ohne jeglichen Begleitschutz zu tun.

»Eure Beine, Prinzessin«, ich erinnerte mich an seinen belustigten Gesichtsausdruck, als er mich zum ersten Mal in Hosen ertappt hatte. Bei dem Gedanken daran, wie rot ich geworden war, wurden mir erneut die Wangen heiß.

»Bist du soweit, mein Täubchen?« Als die Tür aufging, hatte ich die irrwitzige Hoffnung, er könnte es sein. Vielleicht hatten meine Gedanken, die um ihn kreisten, ihn erreicht und dazu gebracht, mich zu besuchen? Natürlich war das Blödsinn, schließlich war es ihm nicht erlaubt, mich zu sehen, bis wir zusammen vor dem Altar standen. Was irgendwie fair war, da er vor lauter Neugier in den letzten Tagen fast gestorben war, und ich mir auf keinen Fall den Moment verwehren wollte, wenn er mich zum ersten Mal in voller Hochzeitspracht sehen würde.

Als ich der unerwarteten Besucherin entgegenblickte, war ich froh, dass sie keinerlei Kameramänner mitgebracht hatte. Es reichte vollkommen, wenn sie den restlichen Tag über keine Sekunde von mir ablassen würden.

Es war meine Mutter, die nun den Kopf in meine Gemächer streckte und missbilligend schnalzte, als ihr auffiel, dass ich ganz alleine war.

»Wie kannst du ausgerechnet heute deine Zofen wegschicken, Siara?« Es schien nicht so, als ob sie eine Antwort erwartete. Die Falten um ihren Mund wirkten tiefer als gewöhnlich. Geschäftig wuselte sie in meinen Gemächern umher, ohne dass sich mir der Sinn ihres Besuches offenbarte.

»Aber ich bin doch längst fertig, Mutter«, wagte ich zu widersprechen und bemühte mich um einen sanftmütigen Tonfall, um sie nicht aufzuregen. Ich wusste, wie wichtig auch ihr dieser Tag war und dass sie seit Wochen deswegen der Aufregung und Hektik verfallen war. Ich lächelte sie glücklich an, als sie auf mich zutrat.

»Du siehst wunderschön aus, mein Herzchen.« Ihre Gesichtszüge wurden ein wenig weicher.

»Danke, Mutter«, murmelte ich - verlegen, weil ich solche Gefühlsregungen von der Königin Luandias nicht gewohnt war. Sie hatte sich in eine silberne Robe gekleidet, einige Nuancen dunkler als mein eigenes Kleid und gleichzeitig ein perfekter Kontrast zu ihrem kastanienfarbigen Haar. Ihre Krone saß ohne Fehl und Tadel auf der toupierten Frisur und sie verkörperte einmal mehr vollendete Perfektion.

»Die Gäste sind alle soweit. Einige sitzen bereits auf ihren Plätzen und vor dem Dom der Göttin warten die Schaulustigen seit dem Morgen«, berichtete sie nun, wieder gewohnt sachlich, ganz so, als ob sie ihren schwachen Moment von zuvor überspielen wollte.

»Und er?« Mich interessierte nicht, was die Gäste taten oder wie lange das Volk wartete. Schon gestern Abend hatte ich einige von ihnen neben den Lieferwagen der Presse auf der gegenüberliegenden Straßenseite campieren sehen. Ich wollte nur wissen, was er in diesem Moment tat, ob er ebenso das aufgeregte Flattern, das seit dem Aufstehen in meiner Brust rumorte, spüren konnte.

»Er wird wohl in Kürze zum Dom aufbrechen. Die Menschen entlang der Straße werden ihm heute zum ersten Mal als zukünftigem Regenten zujubeln. Ich werde dich nun ebenfalls verlassen, mein Täubchen. Der König kommt bald, um dich zu holen.«

Sie drückte mir einen flüchtigen Kuss auf die Wange und hüllte mich in eine Wolke ihres Parfüms. Bevor ich mich über ihre ungewohnte Zärtlichkeit wundern konnte, war sie schon aus dem Zimmer gerauscht. Ich rechnete es ihr hoch an, dass sie die Kameras mit keiner Silbe erwähnt hatte. Jetzt konnte es sowieso nicht mehr lange dauern, bis sie kamen. Trotzdem musste ich schmunzeln, dass sie gesagt hatte, der König würde kommen, um mich zu holen. Schließlich war er mein Vater.

Ich atmete tief durch und beobachtete im Spiegel, wie sich meine Brust in dem weißen Kleid hob und senkte. Ein letzter Blick über die Schulter und als die Tür aufging, wusste ich, dass ich bereit war. Ich trat einen Schritt auf meinen Vater zu und ließ mir seinen Arm geben.

Als die Tür ins Schloss fiel, richteten sich die Kameras auf uns, doch ich dachte nur daran, diese Gemächer nicht wiederzusehen.

Kapitel 1

»Prinzessin!!!« Jemand rüttelte unsanft an meiner Schulter. Welches Mädchen träumt nicht davon, einen Tag lang Prinzessin zu sein? Oder wäre erfreut, als solche aufzuwachen? Als Prinzessin wache ich jeden Tag auf – doch dieses Mal war ich ziemlich unglücklich über die Art und Weise, wie das passierte. Verwirrt blickte ich mich um und blinzelte mehrmals.

»Prinzessin«, erneut wackelte mein ganzes Bett. Eine Hand umschloss fest meinen Arm und ich drehte missmutig meinen Kopf.

»Bin doch schon wach«, brummte ich – nun langsam etwas genervt. Neben mir stand Mrs Budwyler. Sie war eine der Betreuerinnen auf dem Internat, das ich besuchte, und durch ihren täglichen Umgang mit Prinzessinnen wohl etwas abgehärtet. Etwas zu sehr abgehärtet nach meinem Geschmack, denn erst als mein Blick mit hochgezogener Augenbraue auf ihre Hand fiel, löste sie diese langsam von meinem Arm, ohne dabei auch nur die Spur verlegen auszusehen.

»Prinzessin, Ihr müsst dringend aufstehen und in einer halben Stunde im kleinen Salon erscheinen. Euch erwartet Besuch, den Ihr auf keinen Fall warten lassen könnt«, berichtete Mrs Budwyler nun atemlos. Ich sah kleine Schweißtröpfchen auf ihrer Stirn glänzen und ihre Brust hob und senkte sich, als sei sie all die Treppen bis in den vierten Stock zu den Zimmern der Schülerinnen gerannt.

Besuch, den ich auf keinen Fall warten lassen konnte? Seufzend schwang ich meine nackten Beine über die Bettkante und setzte mich auf. Es gibt nur eine Person, die man niemals warten lassen darf. Mein Vater hatte eine Art, seiner Umwelt zu vermitteln, dass ihn warten zu lassen an Hochverrat grenzte und dementsprechend bestraft wurde. Ich war eine der wenigen Personen, die wusste, dass er deswegen noch niemanden umgebracht oder eingebuchtet hatte.

Mrs Budwyler hatte sich von meiner Bettkante erhoben und kam nun mit einer Zofe und einem Morgenmantel zurück. Letzteren legte sie mir um die Schultern, während Maryan mit raschen, geschickten Bürstenstrichen meine Haare entwirrte.

»Papa?« Ich hatte den Aufzug genommen, da ich nicht den Wunsch verspürte, in Morgenmantel und Pantoffeln irgendjemandem in der Schule über den Weg zu laufen. Danach hatte ich nur über den Flur in den kleinen Salon huschen müssen. Am Fenster stand mein Vater, den Blick nach draußen über die Stadt gerichtet. Er schien noch hagerer geworden zu sein, als ich ihn in Erinnerung hatte. Als er sich umdrehte, erschrak ich ob der tiefen Furchen, die die Sorgen in sein Gesicht gegraben hatten.

»Was ist passiert?«, fragte ich erschrocken und eilte durch den Raum auf ihn zu. Wir verschränkten unsere Hände ineinander und er drückte mir einen Kuss auf die Stirn.

»Du musst nach Hause kommen, Siara«, verkündete er, ohne mich wirklich zu begrüßen. Er schob mich ein Stück von sich und musterte mich von Kopf bis Fuß. Ich konnte ihm ansehen, dass ihm nicht gefiel, was er sah, doch da er es war, der mich an einem Sonntagmorgen aus dem Schlaf gerissen hatte, würde er mir wohl kaum übelnehmen, dass ich im Schlafanzug vor ihm auftauchte. Erst nach einigen Wimpernschlägen wurde mir bewusst, was seine Worte eigentlich bedeuteten. Das Schuljahr hatte doch erst begonnen.

»Nach Hause?«, wiederholte ich wenig geistreich und begann, an den Bändern, die meinen Morgenmantel zusammenhielten, herumzuspielen.

»Siara.« Wieder packte Papa meine inzwischen eiskalten Hände. Er war in diesem Moment nicht der König von Luandia, sondern einfach nur ein besorgter Mann und Vater, dem man die ersten Spuren des Alters deutlich ansehen konnte.

»Was ist passiert?«, wollte ich wissen und suchte verzweifelt in seinem Gesicht nach Hinweisen, warum er so verändert schien. Der eiskalte und stets gelassene Regent schien in Luandia geblieben zu sein. Dass er mich im Internat in der Schweiz besuchte, war erst das zweite Mal, und ich hatte mich schon unruhig gefragt, was geschehen war, als ich im Aufzug nach unten gebracht worden war.

»Luandia leidet unter großen Unruhen. Bisher ist es uns gelungen, dass nichts davon durchgesickert ist. Die Leute in der Hauptstadt und in Europa denken immer noch, dass alles in Ordnung ist, aber wir stehen kurz vor einem Bürgerkrieg, Siara.« Während er sprach, hatte Papa begonnen, durch den Raum zu tigern. Wieder hielt er am Fenster inne, um das Bergpanorama zu genießen. Erst als ich neben ihn trat, erkannte ich, dass sein Blick leer war und er die Schönheit der Natur rund ums Internat gar nicht wahrnahm. Die Verbitterung auf seinen Zügen ließ meine Verzweiflung wachsen. Diese Neuigkeiten waren alles andere als gut und sicherlich nicht das, was ich erwartet hatte, als ich gestern Abend eingeschlafen war.

»Wir müssen diese Probleme beseitigen, bevor jemand darauf aufmerksam wird. Die Staatsverträge mit den anderen europäischen Ländern stehen noch auf zu wackeligen Beinen, als dass wir da ein Risiko eingehen könnten.« Es war das erste Mal, dass mein Vater derart offen und erwachsen zu mir sprach. Ich konnte mir noch immer nicht erklären, wie es zu diesen Unruhen gekommen war.

»Was war der Auslöser für die aktuelle Situation?«, wollte ich schüchtern wissen. Einen Moment lang streifte mich sein Blick und die Angst, er würde mich sogleich mit einer verächtlichen Antwort zurechtweisen, umklammerte mich. Ich hielt den Atem an, doch meine Sorge war unbegründet. Zerstreut wühlte er sich durch die Haare.

»Millionen von Flüchtlingen und Heimatlosen überschwemmen Europa. Viele davon stranden als erstes in Luandia. Unser schönes Land hat einfach zu wenig Platz, um allen ein Dach über dem Kopf bieten zu können. Also versuchen wir, sie mit Schiffen weiter nach Europa zu lotsen und eine ausreichende Erstversorgung zu gewährleisten. Doch viele von ihnen wollen bleiben und beginnen, ihre Notunterkünfte anzuzünden oder unser Essen zu verweigern, während andere in ihrer Heimat vielleicht gerade Hunger leiden. Die Einwohner von Luandia haben einerseits Angst vor einer feindlichen Übernahme und andererseits empfinden sie es als Beleidigung, wie wenig unsere Hilfe von den Heimatlosen geschätzt wird. Sie gehen auf die Straßen und protestieren, verwüsten dabei vieles, was gut und richtig ist. Die Gendarmerie musste schon mehrmals die kämpfenden Fronten trennen. Natürlich sind es jeweils nur kleine Gruppen, die tatsächlich so schlimm sind, aber sie wissen beide die Massen mitzureißen und dafür zu sorgen, dass kaum noch ein Tag in den Grenzprovinzen vergeht, an dem alles ruhig bleibt. Währenddessen habe ich Spezialisten damit beauftragt, ein Konzept zu schaffen, bei dem wir den Flüchtlingen, die sich bisher friedlich verhalten haben und die vielleicht qualifiziert wären, an unserem Wirtschaftswachstum mitzuarbeiten, ein Zuhause zu ermöglichen. Die meisten Leute in der Bevölkerung wären wohl auch bereit, den Menschen eine Unterkunft oder anderweitige Hilfe entgegenzubringen, wenn sie nicht so extrem eingeschüchtert von den Gruppierungen wären, die inzwischen fast täglich gegen diese Völkerwanderung aus Nordamerika protestieren.«

Ich hatte meinen Vater keine Sekunde aus den Augen gelassen, während er gesprochen hatte.

Nun merkte ich, wie wirr mein Kopf sich anfühlte und war mir nicht sicher, ob der Champagner am vergangenen Abend oder das ununterbrochene Auf- und Abgehen von meinem Vater schuld daran war.

»Aber wie kann ich helfen, Vater?« Nachdem es eine Weile still zwischen uns war, wagte ich, ihn zu fragen. Noch immer konnte ich mir nicht erklären, warum ich nach Hause kommen sollte, wo es doch dort offensichtlich alles andere als sicher war.

»Wir müssen das Volk daran erinnern, dass wir alle zusammengehören und nur wenn wir uns an den Händen halten, können wir weiterhin bestehen. Und wer wäre dazu besser geeignet, das den Menschen von Luandia zu zeigen als du, Siara?« Nun trat er wieder vor mich und strich mir mit einem Finger sanft über den Oberarm. Durch den seidenen Stoff des Morgenmantels konnte ich seine Berührung kaum spüren und nur die Wärme an dieser Stelle verriet mir, dass ich es mir nicht einfach eingebildet hatte.

»Was soll ich tun, Vater?« Noch immer verstand ich meine Aufgabe nicht ganz, auch wenn es mich mit Freude und Stolz erfüllte, dass er zu mir gekommen war und mich um Hilfe bat. Gleichzeitig ließ mich eine gewisse innere Unruhe nicht los und ich hing gebannt an Papas Lippen.

»Deine Mutter und ich haben gemeinsam mit dem Kronrat beschlossen, dass das Volk eine Ablenkung braucht - etwas, worauf es sich konzentrieren kann. Und da in letzter Zeit immer wieder Bilder von dir und deinen Freundinnen in den Magazinen in ganz Europa abgedruckt wurden, die allesamt positive Rückmeldungen erhalten haben, dachten wir daran, dass du das Gesicht des Umschwungs in Luandia werden sollst. Wir wollen, dass du nach Hause zurückkehrst. Einige kluge Köpfe aus Nordamerika, die schon vor der großen Krise nach Luandia eingereist sind, haben uns ein interessantes Konzept vorgestellt: In der Vergangenheit ist es vorgekommen, dass ganz normale Menschen und Familien ihr Leben von Fernsehkameras haben begleiten lassen. Anscheinend war das ein absoluter Quotenhit, sodass diese Leute damit viel Geld verdient haben. Nun haben wir gedacht, dass eine solche, tägliche Sendung bestimmt noch um einiges erfolgreicher ist, wenn sie das Leben einer Prinzessin zeigt. Wir wollen damit allerdings kein Geld verdienen, sondern Sympathien beim Volk und gleichzeitig Europa ablenken, bis wir unsere internen Probleme wieder im Griff haben. Wenn die Leute sehen, was für ein sympathisches Mädchen du bist, vergessen sie vielleicht, dass sie sich zuvor noch bekriegt haben. Das würde natürlich voraussetzen, dass du erlaubst, dass Kameras dich rund um die Uhr begleiten und dir von Profis dabei helfen lässt, dein Leben so zu gestalten, dass es unterhaltsam genug ist, die Leute jeden Tag aufs Neue vor den Fernseher zu locken.« Der Augenblick, als mein Vater Luft holen musste, bot mir die Gelegenheit, zwei Schritte rückwärts in Richtung der Salontür zu gehen.

Alle Freude und jeglicher Stolz, von meinem Vater, dem König von Luandia, gebraucht zu werden, waren einer Fassungslosigkeit gewichen.

»Du möchtest mein Leben benutzen, um Probleme zu lösen, die ihr Politiker nicht hinkriegt?«, wollte ich mit scharfem Tonfall wissen und zog den Morgenmantel etwas enger um meinen schmalen Körper. Dabei hoffte ich, dass meine blitzenden Augen genug Eindruck schinden würden, denn leider bin ich nicht mit einem allzu großen Körperbau gesegnet.

»Aber nein, meine Liebe«, nun kam er einen Schritt auf mich zu.

»Wir wollen nichts tun, das dir schadet. Und außerdem musst du sowieso eines Tages ans Heiraten denken, also warum nicht im Rahmen einer solchen Show, die zudem auch hier an der Schule und bei uns im Palast gefilmt werden würde.« Beim Wort ‚Heiraten' zuckte ich erneut heftig zusammen. Das wurde ja immer dicker.

»Es geht um Luandia, Siara. Um unser Land, deine Heimat und dein Volk.« Vaters Stimme klang eindringlich und wieder so fest wie immer, wenn er als König sprach.

»Habe ich eine Wahl?«, seufzte ich und versuchte, mir nicht anmerken zu lassen, wie sehr mich sein Besuch aufwühlte und wie benutzt ich mich von ihm und dem Kronrat fühlte, noch bevor diese verrückte Idee überhaupt umgesetzt wurde.

»Ich habe noch vor meinem Eintreffen beantragt, dass du vom Unterricht beurlaubt wirst. Der Privatjet steht am Flughafen bereit. Im Palast in Kiana besprechen wir alles in Ruhe noch einmal mit deiner Mutter und dem Team von Spezialisten, das ich zu diesem Zweck zusammengestellt habe. Ob und wann du wieder hierher zurückkommst, ist noch offen, also pack deine wichtigsten Sachen zusammen. In drei Stunden geht unser Flug.« Paps Tonfall hatte etwas Endgültiges - das Gespräch war beendet. Enttäuscht nickte ich und wandte mich zur Tür.

»Ach, und Siara«, erklang es hinter mir. Vaters Stimme war wieder kühl und unbeteiligt wie immer.

Ich drehte mich um.

»Zieh dir doch bitte etwas Richtiges an.«

Kapitel 2

Ernsthaft? Die ganze Welt soll dir zuschauen, wie du auf deiner goldenen Toilette sitzt und wenn du dann vergisst, dir die Hände zu waschen, bevor du dich mit einem potenziellen Heiratskandidaten triffst, steht das am nächsten Tag in allen Zeitungen?« Sarah saß auf meinem Bürostuhl und hatte die Füße auf die Lehne gelegt. Auch sie sah aus, als ob sie soeben erst das Bett verlassen hatte, und ich war mir sicher, dass nicht allzu viele Leute die Prinzessin von Schottland so zu Gesicht bekamen.

Doch Sarah war mir schon seit meinen ersten Tagen hier am Internat eine der liebsten Freundinnen geworden. Nicht nur, weil unsere Heimatländer durch wenig mehr als eine Flugstunde getrennt sind, auch weil wir über dieselben Dinge lachen konnten und sie so herrlich normal sein kann, inmitten all dieser Prinzessinnen, Fürstinnen und Gräfinnen, die zu perfekten jungen Damen herangezüchtet werden sollen.

»Genau, ich nehme an, dass Papa sich das exakt so vorstellt«, stimmte ich ihr pragmatisch zu und wir mussten kichern. Doch meine Heiterkeit hielt nicht allzu lange an, währenddessen ich Stück für Stück meine wichtigsten Habseligkeiten von einer Zofe einpacken ließ, deren Namen ich mir leider nicht hatte merken können. Die beiden Koffer füllten sich mehr und mehr, während ich selbst die wesentlichsten Kleinigkeiten in meiner Handtasche verstaute. Schmuck hatte ich kaum dabei, da es im Internat nur wenige öffentliche Anlässe gibt und ich - wenn ich einmal aus den alten Mauern rauskam - lieber unerkannt blieb. Und wozu sollte ich auch Familienerbstücke mit mir rumschleppen, wo es doch hier in der Schule völlig normal war, eine Prinzessin oder Adelige zu sein, sodass wir das nicht durch Statussymbole betonen mussten.

»Ich werde dich so vermissen, Siara«, seufzte Sarah, die mich in die Eingangshalle des Internats begleitet hatte. Mir würde es ebenso gehen und ich wünschte, Sarah könnte mir bei dem, was mir bevorstand, beistehen.

Zusammen hätten wir vielleicht sogar ein bisschen Spaß an der ganzen Sache und könnten diese Show ein wenig lockerer sehen, doch ich kam nicht mal auf den Gedanken, dies meinem Vater vorzuschlagen. So winkte ich Sarah schwermütig zu, als ich bereits in dem Wagen saß, der meinen Vater und mich zum Flughafen bringen würde. Ihr fröhliches Lächeln war das Letzte, was ich von der Schweiz in Erinnerung behalten würde. Ich fragte mich, wie lange es bis zu einem Wiedersehen dauern wird.

Den kompletten Flug über hatte ich gegrübelt und nachgedacht, doch die Notwendigkeit, das Volk von Luandia abzulenken und zu besänftigen, lag auf der Hand. Ich hatte mein Land vermisst, seit ich nach den Sommerferien wieder in die Schweiz geflogen war und dennoch erwartete ich nun mit bangem Gefühl im Magen die Landung auf dem Hauptstadt-Flughafen von Kiana. Leise Trauer, dass meine Familie bereits in den Palast zurückgekehrt war, erfasste mich beim Gedanken an das große, kalte Gebäude. Ich hatte die Sommermonate im Sommerschloss in Dryden genossen. Der städtische Verkehr war dort weit weg und es gab eine kleinen Weg von unserem Anwesen direkt an eine versteckte Bucht, die nur bei Ebbe überhaupt zugänglich war.

Ob mich die Typen dann auch in Dryden filmen würden? Oder erst in Congatwood Great House, dem Jagdhaus der Familie, das ich so sehr liebte? Und was sollte ich obendrein den ganzen Tag anfangen, wenn ich schon nicht zur Schule ging? Die Hoffnung, dass mein Vater sich die Sache noch einmal gründlich überlegen würde, hegte ich weiterhin, als ich neben ihm die Gangway hinunter schritt.

Und da waren sie: Die Reporter und Fotografen, die sich in der Schweiz so diskret verhalten hatten. Nun rissen sie den beiden Assistenten, die mit unserem Gepäck vorauseilten und versuchten, sich einen Weg zu bahnen, fast die Anzüge auseinander. Sah so Respekt vor dem Königshaus aus? Und wie sah das wohl aus, wenn sie ihren König und dessen Tochter mit panikerfüllten Gesichtern auf den Titelseiten der Zeitungen abdruckten? Sicher nicht das, was Papa sich wünschte und er sah so grimmig aus, dass ich um die Kameras der nächststehenden Fotografen fürchtete. Ich legte ihm leicht die Hand auf den Arm und hob die andere, sodass es aussah, als ob ich mal meine Nase kratzen musste. In Wirklichkeit wusste ich nicht, ob nicht einer dieser bescheuerten Reporter auch noch filmte und das Material vielleicht später einem Lippenleser vorgespielt würde.

Ich hatte ganz vergessen, wie farbig und laut Kiana war. Verglichen mit der stillen und diskreten Schweiz, in der ich mich in meinen Anfangszeiten im Internat furchtbar gelangweilt hatte, glich dies hier einem Jahrmarkt, der keine Sekunde stillzustehen schien. Obwohl wir am Flughafenausgang von einer Limousine des Palastes abgeholt worden waren, musste sich diese einen Weg durch das Getümmel vor dem Flughafen bahnen. Eine große Herausforderung, wenn man bedachte, dass auch noch Wochenende war und die ganze Stadt auf den Beinen zu sein schien.

Ich zog die Vorhänge vor den Fenstern zur Seite und warf immer wieder einen Blick auf die Menschen, die hierhin und dorthin eilten. Jeder von ihnen schien ein Ziel zu haben und plötzlich fragte ich mich, ob die Gründe, die mich nach Luandia zurückgeführt hatten, die meinen waren oder einfach nur die Befehle meines Vaters.

Ein kleines Mädchen am Straßenrand erkannte mich, unsere Blicke trafen sich. Aufgeregt zog sie an der Hand ihrer Mutter und winkte mir dann zu und deutete in unsere Richtung. Ich war erstaunt, wie lange es dauerte, bis sich die Frau endlich ihrem Kind zuwandte, während dieses wie ein Gummiball an ihrer Hand auf und ab hüpfte. Erst als wir beinahe vorbeigefahren waren, und ich den Kopf schon weit drehen musste, blickte die Mutter des Mädchens zerstreut auf und ein Lächeln glitt über ihr Gesicht.

Unwillkürlich schmunzelte ich ebenfalls über diese Begegnung und vergaß für einen Moment meine eigenen Sorgen.

Als ich den Blick vom Fenster losriss und den Vorhang fallen ließ, bemerkte ich, dass die Augen meines Vaters auf mir ruhten. Wie lange hatte er mich schon beobachtet?

»Was ist?«, fragte ich unsicher und wandte mich endgültig vom Fenster ab. Die Fahrt zum Palast würde noch eine gute halbe Stunde dauern.

»Auch Könige fragen sich manchmal, ob ihre Entscheidungen die Richtigen waren«, gestand er und seine Gesichtszüge wurden ein wenig sanfter als sonst, blieben aber angespannt. Seine Eröffnung erstaunte mich.

»Denkst du an die Fernsehteams, die bald nicht mehr von deiner Seite weichen werden?«, erkundigte er sich, als ich einen Moment lang nicht antwortete, unsicher wie meine Reaktion auf das Geständnis aussehen sollte.

Na klar, woran sollte ich denn sonst denken? Und wenn ich nicht daran dachte, änderte es trotzdem nichts an der Tatsache, dass meine eigenen Eltern beschlossen hatten, mein Leben zu einer Fernsehshow zu machen. Wut stieg in mir auf und ich hatte große Lust, ein wenig ausfällig zu werden. In diesem Moment fehlte mir Sarah, die mich zwar das eine oder andere Mal zu Dummheiten angestachelt hatte, aber stets wie ein Ruhepol in meinem Leben gewirkt hatte. Einmal mehr fragte ich mich, wann es mit meiner Freundin aus Schottland ein Wiedersehen geben wird.

»Werden mich diese Freaks dann auch auf die Toilette begleiten?«, erkundigte ich mich spitz und verkniff mir, Toilette durch ein ekligeres Wort zu ersetzen. Mein Vater wäre wohl mehr als nur ein bisschen blass geworden, wenn er gewusst hätte, wie sehr ich mein Vokabular in den letzten zwei Jahren erweitert hatte. Und vor allem wenn er wüsste, wie ich das angestellt hatte. Daran dachte ich jetzt und musste ein Schmunzeln hinter der damenhaft gehobenen Hand verstecken, um ihn nicht zu verärgern.

»Aber nein, Liebes. Bestimmt kommen diese Produzenten nicht auf solch schreckliche Ideen.« Mein Vater antwortete mit ernstem Gesichtsausdruck und es wirkte nicht so, als hätte er den Witz hinter meiner Frage erkannt. Ich war mir nicht sicher, ob ich die Sticheleien fortsetzen sollte, und lehnte mich zurück ins Polster. Schon als kleines Kind hatte ich die Autofahrten mit meinen Eltern genossen, auch wenn wir manchmal die Scheiben öffneten und ich sie mit dem ganzen Volk von Luandia teilen musste, gehörten sie in solchen Augenblicken nur mir. Es war unseren Angestellten untersagt, mit uns im selben Auto zu fahren, sodass sie uns meist mit den schwarzen, protzigen Wagen flankierten, die gegen Kugeln und Schlimmeres gewappnet waren. Schon als kleines Mädchen hatte ich deswegen diese Momente geliebt und auch die einzigen persönlichen Gespräche, die ich je zwischen meinen Eltern mitbekommen hatte, fanden im Auto statt.

»Aber sie sollen mir dabei zusehen, wie ich mich verliebe und schließlich heirate?« Nun klang ich ernster und erkannte am Blick meines Vaters, dass er meine Zweifel gespürt hatte.

»Wenn es sich ergibt, Siara - dann wäre das der Idealfall für uns alle!«

Kapitel 3

Die Ankunft im Palast war jedes Mal ein spezielles Ereignis für mich. Während die riesige Anlage für das Volk von Luandia ein Statussymbol und der Sitz ihrer Regierung war, war es mein Zuhause.

Hier war ich geboren worden – nicht im Krankenhaus, sondern im Krankenflügel, der eine eigene Hebamme und einen Arzt mit zwei Krankenschwestern beherbergte. Wer dies zum ersten Mal hörte, würde vielleicht den Kopf schütteln und meine Familie als verschwenderisch betiteln, doch der Krankenflügel stand jedem Palastbewohner und jedem Besucher zur Verfügung. Auch unsere Angestellten brachten dort ihre Kinder zur Welt und wenn ein Mitglied des Kronrats oder des Parlaments während der Sitzungen Bauchschmerzen bekam, stand ihm ebenfalls der Krankenflügel des Palasts zur Verfügung.

Obwohl oder gerade weil meine Familie schon immer viel gereist und ich stets mit dabei gewesen war, war der Palast mein Zuhause geblieben. Auch nach der Sommerzeit, die wir wie immer in Dryden verbracht hatten, war die Rückkehr in die Hauptstadt jedes Jahr ein großes Highlight für mich. Im Winter vergrub ich mich gerne im Palast, wanderte durch die endlosen Flure und beobachtete das Schneetreiben im Garten draußen vor den hohen Fenstern.

Dieses Mal schritt ich mit einem mulmigen Gefühl im Magen die breite Treppe zum Haupteingang hinauf. Vom Zaun her drangen die Stimmen der Reporter, die uns verfolgt hatten, zu uns hinüber. Warum sie hier waren und nicht irgendwo sonst im Land auf eine Sensation lauerten, war mir nicht klar.

Mit festen Schritten ging mein Vater voran. Die Zweifel, die er mir offenbart hatte, schienen wie vom Herbstwind weggeblasen zu sein. Als ihm der Butler die Tür öffnete, nickte er hoheitsvoll und schritt vorbei wie ein Mann, der es gewohnt war, Befehle zu erteilen und Dienste entgegenzunehmen.

Ich lächelte den Butler kurz an und er entblößte eine schiefe Reihe heller Zähne, während er freundlich zurück grinste. Kurz bevor er die Tür schloss, drehte ich mich noch einmal um und konnte sehen, dass einige Fotografen weiterhin vor dem Tor ausharrten. Blitzlichter leuchteten auf, ehe es hinter der schweren Eichentür dunkel wurde.

Meine Augen brauchten einen Augenblick, um sich an die Lichtverhältnisse in der Eingangshalle zu gewöhnen. Sie verfügte nur über kleine Gucklöcher in der Decke, andere Fenster gab es nicht. Im Winter, wenn Schnee auf den Dachfenstern lag, war sie komplett ohne natürliche Lichtquelle, doch zu diesem Zweck hingen zwei Kronleuchter von der Holzdecke, die warmes Licht spendeten und Besucher willkommen hießen.

Mir hatte die Eingangshalle des Palastes nie gut gefallen. Meine Mutter hatte mir erzählt, dass sie bereits seit dem Amtsantritt meines Urgroßvaters im gleichen Zustand belassen worden sei und mein Vater aus Nostalgie ebenfalls nie etwas daran verändert hatte.

»Aber wie lange wollen wir sie noch so lassen? Sie ist so unglaublich düster. Was sollen denn unsere Gäste denken, wenn sie uns besuchen kommen? Die bekommen Angst und reisen wieder nach Hause«, hatte ich damals, als sieben- oder achtjähriges Mädchen protestiert. Meine Mutter hatte gelacht und wieder ihr Strickzeug zur Hand genommen.

»Wenn du Königin bist, Siara – dann darfst du den Palast nach deinen Wünschen gestalten und umbauen. Aber wer weiß, vielleicht lässt du dann auch einige Dinge so, wie sie sind und jedes Mal, wenn du daran vorbeigehst, werden sie dich an deine Eltern oder Großeltern erinnern.«

Ihre sanfte Stimme hätte sich so gut geeignet, um Kinderlieder zu singen oder Märchen zu erzählen, doch ich konnte mich nur an ein oder zwei Mal erinnern, dass sie das für mich getan hätte. Damals hatte ich sie trotzdem vergöttert und nach ihrer Aufmerksamkeit gelechzt. Heute war ich gespannt, ob sie mich überhaupt begrüßen und meine Anwesenheit bemerken würde.

So schnell wie möglich, ohne rennen zu müssen, ließ ich die Eingangshalle hinter mir. Noch bevor ich mich meiner Schuhe entledigt hatte, war mein Vater in seinem Arbeitszimmer verschwunden. Der Knall der dumpf zuschlagenden Tür hallte durch den Eingang und verklang in den schweren Teppichen der Treppen, die links und rechts der Wand entlang in den ersten Stock führten. Ich zuckte zusammen, obwohl ich dieses Knallen schon so oft gehört hatte. Manchmal hatte ich in der Nacht geglaubt, es sogar in meinen Gemächern im obersten Stockwerk des Palastes vernommen zu haben. Ob es tatsächlich Papas Bürotür gewesen war oder nicht, konnte ich nicht sagen, denn bis zum heutigen Tage hatte ich es nie überprüft.

Ein wenig verloren stand ich kurz darauf im kleinen Saal, der zugleich so etwas wie ein Familienwohnzimmer für uns darstellte. Wenn Verwandte uns besuchten, dann sassen wir hier zusammen und tauschten den neuesten Klatsch und Tratsch aus.

Heute war er vollkommen leer und ich wusste nicht recht, was ich mit mir anfangen sollte. Ratlos nahm ich die Treppe hinter einem Wandgemälde, die eigentlich für die Angestellten gedacht war. Sie führte auf direktem Weg auf den Flur, an dem meine Gemächer lagen.

Als ich schließlich vor der Tür stand, hob ich zwei Mal die Hand und ließ sie wieder fallen, bevor ich die Klinke hinunterdrückte. Ich hatte im Spätsommer nach unserer Rückkehr aus Dryden gerade mal eine Woche im Hauptstadtpalast verbracht, bis ich mit dem Hintergedanken, das alles erst in einem Jahr wiederzusehen, in die Schweiz aufgebrochen war.

Langsam schob ich nun die Tür auf. Sie war nicht abgeschlossen. Ich wäre nie auf die Idee gekommen, hier im Palast eine Tür abzuschließen, während ich im Internat manches Mal meine Zimmertür von innen oder außen abgeschlossen hatte. Hier wusste jeder, welche Türen er durchschreiten durfte, und welche nicht. Und diejenigen der Prinzessin waren für sehr, sehr viele Leute in diesen Gemäuern tabu.

Tabu oder nicht, kaum hatte ich die Tür hinter mir geschlossen, schwang sie sofort wieder auf und traf mich unsanft an der Schulter. Ich stolperte nach vorn und wäre beinahe auf die Knie gefallen. Während dieser brenzligen Situation fragte ich mich, ob ich wohl das Klopfen überhört hatte. Ich konnte mich an nichts dergleichen erinnern und wirbelte wütend auf dem Absatz herum.

Dann stieß ich einen Freudenschrei aus, den dank der halb geöffneten Tür jeder im Palast hören musste. Doch das war mir in diesem Augenblick piep egal. Vor mir stand meine Cousine Danina. Ich riss sie überschwänglich vor Freude in meine Arme. Danina war die Tochter der Schwester meiner Mutter und sah dieser erstaunlicherweise ähnlicher, als ich es tat. Manchmal scherzten wir, dass wir bei der Geburt vertauscht worden seien, doch da zwischen uns ein Altersunterschied von wenig mehr als einem Jahr bestand, war diese Theorie unwahrscheinlich.

Wir waren zusammen aufgewachsen und so war sie meine beste und älteste Freundin.

»Ich freu mich so, dass du wieder da bist«, murmelte Danina, die meine Umarmung ebenso heftig erwiderte, atemlos.

»Hätte nicht gedacht, dass es so schnell geht«, lachte ich und konnte für einen Augenblick vergessen, wie sehr ich mich geärgert hatte. Über den Besuch meines Vaters, über seine hirnrissige Idee und über meine rasche Rückkehr, bei der ich meine Schule und Sarah in der Schweiz hatte zurücklassen müssen.

Ich freute mich einfach, Danina zu sehen. Diese zog mich lachend in meinen kleinen Salon, nachdem wir endlich aufhörten, uns ständig zu umarmen.

»Wie hast du so schnell gewusst, dass ich komme?« Noch immer konnte ich mir ihr rasches Auftauchen nicht erklären.

»Ich war heute Morgen zufällig mit meiner Mutter hier, um mit der Königin zu frühstücken. Bei dieser Gelegenheit hat deine Mutter - die Königin, sorry - erwähnt, dass du schon im Flugzeug hierher sitzt. Den Grund dafür wollte sie allerdings nicht verraten.« Daninas Augen blitzten vor Neugierde, doch sie war zu gut erzogen, um sofort mit der Tür ins Haus zu fallen und mich zu löchern.

Ich schwieg einen Augenblick, während mein Grinsen immer breiter wurde. Es machte mir Spaß, Danina auf die Palme zu bringen. Innerlich zählte ich, kam jedoch nicht weit.

»Du heiratest doch nicht etwa plötzlich?«, schoss es aus meiner Cousine heraus und ich konnte mein Lachen endgültig nicht mehr zurückhalten, als ich sah, dass sie den Atem anhielt. Ich zögerte noch einen kurzen Augenblick, um sie auf die Folter zu spannen, dann schüttelte ich stumm den Kopf.

»Uff, da bin ich aber froh!« Erleichtert griff Danina nach meiner Hand.

»Schließlich sind die Zeiten, in denen Eltern einem den Ehemann aussuchen und dann dem Höchstbietenden ihre Töchter verscherbeln, längst vorbei. Auch für Prinzessinnen«, verkündete sie und sprang auf.

Mit federleichten Schritten ging sie zur großen Fensterfront, die zum Garten zeigte, und öffnete eines der Fenster, die aus vielen kleinen Abteilen aus Glas bestanden. Als Kind hatte ich gerne hier gestanden und die verzerrte Sicht durch die Glasquadrate hinunter auf den grünen Rasen, genossen. Jetzt lag mein Blick nachdenklich auf Danina.

So oft hatte sie mir gestanden, dass sie den Wunsch hegte, mit mir zu tauschen. Während ich als Prinzessin und Thronfolgerin von Luandia geboren war, durfte sie sich zwar ebenfalls mit einem Adelstitel schmücken und würde ein grosses Vermögen erben, aber sie würde niemals mein Leben in der Öffentlichkeit und in Vorbereitung auf den Thron führen.

Sie hatte ein Internat in England besucht, das allerdings aktuell ein Selbststudien-Semester hatte und das sie im nächsten Frühling beenden würde. Dann würde sie bald in Eton ihr Studium beginnen, doch die Erwartungen an sie waren nicht halb so hoch wie die meiner Umwelt an mich.

In diesem Moment, als ich ihr zusah, wie sie in den Garten hinunter starrte, konnte ich ihren Wunsch nicht verstehen. Im Gegenteil, ich verspürte ein wenig Eifersucht auf Danina, die später dem Palast und all seinen Regeln und Zwängen den Rücken kehren würde.

»Sei dir bei der Sache mit den Prinzessinnen mal nicht so sicher«, meine Stimme war bereits nicht mehr so fröhlich wie zu Beginn unserer Unterhaltung. Bisher hatte ich meine Rolle als bedrückend und mein Zuhause nie als beengend empfunden, aber jetzt spürte ich, wie zuwider mir die Idee war, aus meinem Leben eine Show zu machen, und schlussendlich auch das, was nur mir gehören sollte, meine Heirat, mit jedem zu teilen.

Erleichtert legte ich meine Hand in Daninas, als sie herüberkam und sich neben mich setzte.

»Wir kriegen das hin, Siara. Egal was es ist - gemeinsam biegen wir es hin.« Sie drückte mir einen Kuss auf den Kopf und ich lehnte mich gegen sie. Als Ältere von uns beiden hatte sie stets als Schulter zum Anlehnen für mich fungiert, ob wortwörtlich oder im übertragenen Sinne.

Ich versuchte, ihren Worten zu glauben, so wie sie es tat. Wenn ich nur fest genug daran glaubte, würde es so sein.

Kapitel 4

In dieser Nacht, der ersten in meinem eigenen Bett in Luandia, schreckte ich drei Mal hoch. Immer wenn ich die Augen wieder schloss, kehrten die Albträume zurück und sie alle drehten sich um die Show. Nachdem ich den ganzen Abend weder von meinem Vater noch von meiner Mutter gerufen worden war, hatte ich mich früh zu Bett gelegt, was sich als Fehler herausstellte. Nach der Reise und dem unsanften frühen Erwachen am Morgen zuvor war ich zwar müde, doch mein Geist kam nicht zur Ruhe. Bilder, wie mich die Kameras bis in meine innersten Gedanken verfolgten und alles von mir offen legten, schwirrten durch meinen Kopf. Fremde Männer, deren Gesichter ich nicht sehen konnte, kamen, um mich zu treffen, mich anzufassen und schließlich ebenfalls dem Fernsehpublikum vorzuführen.

Als ich zum letzten Mal erwachte, fiel das sanfte Licht des neuen Tages zwischen den schweren Vorhängen ins Zimmer. Genüsslich räkelte ich mich und streckte bereits die Hand aus, um nach einem Kaffee zu verlangen, als mir auffiel, dass etwas an dem Licht heute anders war. Gespannt stand ich auf und zuckte zurück, als meine nackten Füße auf den hölzernen Boden trafen. Er war eiskalt, zu kalt für diese Jahreszeit. War die Heizung vielleicht defekt? Ich grub unter dem Bett nach meinen Pantoffeln und fluchte, da ich meine Lieblingsteile in der Eile in der Schweiz gelassen hatte. Doch das alte Paar, das ich hervorzog, würde reichen. Ich schlüpfte hinein und stöhnte, weil die Filzschuhe ebenfalls durch und durch kalt waren. Kurzerhand packte ich die Tagesdecke von meinem Bett und wickelte mich darin ein, bevor ich zum Fenster hinüber schlurfte.

Ein freudiger Gedanke schoss mir durch den Kopf und beschleunigte meine Schritte. Schwungvoll riss ich den Vorhang beiseite - und tatsächlich: Es hatte geschneit. Mit einem leisen Jauchzer öffnete ich das Fenster und lehnte mich weit hinaus.

Kaum war ich nach Hause gekommen, schneite es hier einfach so, wie, um mich willkommen zu heißen. Ich konnte mich nicht erinnern, wann zum letzten Mal Anfang Oktober Schnee in Luandia gefallen war. Vor allem in der Hauptstadt war Schneefall trotz unserer nördlichen Lage in Europa, etwas seltenes. Die warmen Strömungen von Spanien sorgten dafür, dass es an unseren Küsten auch im tiefsten Winter noch milde Tage gab und nur im Norden, in Dryden und seiner unmittelbaren Umgebung, kam es jeweils zu heftigen Schneefällen, weshalb unser Sommerschloss meist für ein halbes Jahr komplett verbarrikadiert wurde, um die hohen Heizkosten zu sparen.

Umso mehr freute ich mich, dass ich direkt vor meinem Fenster eine weiße Winterwunderlandschaft bestaunen konnte. In der Ferne, hinter den Palastmauern, sah ich auf einem Hügel Kinder spielen. Sie wirkten wie farbige Kugeln, so dick waren sie eingemummelt in ihre Schneeanzüge. Früher hätte ich mich sofort mit Danina und ihrem Bruder Elvar in den Schlossgarten gestürzt und Schneemänner oder Iglus gebaut. In meiner liebsten Kindheitserinnerung hatte sich uns an einem finsteren Dezembernachmittag sogar mein Vater angeschlossen und wir hatten hinter den Stallungen den größten Schneepalast gebaut, den Luandia je gesehen hatte.

Seufzend ließ ich den Vorhang los, schloss das Fenster wieder und wandte mich ab. Es schien ein halbes Jahrhundert vergangen seit diesem Nachmittag und ich fragte mich, ob die Produzenten meiner zukünftigen Show auch solch witzige Aktionen wie eine Schneeballschlacht für das Volk bereithielten. Der heutige Tag würde es zeigen.

So als ob eine höhere Macht meine Gedanken gelesen hätte, klopfte es in diesem Augenblick an der Türe. Ich machte mich gerade auf den Weg in mein Empfangszimmer, um den Gast hereinzubitten, als aus dem Dienereingang flink wie ein Wiesel meine Zofe Audey zur Tür huschte und eben diese öffnete.

»Eure Mutter, Prinzessin«, flüsterte sie, als sie kurz gesprochen hatte. Ich nickte und betrat den Raum, nachdem ich mir einen Morgenmantel geschnappt und um die Schultern gelegt hatte. Dass ich an den Füssen noch immer diese schrecklichen alten Pantoffeln trug – damit musste meine Mutter leben.

»Guten Morgen, Siara.« Sie sah bereits perfekt gestylt aus und ich konnte mich nicht erinnern, sie jemals anders angetroffen zu haben. Sie kam mit ausgestreckten Armen auf mich zu und küsste mich zwei Mal auf jede Wange. Ihre Nase fühlte sich kühl an und auch von ihren Händen, die sanft auf meinen Armen lagen, ging eine unangenehme Kälte aus.

»Hallo Mama.« Unwillkürlich sprach ich sie immer noch mit dem Kosenamen aus meiner Kindheit an, auch wenn sie mich schon so oft dazu aufgefordert hatte, ‚Mutter' zu ihr zu sagen, damit mir in der Öffentlichkeit nicht versehentlich die falsche Anrede herausrutschte. Ich war froh, als sie mich losließ und sich in einen der bequemen Sessel, die ich selbst ausgesucht hatte, niederließ.

Die Stellen, an denen sie mich berührt hatte, blieben kühl und ich zog den Morgenmantel enger um mich und beobachtete meine Mutter. Wie immer war ihre Haltung perfekt und aufrecht. Ihre Körperspannung reichte bis in die Fingerspitzen, als sie mich mit einer Handbewegung dazu einlud, mich ebenfalls zu setzen. Urplötzlich ärgerte ich mich über ihre herablassende Geste, die mir zeigen sollte, dass sie mir sogar in meinen eigenen Gemächern überlegen war.

Kommentarlos und nicht halb so damenhaft wie von mir erwartet, ließ ich mich in das weiche Plüschpolster fallen. Ihre Augenbraue wanderte langsam nach oben. Mit einem Blick aus dem Fenster ignorierte ich sie geflissentlich.

»Ich hoffe, deine Heimreise war angenehm?« Meine Mutter stellte oft Fragen, die nicht so klangen, als ob sie eine Antwort erwartete. Es hatte eine Weile gedauert, bis ich akzeptiert hatte, dass es Dinge gab, die sie nicht im Entferntesten interessierten. Also nickte ich bloß, um sie nicht mit meinen Erzählungen zu langweilen, und lauschte dann den Befehlen, die sie Audey erteilte.

»Bring uns zwei Mal luandisches Frühstück und berichte den Produzenten, dass sie sich in einer Stunde im Besprechungszimmer einfinden sollen. Ach und bitte sorge dafür, dass meine Tochter bis dahin präsentabel aussieht.« Damit wedelte sie meine Zofe mit einer ungeduldigen Handbewegung davon. Es fehlte nur noch, dass sie mit der Zunge geschnalzt hätte, um Audey ihren Status klarzumachen. Ich hätte ihr gern ein beschwichtigendes Lächeln geschenkt, doch sie huschte bereits mit gesenktem Kopf davon. Wut brodelte in mir und ich presste den Mund zusammen, um damit nicht vor meiner Mutter herauszuplatzen.

Gern hätte ich ihr klargemacht, dass sie so mit ihren eigenen Angestellten und nicht mit den meinen umspringen konnte, doch beim letzten Mal, als ich das tat, hatte ich damit nur einen heftigen und sinnlosen Familienstreit heraufbeschworen.

»Was ist?«, wollte meine Mutter plötzlich scharf wissen und unterbrach damit meine genervten Grübeleien. Ich zuckte zusammen. Mist, diese Frau bemerkte einfach alles und hatte offensichtlich sofort gespürt, dass sie mich verärgert hatte. Um Gelassenheit bemüht, lächelte ich und zuckte mit den Schultern.

»Nichts, Mutter. Ich bin nur ein bisschen durcheinander, schon wieder in Luandia zu sein, nachdem ich mich auf ein weiteres Jahr in der Schweiz vorbereitet hatte.« Ich hoffte, sie gleichzeitig ablenken und auf den Kern unseres Gesprächs bringen zu können.

Und ich hatte Glück – die Königin lächelte sogar, schwieg dann aber, da Audey bereits mit einer Küchenhilfe und dem Frühstück da war. Manchmal fragte ich mich, ob sie in der Küche schon frühmorgens die Mahlzeiten bereitstellten, um sie sofort griffbereit zu haben, wenn wir etwas orderten. Nur bei Banketten wurden die Speisen schon einige Tage zuvor abgesprochen, ansonsten hatte alles so zur Verfügung zu stehen, wie wir es bestellten. Ich nahm mir vor, mich demnächst mal mit Audey darüber zu unterhalten. Die Zofe war mir längst zu einer Vertrauten geworden und war mit unter den drei Mädchen, die alleine für mein Wohlbefinden zuständig waren, die Liebste. Gerade deswegen störte es mich auch, wenn Mama so mit ihr umsprang, aber in meinem tiefsten Inneren wusste ich, dass Audey eine solche Behandlung gewohnt war und besser ignorieren konnte, als es mir gelang.

Jetzt trug sie bereits wieder mit einem professionellen Lächeln die typischen Zutaten für ein luandisches Frühstück auf. Ich bewunderte sie für ihre ruhige Haltung und wandte mich wieder meiner Mutter zu. Diese schüttelte unmerklich den Kopf und deutete auf die zweite Bedienstete. Schweigend goss sie mir Tee und Agavensaft ein, und ich rührte gedankenverloren in meiner Tasse. Endlich verschwanden Audey und ihre Gehilfin.

»Ich dachte schon, die warten, bis wir fertig gegessen haben«, stöhnte meine Mutter und rieb sich theatralisch über die Stirn. Fassungslos blickte ich sie an und wollte soeben erklären, dass die beiden Mädchen nur ihre

Arbeit getan hatten. Da holte sie Luft und setzte zum Sprechen an.

»Ich nehme an, dass dir der König bereits erklärt hat, welch wichtige Rolle du im zukünftigen Verlauf der Geschichte von Luandia spielen wirst?«, erkundigte sie sich sachlich. Schon immer hatte es mich gestört, dass sie mir gegenüber vom König sprach. Die Bezeichnung ‚Papa‘ oder ‚Vater‘ hatte ich aus ihrem Mund nie gehört.

Ich nickte abwartend. Während ich sie anblickte, wurde es im Zimmer langsam unmerklich heller, doch ich war viel zu gespannt auf das, was folgen würde, als dass ich zum Fenster hinübergeblickt hätte, um zu sehen, wie die Sonne hereinschien und den Schnee zum Glitzern brachte.

»Wie können wir mit einer Reality-Show Konflikte lösen und Unruhen zum Schweigen bringen?«, wollte ich wissen, als meine Mutter von sich aus nicht sofort weitersprach. Ein Lächeln, selten breit und strahlend für sie, überzog ihr ganzes Gesicht. Es erreichte ihre Augen nicht, die weiterhin blau und kalt unter den langen Wimpern hervor blitzten.

»Aber mein Mädchen, du bist die Zukunft dieses Landes. Gib Luandia die Chance, dich kennenzulernen und sich in dich zu verlieben. Teile mit ihnen Kummer und Freude und sie werden vergessen, dass sie sich nicht einig waren. Denn sie alle werden ihre zukünftige Königin vergöttern und damit eine Gemeinsamkeit haben, die sie zusammenschweißt statt trennt.« Mit einer überschwänglichen Geste griff sie nach meiner Hand und drückte sie, während sie sich vorbeugte und mir in die Augen blickte. Eindringlich, kühl und seltsam beschwörend.

»Du bist bereit, Siara!«

Ich zweifelte an ihren Worten, denn sie hörten sich zu gut an und meine Mutter war zu fröhlich, als dass da nicht irgendetwas im Busch hätte sein können.

»Kann ich noch ein wenig darüber nachdenken?«, erkundigte ich mich gelassen und lehnte mich in dem Sessel zurück, während ich die Beine übereinanderschlug. Ich tat dies nicht bewusst, um meine Mutter zu ärgern, sondern weil ich diese Haltung bequem fand und schon im Internat dafür immer hatte Kritik hinnehmen müssen. Ein wütendes Räuspern und ein vorwurfsvoller Blick folgten sofort. Aufreizend langsam setzte ich mich aufrechter hin und bemerkte, dass meine Mutter weniger missbilligend, denn nervös wirkte. Was brachte sie durcheinander? War sie ebenso unsicher, ob dieses ganze Show-Ding eine gute Idee oder doch eher ein Reinfall, der unsere ganze Familie lächerlich machen würde, war?

»Natürlich denkst du noch ein wenig darüber nach«, wieder dieses unheimlich freundliche Lächeln, ein weiterer Händedruck und ich war weit davon entfernt, mich zu entspannen, noch weiter, als wenn sie kühl wie immer gewesen wäre.

»Wir werden dir unsere Pläne und das Konzept in Ruhe gemeinsam mit dem Produktionsteam vorstellen, bevor du eine Entscheidung treffen musst. Aber wäre es nicht wunderschön, wenn das Volk auch deine privaten Seiten kennenlernen könnte und sehen würde, wie du lebst und was du den ganzen Tag tust?«

»Eigentlich ...«, setzte ich zum Sprechen an, doch Mama hatte nur kurz Luft geholt und fuhr euphorisch fort, bevor ich eine Chance hatte, loszuwerden, was mir schon die ganze Zeit auf der Zunge brannte.

»Das Volk von Luandia verdient sein eigenes Märchen und niemand eignet sich besser dafür, als du, ihre Prinzessin.« Ach ja, jetzt sollte ich auch noch Märchen spielen. Leicht genervt verdrehte ich die Augen.

»Eigentlich tue ich doch gar nicht viel anderes, als den ganzen Tag zur Schule zu gehen. Wenn ich in der Schweiz lebe, gehe ich nicht einmal sonderlich oft aus«, widersprach ich. Mutter runzelte ihre Stirn, ganz so als ob sie keinerlei Gefallen an meinen Argumenten finden könnte. Immer wieder blickte sie zum Fenster hinter mir und ich erkannte langsam, dass ihr Lächeln immer starrer wurde und ihr eigentlich hübsches Gesicht mehr verzerrte, als zierte.

»Was ist los, Mutter?«, erkundigte ich mich, in der Befürchtung, dass sie von Kopfschmerzen oder vielleicht sogar einer ihrer Migränen geplagt wurde.

»Nichts, Liebes. Ich wünsche mir nur so sehr, dass du diese Chance ergreifst und dass wir Luandia bald wieder einen reinen, ungetrübten Frieden schenken können.« Ihre Stimme klang sanft und ihr Gesicht entspannte sich ein wenig, während sie erneut nach meiner Hand griff und auf einen Punkt hinter mir schaute - schon wieder.

Ich drehte mich um, um zu sehen, was ihre Aufmerksamkeit auf sich zog und blickte direkt in die Linse einer Fernsehkamera.

Kapitel 5

»Wie kannst du es wagen, Mutter?«, schrie ich – außer mir vor Wut.
»Es wurde mir versprochen, dass wir in aller Ruhe darüber sprechen und ich Zeit bekomme, mich zu entscheiden. Und was tust du? Holst diese Leute in meine Gemächer, meine privaten Räume und lässt sie ungeniert hier herum filmen, während du sogar darauf hoffst, dass ich es nicht bemerke?« Ich spürte, wie meine Hände zitterten und meine warmen Wangen verrieten, dass mein Kopf nicht gerade damenhaft rot wie ein Apfel leuchten musste.

»Jetzt beruhige dich doch, Kind. Sei froh, dass ich die Leute wieder weggeschickt habe, bevor die ganze Welt sehen muss, dass du herumbrüllst wie ein Kleinkind.«

Meine Mutter stand mir mit einer Gelassenheit gegenüber, die mich rasend machte.

»Jetzt mach dich frisch und in einer halben Stunde erwarten wir dich im Familiensalon.« Damit rauschte sie davon, ohne näher auf meine Unzufriedenheit einzugehen. Ich blieb allein zurück, einsam, frustriert und unglaublich enttäuscht. In diesem Moment wünschte ich mich zurück in die Schweiz, zu den Bergen, der Kälte, Sarah und dem Internat voller Prinzessinnen und Adeligen, mit denen ich mich rückblickend doch einiges besser arrangiert hatte, als mit meiner Mutter.

Ich stürmte in das Büro meines Vaters und Vincent, sein persönlicher Assistent, wäre beinahe von der Tür getroffen worden, weil ich diese so schwungvoll aufgestoßen hatte. Ich würdigte ihn keines Blickes und rauschte an ihm vorbei.

»Aber, Prinzessin…«, machte er, denn mein Vater war gerade in einem Telefongespräch. Der König klopfte mit einem Kugelschreiber rhythmisch auf den großen Mahagonitisch, während er mit jemandem am Telefon sprach.

Ich warf Vincent dann doch noch einen entschuldigenden Blick zu und er schloss mit ergebener Miene die Tür hinter mir, während ich mich in einen Sessel gegenüber von seinem Tisch niederließ. Auf einen Blick von mir ließ er das Klopfen mit dem Kugelschreiber, verdrehte die Augen und lehnte sich in seinem breiten Sessel zurück. Er hörte zu, doch am Zucken seiner Lippen erkannte ich, wie schwer es ihm fiel, dem Menschen am anderen Ende der Leitung nicht ins Wort zu fallen. In diesem Moment sah er für mich mehr aus wie der Direktor einer großen Firma denn wie der König von Luandia. Sein Anzug stand vorne ein wenig offen und verriet, dass mein Vater sich inzwischen einen leichten Bauchansatz leistete. Schon klar, jetzt wo er sich tagelang in seinem Büro verschanzte, verstaubten wahrscheinlich die Geräte in seinem Fitnessraum und auch sein Pferd wurde seit Tagen wieder nur von den Stallknechten bewegt.

»Siara?« Das Telefon fiel mit einem Knall auf die Gabel und die Zornesfalte zwischen den Augen meines Vaters verriet mir bereits, was ich zu erwarten hatte. Aber schließlich war ich seine Tochter und im Augenblick ebenso wütend wie er.

»Wir müssen reden, Vater«, beschied ich ihm und versuchte, so hochmütig wie möglich zu klingen und ganz und gar in den Prinzessinnen-Modus, der mir normalerweise gar nicht so lag, zu schlüpfen.

»Was ist los? Ich habe nicht viel Zeit.« Kurzangebunden nickte er mir zu, die Augenbrauen fragend hochgezogen. Es war offensichtlich, dass ihm die Laune nicht nach Familiensorgen war.

»Es ist mir egal, wie viel oder wenig Zeit wir haben. Ich finde es nicht in Ordnung, wenn ich einen Tag nach meiner Ankunft beim Frühstück von Kameras überrascht werde. Wie könnt ihr es wagen, mir diese Show aufzuzwingen, ohne die Besprechungen, die mir versprochen wurden? Ich werde den nächsten Flug zurück in die Schweiz nehmen«, beschied ich ihm aufgebracht. Tatsächlich hatte er den Blick von seinen Unterlagen gelöst und hörte mir aufmerksam zu, was mich allerdings nicht daran hinderte, mich in Rage zu reden.

Die Emotionen, die mich überfluteten hielten mich nicht länger in meinem Sessel. Ich sprang auf und war nun plötzlich grösser als mein Vater.

»Wenn es der Regierung dieses Landes nicht einmal gelingt, ihre Prinzessin dazu zu bringen, etwas freiwillig zu tun, wie wollt ihr dann diese Krise bewältigen? Auf keinen Fall mit mir, wenn ihr euch dermaßen respektlos benehmt. Ich bin eine Prinzessin und ausgerechnet meine Eltern scheinen dies zu vergessen.« Ich fand meinen Abschluss eigentlich ganz gelungen und blieb mit verschränkten Armen und zorngeröteten Wangen vor seinem Schreibtisch stehen. Auch der königliche Gesichtsausdruck verriet nicht unbedingt gute Chancen für mich in diesem Streit, doch in diesen Augenblicken war ich bereit, sofort wieder in die Schweiz zurück zu fliegen.

»Siara, bitte«, begann er kurzangebunden und mit leiser, aber nicht minder aufgebrachter Stimme.

»Deine Mutter will nur das Beste für dich. Das Kamerateam war nicht darüber im Bilde, dass wir noch keine Gelegenheit hatten, dich zu informieren. Wenn du dich dermaßen echauffierst, ist dies ungesund für dich und außerdem ergebnislos, denn es handelt sich um ein Missverständnis, das nicht mehr rückgängig gemacht werden kann.« Gelassen griff er nach seinen Unterlagen.

»So nicht, Vater!«, rief ich wütend und schlug gleichzeitig erschrocken die Hand vor den Mund. So sprach nicht einmal ich als seine Tochter mit dem König. Doch er hob nur erneut den Kopf und zog eine Augenbraue hoch.

»Ich werde bestimmen, was das für eine Fernsehshow wird und welche Teile meines Lebens man zu sehen bekommt. Ich und niemand sonst. Sollte es jemand geben, der dies nicht respektieren kann, werde ich mit dem nächsten Linienflugzeug in die Schweiz zurückreisen, wenn es sein muss.« Ich probierte, mein Temperament zu zügeln, da ich bei meinem Vater meist den größeren Erfolg hatte, wenn ich selbst ebenso kühl blieb, wie er sich meist gab. Doch gleichzeitig brodelten so viele Gedanken und Emotionen in mir, dass es mir manchmal schien, als würden sich die Stunden seit meinem überstürzten Aufbruch aus der Schweiz zu einer einzigen Suppe aus Bildern und Eindrücken vermischen.

»Siara! Du weißt, wie wichtig diese Sendung für unser Land ist. Das Volk braucht etwas, das sie aufstellt, das sie motiviert und das ihnen das Gefühl gibt, dass wir immer noch zusammen gehören, ganz egal, was von außen auf uns einstürmt. Dazu brauchen sie dich, ihre Prinzessin! Aus keinem anderen Grund hätte ich es sonst geduldet, dass deine Ausbildung unterbrochen wird, für eine solche Sache. Ich war von Anfang an kein Befürworter dieser Idee, denn dass wir uns so offen gegenüber dem Volk präsentieren, war mir nie ganz geheuer. Wenn sie all unsere Geheimnisse kennen, wie sollen sie dann weiter zu uns aufschauen und sich von uns regieren lassen?«

Ich konnte mich nicht erinnern, dass mein Vater je so offen mit mir gesprochen hatte, umso mehr schätzte ich diese Momente mit ihm und meine Wut verrauchte langsam aber sicher.

»Doch ich habe schlussendlich eingesehen, dass es die beste Lösung ist, ohne dich zu verlieren, mein Täubchen. Meine Berater haben vorgeschlagen, dich an den nächstbesten Kandidaten zu verheiraten und aus der Hochzeit eine große Sache zu machen. Doch ich weiß, dass die Zeiten in denen Ehen von den Eltern gestiftet wurden, längst vorbei sind. Außerdem ist gerade kein guter Zeitpunkt für ein einziges Fest so viel Geld auszugeben. Deswegen sollst du trotzdem vielleicht die eine oder andere Männerbekanntschaft machen. Denn das wird die Zuschauer fürs Erste befriedigen, bis sie eines Tages selbst eine Hochzeit fordern und so sehr in dein Leben involviert sind, dass die Ausgaben für sie sind, als würden sie für die eigene Tochter oder Schwester getätigt.« Mein Vater hatte sich aufrecht hingesetzt und blickte mir aufmerksam in die Augen.

»Verstehst du, Siara?«, fragte er leise zum Abschluss und ich nickte. Ich konnte nicht anders.

»Wir treffen uns gleich im Familiensalon«, beschied er mir, bevor er sich seinen Akten zuwandte. Noch immer aufgebracht stürmte ich aus dem Raum und auf direktem Weg zurück in meine Gemächer, wo meinen Zofen wohl eine Menge Arbeit bevorstehen würde, wenn sie mich wieder einigermaßen präsentabel frisch machen wollten.

»Wir wollen eine Show produzieren, die ganz und gar auf Euch fokussiert ist, Prinzessin Siara.« Schwülstig rieb sich der dickliche Produzent die Hände und leckte sich mehrmals über die Lippen. Vielleicht waren sie einfach spröde von der Heizungsluft, doch zusammen mit seinen blitzenden, kleinen Äuglein machte er einen gierigen Eindruck, der mich verunsicherte.

»Ihr sollt das Publikum mit Eurem Alltag und Euren Aktivitäten als Prinzessin begeistern. Ohne dass Ihr Euch jemals verstellt, wird es mit Sicherheit gelingen, die Herzen des Volkes zu gewinnen und genug abzulenken, sodass die Regierung, der Kronrat und natürlich der König und die Königin Zeit haben, die Geschehnisse in unserem geliebten Luandia wieder in Ordnung zu bringen.«

Wäre ich direkt neben ihm gestanden, ich hätte Angst gehabt, in seiner Schleimpfütze elendig zu ersticken.

»Wie lange soll diese Show dauern?« Vor Fremden würde meine Mutter nicht wagen, mir in den Rücken zu fallen oder mich zurechtzuweisen, weshalb ich ungeniert sprach und den Produktionsleiter dabei mit meinem Blick fixierte. Dieser senkte unterwürfig den Kopf und vor meinem inneren Auge erschien plötzlich das Bild eines geprügelten Hundes. Es fehlte nur noch das Geräusch von Hecheln und die heraushängende Zunge und Mr Shelt hätte dieser Vorstellung perfekt entsprochen. Mühsam verkniff ich mir ein Grinsen. Ich riss mich zusammen, im Hinblick darauf, dass meine Zusammenarbeit mit ihm wohl länger dauern würde. Ein misstrauischer Blick von meiner Mutter traf mich.

Zu meiner Überraschung erhielt ich meine Antwort nicht von ihr oder Mr Shelt, sondern mein Vater, der bisher mehrheitlich schweigend das Gespräch verfolgt hatte, ergriff das Wort.

»Wir haben wesentliche politische Probleme zu bewältigen, Siara. Solange wir verdeckte Maßnahmen ergreifen, wird die Show dauern. Wir sind noch dabei, zu überlegen, wie das Volk und auch die prekäre Situation mit den Flüchtlingen aus Nordamerika in die Show eingebunden werden können, ohne dass der Palast oder in diesem Fall du eine klare Position beziehen muss.«

Ich war mir sicher, dass Papa nicht alles aussprach, was ihm in diesem Moment durch den Kopf schoss. Denn es war so oder so schon nicht leicht für ihn, Fremde so tief ins Palastinnere und den royalen Alltag einzubeziehen. Jeder dieser Produzenten konnte eine Gefahr für ihn und die königliche Familie bedeuten oder schlicht und einfach eine Gefahr für die Integrität Luandias, sollte sich einer dieser Fernsehmenschen dazu entschließen, geheime Informationen, die er zufällig aufgeschnappt hatte, weiterzugeben. Mit Sicherheit gab es genügend Leute, die mehr Geld für diese Botschaften bezahlen würden, als auch das Staatsfernsehen jemals ihren Mitarbeitern bezahlen konnte. Dieser Gedanke musste auch meinem Vater schon gekommen sein, denn er warf mir mehrmals warnende Blicke zu. Dies tat er mit Sicherheit nicht, weil er - wie Mutter - fürchtete, ich könnte mich daneben benehmen und die königliche Familie blamieren.

»Wir haben uns gedacht, dass die Show gleich zu Anfang richtig losgehen soll und die Spannung bereits von der ersten Folge an auf den Zuschauer überspringt. Schließlich wollen wir, dass jede Woche noch mehr Leute einschalten und eines Tages ganz Luandia und womöglich auch die Menschen außerhalb der Landesgrenzen mit Prinzessin Siara mitfiebern, wenn sie in der Schule ist, sich mit einem Mann trifft oder vielleicht ganz alleine ein wichtiges, gesellschaftliches Ereignis vorbereitet.« Offensichtlich ertrug es der schwitzende Mr Shelt nicht, wenn er allzu lange auf die Aufmerksamkeit seines Publikums verzichten musste und so riss er - kaum dass es als höflich gegenüber dem König durchgehen würde - das Wort wieder an sich. Und ich konnte nicht behaupten, dass es mich sonderlich amüsierte, dass er von mir in der dritten Person sprach, ganz so als wären wir nicht zufällig im selben Raum. Ich kenne mich zwar zu wenig mit der Hofetikette aus, aber ich war mir auch ohne Nachschlagen sicher, dass dies alles andere als respektvoll gegenüber seiner Thronfolgerin war und so erhob ich mich, ohne abzuwarten, ob er noch mehr zu sagen hatte, oder für den Moment fertig war.

»Ich bin mir sicher, dass Prinzessin Siara eine Menge wundervoller Dinge tun wird, um den Zuschauer ihre Show zu bieten«, meine Stimme hätte vor Ironie triefen müssen, doch so ganz wollte mir dieser spöttische Ton nicht mehr gelingen. Vielmehr erstaunte es mich, wie schneidend und kalt ich mich anhörte. Meine Mutter wandte sich ebenfalls sofort zu mir um, doch ich ignorierte sie.

»Ich bestehe allerdings darauf, meine Ausbildung so normal wie möglich abschliessen zu können, und dass ich auch beim Lernen nur so wenig wie möglich gestört werde. Ich habe kein Interesse daran, ein Jahr meiner Schulbildung hinterherzuhinken und deswegen erst später zur Universität gehen zu können.« Jetzt hatte ich ganz schön oft ‚ich, ich, ich' gesagt und war überzeugt, dass Mr Shelt begriffen hatte, dass er es mit einer Prinzessin zu tun hatte und nicht einem x-beliebigen Fernsehstarlet, das er nach

Belieben herumkommandieren und schubsen konnte, wie es ihm gerade passte.

»Wir werden selbstverständlich in Zusammenarbeit mit dem Königshaus von Luandia alles dafür tun, damit Eure schulische Bildung ungehindert fortgesetzt werden kann. Außerdem wird es Euch im Volk bestimmt zusätzliche Sympathien einbringen, wenn die Leute sehen, dass Ihr genauso wie sie auch zur Schule müsst und vielleicht bei dem einen oder anderen Thema auf Unterstützung oder lange Lernzeit angewiesen seid.« Er rieb sich erneut die Hände und ich fragte mich, ob meine Eltern nicht bemerkten, dass dieser Dorftrottel mich gerade tatsächlich so hinstellte, als ob ich eine Niete in der Schule war.

»Und mit welchem Paukenschlag gedenkt Ihr, die Show zu eröffnen? Mit einer verpatzten Prüfung nachdem ich hier extrem viel Schulstoff verpasse?«, erkundigte ich mich mit provozierend verschränkten Armen und spöttischem Blick in Richtung Mr Shelt. Ich würde ihm schon noch beweisen, dass ich eine gute Schülerin war und keine Hilfe benötigte. Soweit würde es nicht kommen.

Anstelle des Produzenten antwortete jedoch meine Mutter mit sanfter Stimme.

»Wir haben gedacht, dass du einen Ball geben könntest, Liebes! Ein Fest zu deinen Ehren, bei dem du alles selbst organisierst und bestimmst. Natürlich sollen auch einige schmucke junge Herren auf der Gästeliste stehen, aber ansonsten ist die Planung ganz dir überlassen.«

»Die Kameras werden euch selbstverständlich bei den Vorbereitungen auf Schritt und Tritt begleiten«, erklärte ein weiteres Mitglied des Filmteams. Natürlich, die Kameras. Und die dazugehörigen Kameraleute.

»Ein Ball also«, sagte ich langsam und zögerlich. Passte eigentlich ganz gut in meine Pläne. Damit sollte es also losgehen.

Kapitel 6

Es dauerte eine Weile, bis ich mich nach diesem Gespräch beruhigt hatte und so richtig entspannen konnte ich mich erst, als ein Diener an meine Tür klopfte und eine Nachricht von Danina überbrachte. Darauf stand nur ein einziges Wort: ‚Ausreiten?'.

Ich war noch nie so schnell in meine Reitkleidung geschlüpft, und das ganz ohne, dass Audey dazu kam, mir zu helfen. So sehr brannte ich darauf, mit jemandem zu sprechen, der noch nicht komplett von diesem Fernsehshow-Virus angesteckt war. Außerdem hatte ich vor lauter Aufregung noch gar keine Zeit, mein Pferd Sweetheart zu begrüßen. Sie war eine kleine, gescheckte Tinkerstute und das tapferste und schnellste Pferdchen, das ich je gesehen hatte. Sie lebte bei mir, seit sie von ihrer Mutter entwöhnt worden war und ich hatte sie selbst ausgebildet. Jedes Mal wenn ich in die Schweiz flog, brach es mir beinahe das Herz, sie zurückzulassen, doch jetzt gab es immerhin etwas Positives an meiner überstürzten Rückkehr.

So schnell ich konnte, eilte ich in die Ställe und da stand sie schon, gestriegelt und gesattelt für mich bereit. Ich hatte sie kaum mit einem Apfel begrüßt, da erklang auch schon Hufgetrappel im Hof. Ich stürmte hinaus, um Danina zu begrüßen, und Sweetheart folgte mir auf dem Fuß, ohne dass ich sie hätte dazu auffordern müssen.

»Hallo Siara.« Danina machte sich nicht die Mühe abzusteigen und drückte mir vom Rücken ihres großen Wallachs Leonidas einen Kuss auf die Wange. Den eifrigen Diener, der herbeigeeilt war, um ihr behilflich zu sein, ignorierte sie.

»Spring auf!«, rief sie fröhlich, mit übermütig blitzenden Augen und ich brauchte keine zweite Aufforderung dieser Art. Des Protokolls wegen ließ ich mich zwar von einem Angestellten in den Sattel hieven, doch in Wahrheit wäre ich am liebsten selbst hochgehüpft, wie ich es tat, wenn wir bei unseren Touren durchs Gelände zwischendurch mal absteigen mussten.

In raschem Schritt ließen wir den Hof hinter uns und bald verschwanden auch die Palastmauern aus unserer Sichtweite. Die königlichen Wälder hatten die schönsten Reitwege, die es auf Luandia geben musste und sie gehörten größtenteils zu den Anlagen des Palastes, die von Fremden nicht betreten werden durften. Ich war froh, heute niemandem zu begegnen und lehnte deshalb auch ab, als Danina vorschlug, durchs Dorf zu reiten.

»Mir ist heute nicht nach Menschenaufläufen zumute«, gestand ich leise und sie zügelte Leonidas, der eine Pferdelänge vor uns in flottem Schritt dahin marschiert war. Er quittierte dies mit einem unwilligen Kopfschütteln und versuchte, seiner Reiterin die Zügel wieder zu entwinden, doch sie lachte bloß fröhlich und beruhigte ihn, ohne ihm mehr Zügel zu schenken. Als wir auf gleicher Höhe waren, lehnte sie sich hinüber und drückte meinen Arm.

»Was ist los, Siara?«, fragte sie leise und ihr Gesicht wurde ernst.

»Ach, ich weiß auch nicht. Diese ganze Fernsehshow regt mich jetzt schon auf, noch bevor sie richtig begonnen hat. Heute Morgen hat meine Mutter die Kameraleute in meine Gemächer gelassen, ohne dass ich es bemerkt habe und sie haben uns beim Frühstück gefilmt, dabei hieß es, dass mir das Konzept erstmal vorgestellt und ich dann Zeit zum Nachdenken haben würde.«

Während ich jetzt erzählte, erschien mir die ganze Sache nicht mehr so schlimm, wie noch am Morgen, doch eine gewisse Verärgerung über diesen Vertrauensbruch von meiner Mutter blieb zurück. Dass mein Vater sich kaum dazu geäußert und sich nicht auf meine Seite gestellt hatte, fand ich mehr als enttäuschend. Auch wenn ich seinen Standpunkt nach dem Streit mit ihm irgendwie verstehen konnte, hatte ich mir mehr von ihm erhofft.

»Dann wurde mir das Produzententeam vorgestellt und einer davon ist weniger sympathisch als der Nächste. Sie haben Ideen wie mich beim Reiten zu filmen, Bälle zu veranstalten und Shoppingtouren zu arrangieren. Dabei haben sie vorgeschlagen, dass sie irgendwelche Schauspielerinnen casten könnten, wenn meine Freundinnen keine Lust hätten, in der Show aufzutreten. Ist das nicht eine Frechheit?«

Wenn ich mich erstmal in Rage geredet hatte, konnte mich nichts aufhalten, doch Danina blieb fast schon enttäuschend ruhig an meiner Seite.

Auch Sweetheart ließ sich nicht durch meine aufgeregte Stimme aus dem Takt bringen.

»Weißt du, Siara«, begann meine Cousine nachdenklich, als ich einen Moment brauchte, um Luft zu holen, »diese Show – das kannst du nicht mehr verhindern. Deine Eltern haben das so beschlossen und zufällig sind sie nicht nur deine Eltern, denen du zur Not den Rücken zudrehen und abhauen könntest, sondern sie sind auch noch König und Königin von Luandia und damit verantwortlich für das Wohl eines ganzen Landes, was offensichtlich aufwändiger ist, als eine Tochter großzuziehen.« Ich verstand nicht ganz, worauf sie hinauswollte und hob fragend eine Augenbraue, doch Danina ignorierte mich und sprach unbeirrt weiter.

»Du bist immer noch die Hauptperson dieser Show und wenn du deine Sache nicht gut machst, können deine Eltern nichts dagegen tun. Also bist du diejenige, die am längeren Hebel sitzt und du musst die Show keineswegs so durchziehen, wie sie das von dir verlangen, sondern kannst tun und lassen, was du möchtest.«

»Ich verstehe nicht ganz, wie du das meinst«, wagte ich einzuwenden. Daninas Augen blitzten begeistert und es machte den Anschein, als wäre das, was sie erzählte eine geniale Idee, doch ich kam einfach nicht dahinter, was sie mir sagen wollte.

«Diese Show - die gibt es nicht ohne dich. Und sie können nicht darüber bestimmen, wer du bist. Wer du bist, das entscheidest alleine du und somit auch, wie das Volk dich sieht. Du kannst die snobistischste Prinzessin sein, die sie je erlebt haben, aber du kannst auch hilfsbereit sein, ein Flüchtlingslager besuchen oder einfach ein verliebtes Mädchen, das sich stundenlang nur um sein Äußeres kümmert. Was immer du willst - du kannst es sein.«

Einen Moment lang herrschte Stille zwischen uns, nur das Getrappel von Sweethearts kleinen und Leonidas' großen Hufen war zu hören.

«Es ist nur eine Rolle«, erklärte Danina, als ich weiterhin schwieg.

Langsam ging mir auf, was sie meinte.

»Du hast eigentlich vollkommen recht«, stimmte ich meiner Cousine zu, nachdem ich eine ganze Weile über diese Sache nachgedacht hatte.

»Niemand da draußen kennt mich überhaupt, noch nicht einmal dieser schleimige Produktionsleiter. Wer weiß, wo mein Vater den aufgegabelt hat«, sinnierte ich und langsam gefiel mir Daninas Input immer besser.

»Und doch gleichzeitig hat mein Volk verdient, eine Prinzessin zu bekommen, die sie mögen und mit der sie sich identifizieren können.« Diesen Wunsch verspürte ich, seitdem ich zum ersten Mal von der Show gehört hatte, und wollte ihn auch Danina gegenüber verständlich machen.

»Aber klar, Siara. Doch stell dir vor, wenn du einfach nur deinen alltäglichen Lifestyle zeigen würdest. Was tust du schon groß? Du nimmst an exklusiven Dinnern und Veranstaltungen teil, lernst den ganzen Tag irgendwelche schlauen Sachen, die dich auf deine Rolle als Königin vorbereiten. Und was haben deine Zuschauer davon? Für mich sieht das relativ langweilig aus«, provozierte Danina. Ich hätte zu gerne widersprochen, doch ich wusste, dass sie von A bis Z recht hatte. Wenn ich einfach mein normales Leben weiterführte, würden die Zuschauer schon nach der zweiten Folge nicht mehr einschalten.

»Ich reite noch ab und zu aus«, wandte ich zögerlich ein.

»Also eigentlich jeden Tag mehrere Stunden«, ergänzte Danina.

Ich nickte.

»Nun und nach dem zweiten Mal macht das auch keinen Spaß mehr. Du fällst ja noch nicht einmal vom Pferd«, motzte sie weiter.

»Du bist gemein. Was soll ich denn machen? Diese ganze Idee ist schließlich nicht auf meinem Mist gewachsen und dass mein Leben eigentlich furchtbar eintönig ist, weiß ich spätestens, seitdem ich in der Schweiz gesehen habe, dass es auch anders geht.« Ich schüttelte nachdenklich den Kopf, im vollen Bewusstsein, dass mir bald eine gute Idee kommen sollte, wenn ich wünschte, dass diese Show nicht ein komplettes Desaster werden würde oder einfach nur das Fantasiekonstrukt der Produzenten sein sollte.

»Nun mach dir mal nicht zu viel Sorge, Süße. Lass dir das Ganze durch den Kopf gehen und du wirst sehen, dass die Sache richtig Spaß machen kann«, beschwichtigte Danina.

»Ach komm, lass uns ein bisschen Gas geben«, lenkte ich vom Thema ab. Ich merkte, wie mein Kopf langsam zu pochen begann und vor uns lag die letzte Anhöhe, bevor der Weg wieder zum Palast zurückführte.

»Wer zuerst oben ist?« Daninas Frage hörte ich nur noch ein ganzes

Stück hinter mir, denn ich hatte schon geschnalzt und Sweetheart damit das Kommando zum Galopp gegeben, das sie sich niemals zweimal geben ließ. Danina lag mehrere Längen hinter uns. Ich wusste, dass sie das nicht davon abhalten würde, uns doch noch zu schlagen, wenn sie und ihr Pferd einen guten Tag hatten.

»Hey, das ist nicht fair«, kreischte sie und lehnte sich im Sattel so weit vor, dass sie mit dem Kinn beinahe den langen, gebogenen Hals ihres Pferdes berührte und ihr Gesicht in der wehenden Mähne verschwand.

Von ihrem lauten Ruf angetrieben, legte ihr Reittier noch einen Zahn zu. Ich hörte bereits seine Hufe hinter mir, wie sie in einem regelmäßigen Takt auf dem harten Boden aufschlugen.

Kapitel 7

Ein Märchenwald soll es werden. Die Leute betreten den großen Ballsaal und müssen sich vom ersten Augenblick an wie verzaubert fühlen. Die Musiker, die zum Tanz aufspielen, sollen nicht zu sehen sein, sodass es den Gästen scheinen wird, als kämen die Klänge hinter den Bäumen hervor.«

Meine drei Zofen hingen wie gebannt an meinen Lippen, während Danina sich hin- und wieder etwas notierte und meine Mutter sich mit einem griesgrämigen Gesichtsausdruck wie versprochen im Hintergrund hielt.

Bevor wir uns alle zusammen zur Besprechung in meinen Gemächern getroffen hatten, musste sie mir zusichern, sich nicht einzumischen und zu veranlassen, dass auch das gesamte Team rund um die Produktion der Show keinerlei Inputs liefern würden. Ich hatte ihr sofort angesehen, dass sie nur zähneknirschend diese Zugeständnisse gemacht hatte. Dass sie wegen der Aktion beim Frühstück neulich ein schlechtes Gewissen mit sich herumtrug, kam mir gerade recht. Vor meiner ersten richtigen Aufzeichnung für die Show war ich so schon aufgeregt genug und brauchte ihre gut gemeinten Ratschläge nicht auch noch.

Doch die Kameraleute und die leisen Anweisungen, die sie von Zeit zu Zeit vom Regisseur und Mr Shelt erhielten, konnte ich erstaunlicherweise nach wenigen Minuten komplett ausblenden.

Ich bemerkte allerdings, dass besonders Dian und Danina immer mal wieder zu den Linsen hinüber schielten. Ich warf meiner Cousine einen Blick zu und wies dann mit den Augen auf meine Zofen, die eigentlich alle drei ein wenig verunsichert wirkten, die armen. Sie hatten es sich bestimmt anders vorgestellt, am Königshof in den Dienst einer Prinzessin zu treten. Dass sie in einer Fernsehshow auftreten würden, schwebte ihnen dabei nicht vor.

»Nun, was haltet ihr von meiner Idee?«, fragte ich munter, um sie von den Kameras und den seltsamen Umständen abzulenken.

Ein Moment lang trat mir Schweigen entgegen. Es war offensichtlich, dass die Zofen nicht wagten, in Anwesenheit der Königin das Wort zu ergreifen und dass Danina darauf wartete, dass genau das geschah.

«Na los, ist meine Idee so grässlich?« Ich lachte, um zu verbergen, dass ich mich ebenso seltsam fühlte, wie alle anderen im Raum - alle außer den Kameraleuten, die ungerührt filmten und zwischendurch sogar leise miteinander tuschelten oder herumgingen, um einen besseren Winkel zu finden.

»Die Idee ist großartig«, ergriff schließlich doch Danina das Wort, nachdem meine drei Zofen beharrlich schwiegen.

Ich wusste, dass die drei Frauen durchaus gesprächig waren und oftmals hitzige Diskussionen führten, wenn sie der Meinung waren, dass ich nicht in meinen Gemächern war. Dass sie jetzt kaum die Lippen auseinander brachten, begann mich langsam zu ärgern.

Doch schließlich arbeiteten die drei noch nicht so lange für mich, denn kurz nachdem sie im letzten Frühling eingestellt worden waren, war ich in die Schweiz zum Internat aufgebrochen. Auch jetzt war ich noch nicht lange wieder zurück, sodass es ihnen wohl besonders wichtig war, mir alles recht zu machen.

»Also ein Märchenwald«, ergriff ich erneut das Wort.

»Es soll Cocktails geben, aber alle in fantastischen, zarten Farben und die Gläser brauchen natürlich einen zuckrigen Rand.«

Danina räusperte sich.

»Ähm, Siara.« Sie sah nicht mehr ganz so begeistert aus, wie zu Anfang, doch es war ihr sichtlich unangenehm, die Erste in diesem Raum zu sein, die mir widersprach. Wo war bloß meine lockere und spontane Cousine?

»Denkst du, die männlichen Gäste werden sich über Zuckerrand und dergleichen wirklich freuen?«, fragte sie und grinste etwas verlegen.

Bei der Vorstellung meines Vaters, wie er aus einem Glas mit Zuckerrand eine rosafarbene Flüssigkeit, die nach Marshmallows schmeckte, zu sich nahm, brauch ich in schallendes Gelächter aus. Ein Blick zu meiner Mutter verriet mir, dass sie wohl etwas Ähnliches dachte, aber an den Folgen weniger Freude haben würde.

»Nun gut, dann Weingläser«, beschloss ich und lächelte meine Mutter beschwichtigend an.

»Aber eine Früchtebowle muss schon sein«, warf Audey ein. Ich schaute sie dankbar an – endlich hatte sie gewagt, den Mund aufzumachen.

»Das finde ich auch. Und schöne, lange Tischtücher«, meine Mutter klang richtig bescheiden und schüchtern, sodass ich ihr wohl kaum böse sein konnte, wenn sie sich doch einmischte.

»Gibt es eine Möglichkeit, dass die Tanzfläche mit einem Glitzerspray behandelt wird, damit das Licht reflektiert und zum Märchenthema passt?«, erkundigte sich Danina, nachdem sie alle bisher genannten Ideen so notiert hatte. Ich stimmte der Tanzfläche begeistert zu.

»Sie muss unbedingt groß genug sein, damit man sich mit den Ballkleidern nicht in den Weg kommt und nicht über die Füße der anderen Tanzpaare stolpert«, stimmte ich zu.

»Was ist überhaupt mit der Gästeliste? Die Einladungen müssten doch per Express versendet werden?«, warf Dian plötzlich ein und ich riss die Augen auf.

»Die Gästeliste – stimmt«, murmelte ich überrascht. Noch bevor ich weiter darüber nachdenken konnte, meldete sich erneut die Königin zu Wort.

»Die Einladungen wurden bereits versendet an eine Auswahl, die der Kronrat gemeinsam mit dem Produktionsteam getroffen hat. Es wurden 200 Gäste geladen, darunter junge Männer aus der ganzen Welt und natürlich wichtige Vertreter aus allen europäischen Ländern«, verkündete sie. Ich konnte ihr ansehen, dass sie damit rechnete meinen Zorn auf sich zu ziehen. Tatsächlich hob ich die Augenbraue und blickte sie lange stumm an. Ich konnte nicht leugnen, dass ich enttäuscht war. Trotzdem zuckte ich gelassen mit den Schultern.

»Also, weiter im Text. Termin mit der Schneiderin ist gemacht, das Catering übernimmt die Palastküche, dann brauchen wir noch eine gute Mannschaft, die den großen Saal umgestaltet. Danina, kannst du einige Skizzen anfertigen und Audey geben? Audey, kannst du mit Dian und Pilar dafür sorgen, dass die Dekoration reibungslos klappt?« Ich griff zu einem kühlen, sachlichen Ton und drehte mich so, dass meine Mutter nur noch meinen Rücken von mir zu sehen bekam. Sie würde schon wissen, was ich von ihrer erneuten Einmischung hielt.

Währenddessen begannen meine Zofen damit, Zeitpläne zu erstellen, den Ballsaal zu skizzieren, Ordner mit Tüll-Mustern herbeizuschleppen, und endlich, endlich konnte ich auch in ihren Augen die Vorfreude und die Planungswut entdecken, die mich schon lange erfasst hatte.

Meine Mutter saß stumm daneben und entschuldigte sich nach einer Weile. Ich hob nicht den Kopf, als sie den Raum verließ.

»Sollen sich die Leute denn verkleiden zum Ball? Vielleicht gemäß dem Motto?«, fragte Pilar und einen Augenblick lang ließ ich mir ihre Idee durch den Kopf gehen, bevor ich diesen entschieden schüttelte.

»Nein. Die Leute werden denken, dass es eine Kinderparty ist. Schließlich ist es mein erster Anlass, den ich alleine auf die Beine stelle. Sie sollen wissen, dass ich eine ernstzunehmende Thronfolgerin und nicht länger ein kleines Mädchen bin«, erklärte ich und meine Helferinnen nickten zustimmend.

Noch allerdings fühlte ich mich ganz und gar nicht wie eine ernstzunehmende Thronfolgerin.

Kapitel 8

»Iss endlich dein Frühstück. Ohne wenigstens eine Kleinigkeit im Magen wirst du den heutigen Tag nicht überstehen und wir wollen ja nicht, dass du heute Abend deinem Traumprinz vor den Füssen zusammenklappst.« Danina schob mir eine Mandarine zu, nachdem ich eine Viertelstunde lang mein belegtes Brot weder angerührt, noch eines Blickes gewürdigt hatte und das, obwohl mein liebster Fleischkäse darauf lag.

»Ich schaff das wirklich nicht«, murmelte ich betreten und warf auch der Frucht nur einen skeptischen Blick zu.

»Aber natürlich schaffst du das. Eines Tages wirst du die Königin von Luandia sein und kein Mensch wird sich dafür interessieren, ob du denkst, dass du es schaffst oder nicht. Du tust es einfach«. Schon wieder war meine Mutter in meine Gemächer eingedrungen, ohne sich ankündigen zu lassen und zu klopfen. Obwohl ich insgeheim wusste, dass sie recht hatte, ärgerte ich mich über sie.

»Mama, wie oft soll ich dir noch sagen, dass du hier nicht einfach ein- und ausgehen kannst, wie es dir passt?« Mit vorwurfsvoller Stimme wandte ich mich zu ihr um, ohne auf ihren Einwurf einzugehen. Was sie zu diesem Thema dachte, war mir längst bekannt und interessierte mich deswegen auch nicht mehr allzu brennend.

»Also bitte«, und deutete mit einem verärgerten Laut auf meine drei Zofen, die - angeführt von Audey - die letzten Handgriffe an meinen beiden Kleidern vornahmen. Sie hatten die Köpfe gesenkt und machten nicht den Anschein, als hätten sie unser Gespräch belauscht oder hegten übertriebenes Interesse daran. Ich schüttelte genervt den Kopf und hatte noch weniger Lust zu Frühstücken.

In einer offiziellen Pressemitteilung hatte der Palast, also meine Eltern und ich, zu einer Pressekonferenz am Morgen dieses schicksalsträchtigen

Samstages geladen. Wir kündeten vor einer kleinen Journalistenmenge den Start von ‚Princess Reality', meiner eigenen Show, an.

Dabei rutschte ich unruhig auf dem bequemen Sessel, der zwischen denjenigen meiner Eltern im Familiensalon stand, hin- und her. Ich hoffte, dass dem Fernsehpublikum, das live mithören konnte, nicht auffiel, wie extrem nervös ich war. Ein bisschen war okay - das schürte Mitleid - hatte Danina gemeint.

Meine liebe Cousine wartete in diesem Augenblick in meinen Gemächern auf mich, nachdem sie sich schon früh morgens zum Palast hatte fahren lassen, um mir seelischen Beistand zu leisten. So saß ich also da, versuchte ein bisschen nervös zu wirken und gleichzeitig meine aufkeimende Panik zu unterdrücken, während ich mir Mühe gab, ständig freundlich zu lächeln, auch wenn bereits die Frage gestellt worden war, ob ich denn wirklich plante, vor den Fernsehkameras mit jemandem herumzuknutschen.

»Ich werde mich genauso wie Sie davon überraschen lassen, was diese Show für mich bereithält. Aktuell ist es für mich kein Thema mit irgendjemandem ‚herumzuknutschen', wie Sie es nennen mögen, doch sollte sich das ändern, werden Sie mit Sicherheit davon erfahren«, versuchte ich mich diplomatisch aus der Schlinge zu ziehen und der anerkennende Blick meines Vaters zeigte, dass ich auf dem richtigen Weg war.

Meine Mutter hatte bei der Erwähnung von ‚herumknutschen' aus meinem Mund einen missbilligenden Laut von sich gegeben und ebenso zu mir hinüber gestarrt. Mein ironischer Tonfall und die dazu passende spöttische Miene hatte den Journalisten gefallen und ihnen sogar einige Lacher entlockt.

»Was erwartet uns in der ersten Staffel von ‚Princess Reality'? Werden Sie in die Schweiz zurückkehren? Wie viel kostet die Produktion einer einzelnen Folge? Wie viele verschiedene Kleider haben Sie für die erste Folge fertigen lassen?«, äffte ich die Journalisten nach, als ich wieder mit Danina im Zimmer saß und ihr von der Pressekonferenz berichtete.

Sie lachte herzlich und laut heraus, doch ich musste mich erst beruhigen, bevor ich die ganze Sache von der witzigen Seite betrachten und mitlachen konnte. Audey kam kurze Zeit später herbeigeeilt. Sie hatte während der Pressekonferenz eine kleine Pause. So wie ich sie kannte, hatte sie diese genutzt, um mit den anderen Zofen irgendetwas Wichtiges für den heutigen Abend vorzubereiten. Seitdem sie von dem Ball wusste, hatte ich ihre Hände keine Sekunde lang stillstehen sehen.

»Wir müssen damit beginnen, Euch für den Abend vorzubereiten, Prinzessin. Sie können schließlich bei Ihrem eigenen Dinner nicht zu spät auftauchen.« Das Abendessen vor dem Ball fand auf Geheiß meiner Eltern und der Produzenten extra unter meiner Schirmherrschaft statt und ich hatte die Gästeliste zusammen mit meiner Mutter eigenhändig ausgearbeitet. Umso aufgeregter war ich nun und als Dian, die zweite Zofe, mit meiner Maniküre begann, zitterten meine schmalen Finger in ihrer kalten Hand ein wenig.

»Jetzt mach dich nicht verrückt, Siara.« Danina lachte frech zu mir hinüber, während ihre eigenen Zofen, die sie extra zu diesem Zweck in den Palast mitgebracht hatte, an ihr herum feilten, malten und bürsteten.

»Du hast leicht lachen, Cousine. Schließlich wird nicht die ganze Welt zusehen, wie du dutzende heiratswilliger, schwitzender junger Adeliger an einem Abend kennenlernen wirst«, klagte ich missmutig und zuckte zusammen, als Audey an meinen Haaren riss, da ein hartnäckiger Knoten offensichtlich einfach nicht rausgehen wollte.

»Autsch«, rief ich erschrocken und rieb mir die schmerzende Stelle an der Kopfhaut.

»Verzeiht, Prinzessin, es tut mir so leid. Die Knoten in Ihren Haaren sind heute besonders dicht.« Das schlechte Gewissen stand meiner Zofe ins Gesicht geschrieben und sie zerfloss fast vor lauter Entschuldigungen. Ich schenkte ihr ein Lächeln.

»Ist doch nicht so schlimm. Wahrscheinlich habe ich mich beim Schlafen mal wieder tausend Mal hin- und hergedreht und damit all die Knoten selbst fabriziert«, witzelte ich, so weit von der Wahrheit lagen meine Worte gar nicht.

»Du weißt aber schon, dass dieser Interview-Kerl dich nicht auffessen wird?«, erkundigte sich Danina lachend.

Meiner Wahrnehmung nach dauerte es noch Stunden, in denen Audey, Dian und Pilar an mir herum feilten, bürsteten und malten, bis ich fertig für mein Interview war. Der Plan sah vor, dass ich danach nur noch wenige

Handgriffe brauchte und in mein Kleid schlüpfen musste, sodass ich zu meinem Dinner nicht zu spät erscheinen würde. Auch wenn ich wohl vor dem Ball keinen Bissen hinunterbringen würde, wäre es doch ein unverzeihlicher Fauxpas gewesen, wenn ich erst nach der Vorspeise auftauchte.

Obwohl ich gut vorbereitet war, bereitete mir der Gedanke, bei diesem Interview einem Unbekannten Rede und Antwort stehen zu müssen, Bauchschmerzen. Ich war bereits zwei Mal auf der Toilette gewesen und trotzdem grummelte mein Magen ein wenig. Ich hoffte, mich nicht vor dem Reporter übergeben zu müssen.

Ich empfing den Mann in meinem eigenen kleinen Salon. Dieser war schon nach wenigen Folgen das Zentrum von ‚Princess Reality' geworden. die Zuschauer wussten sicher den Wiedererkennungswert des Raumes zu schätzen, sobald sie die ersten Folgen gesehen hatten. Bevor der Reporter kam, überzeugte ich mich, ob Audey, Dian und Pilar alle persönlichen Gegenstände von mir weggeräumt hatten, doch es war reine Zeitverschwendung – meine Zofen hatten ganze Arbeit geleistet.

Also saß ich da in meinem Lieblingssessel, die Beine überkreuzt und wartete auf den Reporter. Ein ungeduldiger Blick auf die Uhr zeigte mir, dass er bereits zwei Minuten verspätet war. Ich fühlte mich alleine und ausgestellt, denn ich wusste, dass die Kameras auf mich gerichtet waren und die Kameraleute nur darauf warteten, mich einzufangen. Als hätte sie meinen Wunsch nach ein wenig Gesellschaft gehört, kam auch schon Pilar und zupfte noch einmal an meiner Frisur herum.

»Seid Ihr aufgeregt, Prinzessin?«, erkundigte sie sich mit leiser, mitfühlender Stimme. Vor meinen Eltern hätte sie mich niemals von sich aus angesprochen, ohne dazu aufgefordert worden zu sein, doch in meinen privaten Gemächern hielt ich es so, dass die Zofen frei sprechen durften, außer ich bat sie, mich in Ruhe zu lassen.

Ich lächelte schief und steckte sie damit an. Ihr schüchterner Gesichtsausdruck verwandelte sich und auch sie schmunzelte.

»Ihr werdet das großartig machen«, versprach sie und wischte ein unsichtbares Staubkorn von meinem Kleid, bevor sie sich unauffällig zurückzog. Ich blickte ihr versonnen hinterher und fragte mich, wie es wäre, einen

Tag lang mit ihr zu tauschen, die Kameras abzustreifen und einfach zu leben. Doch meine Gedankengänge wurden unterbrochen, ehe ich sie vertiefen konnte. Ein dumpfes Klopfen an der Tür rief Audey auf den Plan, die den Journalisten, Mr Sentaku hereinführte. Während er auf mich zukam, hatte ich Zeit, den schlanken Mann zu mustern.

Sein Gesicht verriet sofort, dass er nicht in Luandia geboren war und als er sich schließlich tief vor mir verbeugte, bestätigte seine Stimme, dass er aus Asien stammen musste.

»Seid gegrüßt, verehrte Prinzessin Siara.« Erst auf einen Wink von mir erhob er sich aus seiner Verbeugung. Seine Höflichkeit gefiel mir und ich bot ihm freundlich an, sich zu setzen. Ohne dass ich etwas sagen musste, brachte Dian Erfrischungen auf einem gläsernen Tablett.

»Seid Ihr nervös, Prinzessin Siara?«, stellte er dieselbe Frage wie Pilar kurz zuvor. Ich lächelte in Erinnerung daran.

»Ein bisschen vielleicht«, lachte ich und hoffte, damit den Rest meiner Nervosität zu verstecken. Mr Sentaku war mir sympathisch und ich entspannte mich rasch in seiner Gegenwart.

»Woher stammen Sie, Mr Sentaku?«, erkundigte ich mich, da die Neugier unter meinen Nägeln brannte. Er lachte laut auf, ein herzliches und offenes Lachen, das ich bei einem Reporter so nicht erwartet hätte.

»Ich bin aus Japan, aber ich bin gebürtiger Luandier und habe sogar in der Armee von Luandia gedient«, erzählte er und schmunzelte dann.

»Ich dachte, dass es bei diesem Interview darum geht, dass ich Euch befrage, Prinzessin.« Der Mann wand sich unter meinem belustigten Blick und ich spürte, wie unangenehm es ihm war, mir zu widersprechen. Trotz seiner Arbeit, die ihn viele Grenzen überschreiten ließ und mit den verschiedensten spannenden Menschen zusammenführte, schien er mir gegenüber respektvoll, ja beinahe schüchtern.

»Ach«, entgegnete ich lächelnd mit unschuldigem Gesichtsausdruck, »da müssen Sie sich geirrt haben!« Gelassen lehnte ich mich zurück und spielte mit meinen Fingernägeln. Der Reporter schien sich inzwischen langsam an sein erstes Gespräch mit einer Prinzessin zu gewöhnen und seine Schultern und die Falten um seinen Mund entspannten sich zusehends.

»Wie fühlt Ihr Euch vor Eurem ersten großen Ball, Prinzessin Siara?«, ging er dann tapfer zur ersten richtigen Frage über. Ich lächelte gewinnend, ohne die Kameras zu beachten. Dass sie auf mein Gesicht gerichtet waren, wusste ich.

»Es ist ja nicht mein erster Ball, Mr Sentaku. Es ist nur die erste große gesellschaftliche Veranstaltung, deren Organisation ich übernommen habe«, erläuterte ich. Bisher fand ich das Interview gar nicht so tragisch und gleichzeitig wie Mr Sentaku entspannte ich mich mehr und mehr.

»Dann habt Ihr alle Tänze für heute Abend bereits im Kopf und werdet einspringen können, wenn einer Eurer männlichen Gäste aus dem Takt gerät?«, fragte er weiter und ich erkannte, dass er gerade wirklich daran dachte, wie ich wohl beim Tanzen aussehen würde.

»Ich übe diese Tänze seit dem Tag, als ich meine ersten Schritte gemacht habe. Ich denke schon, dass ich ein bisschen aushelfen kann, aber natürlich hoffe ich, dass meine Zehen heute Abend nicht Opfer von ungeschickten Tänzern werden. Mit Sicherheit wird mich kein Mann unvorbereitet zum Tanz auffordern«, lächelte ich.

»Wie ist es denn für Euch, nun rund um die Uhr von Kameras begleitet zu werden?« Diese Frage hatte ich eigentlich schon ganz zu Anfang des Interviews erwartet und war davon nicht weiter überrascht.

»Wie Sie wissen, habe ich meine Ausbildung in der Schweiz unterbrochen, um hier in Luandia für das Königshaus und das Volk da zu sein. Ich will, dass jeder da draußen weiß, dass sie eine Prinzessin haben, die sich um ihre Bedürfnisse sorgt und die sich für den Frieden einsetzt. Wie könnte ich das besser zeigen als mit einer solchen Sendung?« Ich bemühte mich, einen emotionalen Klang in meine Stimme zu bringen und es fiel mir auch nicht allzu schwer, da ich genau so dachte, wie ich es sagte.

»Aber Eure Ausbildung?«, drang Mr Sentaku weiter in mich.

»Ich möchte sie unbedingt fortsetzen, sobald die Gelegenheit besteht und ich erhalte regelmäßig Unterlagen meiner Schule, um den Anschluss nicht zu verpassen. Eine ungebildete Thronfolgerin möchte ich schließlich dem luandischen Volk nicht zumuten - abgesehen davon, dass ich jemand bin, der gerne lernt und neues Wissen wie ein Schwamm aufsaugt.« Ich entlockte dem Reporter ein Lächeln, während er geschäftig mit seinem Kugelschreiber Seite um Seite auf seinem Notizblock füllte. Da ich kein Script sah, nach dem er mich befragte, kam mir der Gedanke, ob er frei aus dem

Kopf sein Interview führte. Um ihn nicht aus dem Konzept zu bringen, beschloss ich, erst am Schluss nachzufragen.

»Und Eure Privatsphäre? Bleibt sie komplett auf der Strecke? Schließlich besteht ja die Möglichkeit, dass Ihr jemanden kennenlernt, zu dem Ihr eine Beziehung aufbauen wollt – werden wir dies alles live miterleben dürfen?« Diese Frage hatte ich mehr gefürchtet, als ich zu Anfang zugegeben hätte.

»Mr Sentaku – ich habe keine Ahnung, wie sich die Show entwickeln wird. Meine Privatsphäre ist sicher zweitrangig, wenn es darum geht, meinem Volk in schweren Zeiten beizustehen, aber ich bin überzeugt, dass ich – sollte ich jemanden näher kennenlernen wollen – die eine oder andere Gartenlaube auf dem Palastareal kenne, die dem Filmteam nicht bekannt ist.« Ich gab mir gar keine Mühe, die Unsicherheit in dieser Hinsicht zu verbergen, denn ich wollte von Anfang an für meine Zuschauer authentisch bleiben. Ich hoffte auf ihr Verständnis und dass sie genügend einfühlsam waren, um zu sehen, was für ein grosses Opfer es war, meine komplette Privatsphäre aufzugeben.

Die weiteren Fragen wurden einfacher. Ich verriet einige Details der Dekoration für den Abend und auch ein paar Namen auf der Gästeliste. Meist hatte ich mehr das Gefühl, ein ungezwungenes Gespräch, anstatt ein Interview zu führen und so war ich anschließend entspannt genug, Make-up und Haare richten zu lassen, ohne groß herum zu zappeln. Das Gefühl, mich gar nicht so schlecht geschlagen zu haben, nahm mir ein wenig die Aufregung vor dem, was noch kommen mochte.

Trotzdem dauerte es noch fast eine Stunde bis ich bereit war für das große Dinner. Ich hatte meine Frisuren und Make-ups so geplant, dass nach dem Essen nur noch wenige Handgriffe und ein Kleiderwechsel nötig wurden, um aus mir die Fee zu zaubern, die ich heute Abend auf dem Ball gerne verkörpern wollte.

Kapitel 9

Als ich den Ballsaal betrat, war mir, als stünde ich schon nach wenigen Schritten mitten in einem Märchenwald. Während der Planungen hatte ich mir stets vorzustellen versucht, wie meine Pläne dann schlussendlich in der Realität aussehen würden, doch das hier übertraf meine wildesten Vorstellungen. Der Boden war mit Glitzer besprüht, sodass man das Gefühl hatte, auf einer Wolke zu gehen und von der Decke hingen schimmernde, hauchdünne Tücher in den Farben des Waldes. Die Treppe, die von den königlichen Gemächern hinab in den Ballsaal führte, war mit einem roten Teppich ausgelegt.

Ich stand da, staunend und glücklich, die linke Hand federleicht auf dem Arm meines Vaters und erst als dieser sich räusperte, ging ich einen Schritt nach unten. Und dann noch einen. Alle Blicke waren auf mich gerichtet und das Herz schlug mir bis zum Hals. Fremde Menschen kennenzulernen war noch nie meine Stärke und ich wischte mir unauffällig meine rechte Hand am Kleid, um die Leute nicht mit einem feuchten Händedruck abzuschrecken.

Ich hatte mich schlussendlich für ein zartgelbes Kleid entschieden, das meine Weiblichkeit perfekt betonte. Es umspielte meinen Körper und widersprach allen Konventionen, die für Ballkleider herrschten. Immerhin war es das erste Gewand, das ich ohne fremde Hilfe mit den Schneiderinnen entworfen hatte und es war genauso geworden, wie ich es mir vorgestellt hatte. Jetzt allerdings, als alle Scheinwerfer und Blicke auf mich gerichtet waren, begann ich, mich ein wenig nackt zu fühlen. Tapfer setzte ich einen Fuß vor den anderen.

Immer wieder glitt mein Blick über die Menschen hinweg zu den tausenden kleinen Lichtern, die von der Decke hingen und den Zauberwald perfekt machten. Es schien nicht nur mir so zu gehen. Auf den Gesichtern meiner Gäste konnte ich Staunen und Entzücken entdecken.

»Begrüßt den König von Luandia mit seiner bezaubernden Tochter –

Prinzessin Siara.« Der Hofmarschall stand links von der Treppe und schenkte mir ein Lächeln, als ich an ihm vorbei schwebte. Die Leute klatschten begeistert, während ich die Treppe hinunterstieg. Noch drückten meine neuen Schuhe nicht und ich war rundum glücklich.

Erst als ich am Fuße der Treppe angekommen war, fielen mir die geschickt platzierten Kameraleute auf. Sie flankierten den Raum links und rechts und standen auch auf der gegenüberliegenden Seite des Saals. Ich beschloss, sie einfach zu ignorieren, wie es mir aufgetragen worden war, und hoffte, dass dies den Gästen ebenso gut gelingen würde.

Meine Mutter stand bereits zwischen ihrer Schwester und einer Dame, die ich nicht kannte. Soeben angelte sie sich eine Champagnerflöte vom Tablett eines herumgehenden Kellners.

»Hebt Eure Gläser auf unsere wunderschöne Prinzessin Siara«, rief der Hofmarschall und Jubel erklang. Ich konnte nicht verhindern, dass ein Strahlen mein ganzes Gesicht zum Leuchten brachte. Während ich zu den bereitstehenden Sesseln durch den Raum ging, begrüßte ich bekannte Gesichter unter den Gästen.

Der eine oder andere Fremde fiel mir auf und mehr als einer der Männer musterte mich überdeutlich, was mein Unbehagen zurückbrachte.

»Du siehst wunderschön aus. Wie eine Elfe«, lächelnd begrüßte mich Danina mit einem Wangenkuss.

»Du hast mich doch schon gesehen«, lachte ich und zwinkerte ihr zu. Sie selbst trug einen dunkelblauen Traum aus Seide und das Licht spiegelte sich in dem glatten Stoff, sodass es aussah, als würde sie von innen leuchten. Ihre blauen Augen passten perfekt dazu. Sie strahlte übers ganze Gesicht.

»Hast du schon all die vielen hübschen, jungen Adeligen gesehen? Sie sind alle deinetwegen hier«, wisperte sie aufgeregt und ihre Wangen leuchteten rosa. Ich nickte zerstreut, zu überwältigt von den vielen Eindrücken, um ein richtiges Gespräch führen zu können. Dass ich demnächst jeden einzelnen Gast begrüßen musste, bereitete mir genug Unbehagen.

Man hatte die drei hohen Stühle genau nach meinen Anweisungen angeordnet und ich war mir fast sicher, dass Mutter missbilligend den Kopf geschüttelt hatte, als sie es zum ersten Mal gesehen hatte. Noch immer war der Stuhl des Königs das zentrale Element. Er stach durch seine goldene

Rückenlehne sofort ins Auge, wenn man den grossen Saal betrat. Ich hatte zwar gewagt, alle drei Stühle mit Taft in zarten elfengleichen Farben umwickeln zu lassen, das Gold hatte ich jedoch unangetastet gelassen, sodass es weiterhin königlich hinter dem Rücken meines Vaters hervorleuchtete. Den Stuhl meiner Mutter hatte ich ein wenig verschoben und meinen, der bisher zu ihrer Linken gestanden hatte, zur Rechten meines Vaters stellen lassen.

Die Angestellten hatten geächzt unter dem Gewicht der massiven Holzmöbel, doch schließlich war alles zu meiner Zufriedenheit angeordnet worden.

Wie ich nun so da saß, musste ich mich ständig daran erinnern, dass ich nicht alleine war. Die gepolsterten Stühle luden einfach dazu ein, sich gehen zu lassen, hinzufläzen und gemütlich die Beine auszustrecken. Mit Sicherheit hätte das mein Kleid alles andere als vorteilhaft aussehen lassen.

»Dauphin Jules du Valois«, kündigte der Haushofmeister an und klopfte mit seinem Stock drei Mal auf den gewienerten Holzboden. Früher hatte ich mal überprüft, ob das ewige Klopfen Dellen hinterlassen hatte, doch der Boden war an dieser Stelle genauso glatt wie an jeder anderen auch.

Überrascht blickte ich auf, als der Dauphin angekündigt wurde. Die Beziehungen von Luandia zu Frankreich waren seit jeher nicht die besten, da sich Luandia – wohl auch aus geografischer Notwendigkeit – stets zu Frankreichs Erzfeind Großbritannien bekannt hatte. Deswegen wunderte ich mich, dass meine Mutter einen Franzosen auf die Gästeliste gesetzt hatte. Doch als ich eben diesen Gast in Augenschein nahm, war mir nach wenigen Herzschlägen klar, warum sie dies getan hatte.

Er trug nicht nur einen alten, französischen Adelstitel, der ihm Beziehungen zum Königshaus beschied, sondern sah umwerfend aus. Mit umwerfend meine ich, dass einige der Damen, die dem Dauphin Platz gemacht hatten, um ihn zum König vorzulassen, kurz vor einer Ohnmacht zu stehen schienen. Eine ließ sich stützen und die andere fächelte sich nervös mit einer Serviette frische Luft zu.

Der dunkelhaarige junge Mann verneigte sich tief, genau in der Mitte unserer drei Stühle, vor meinem Vater, dem König. Dieser begrüßte ihn mit leiser Stimme. Dann wandte sich der Franzose mir zu.

»Ich danke herzlich für die Einladung zu Eurem wunderschönen Ball, verehrte Prinzessin«, begann er, beinahe akzentfrei. Nur das letzte Wort verriet seine französische Herkunft. ‚Prinzeschin', sagte er und brachte mich damit zum Lächeln. Wie ferngesteuert erhob ich mich von meinem Sitz, auf dem ich mich zuvor um eine aufrechte Haltung bemüht hatte und ging einen Schritt auf ihn zu. Er hielt den Kopf noch immer gesenkt. Als ich ihm die Hand hinstreckte, ergriff er diese formvollendet, küsste sie und hob endlich den Kopf. Ein eindringlicher Blick traf mich und ließ auch meine Atmung einen Wimpernschlag lang unkontrolliert aussetzen. Dann zwinkerte er mit dem linken Auge, lächelte und die Spannung zwischen uns war verflogen. Nur zögernd ließ er meine Hand los.

»Ich freue mich sehr, dass Sie heute Abend unser Gast sind, geschätzter Dauphin. Es ist schön, Ihre Bekanntschaft zu machen.« Irgendetwas sagte mir, dass ich mich mit dem französischen Adeligen ganz gut unterhalten würde, wenn wir erst die Konventionen des Königshofes nicht mehr beachten mussten.

»Darf ich darauf hoffen, später noch mit Euch zu tanzen, Prinzessin? Ihr seid die schönste Frau im Saal und da möchte ich mir doch meine Chance nicht entgehen lassen.« Als ob er meine Gedanken gelesen hätte, kam es mir vor, als er mich zum Tanz aufforderte. Unter den wachsamen Blicken meiner Eltern nickte ich nur huldvoll und erwiderte nun sein Zwinkern.

»Sehr gerne, Dauphin. Ihr müsst nur schnell genug sein.« Mit diesen Worten nickte ich ihm zu und setzte mich wieder. Der Franzose lachte leise auf und das Geräusch, das er dabei machte, gefiel mir. Es klang rau und verwegen, ein wenig wie die luandische See im Winter.

Amüsiert blickte ich ihm einen Augenblick lang hinterher, bevor ich mich den nächsten Gästen zuwandte. Jules. Ich ließ seinen Namen noch einen Moment durch meinen Kopf geistern, dann setzte ich mein schönstes Lächeln auf und war wieder die formvollendete Prinzessin.

Alexander von Schottland kam auf mich zu und erinnerte mich im ersten Augenblick an einen Pfau. Von Kopf bis Fuß war er korrekt gekleidet, keine Falte zu viel zierte seinen Anzug und seine Schuhe glänzten mit dem polierten Fußboden um die Wette. Seine Haare waren einen Tick zu lang für die aktuelle Norm der Gesellschaft, doch er vertuschte das durch eine raffinierte Gelfrisur, die mir persönlich leider ganz und gar nicht gefiel. Ich stellte mir vor, wie eine Fliege darauf landete und kleben blieb. Das arme Tier.

Mit einem Schmunzeln hielt ich ihm die Hand hin, die er mit einer formvollendeten Verbeugung ergriff. Sein Lächeln war wesentlich schüchterner und verriet, dass meine amüsierte Miene ihn verwirrte.

»Prinz Alexander, es ist mir eine Freude, Ihre Bekanntschaft zu machen. Es ehrt mich, dass Sie den weiten Weg von Schottland hierher auf sich genommen haben, um meiner Einladung zu folgen.« Die Worte, die ich brauchte, kamen mir inzwischen flüssig über die Lippen. Einen Augenblick lang schämte ich mich, dass ich nicht kreativer war.

»Die Freude ist ganz meinerseits, Prinzessin. Nachdem mir meine Cousine Sarah in den höchsten Tönen von Ihnen vorgeschwärmt hat, konnte ich gar nicht anders, als nach Luandia zu reisen und persönlich Ihre Bekanntschaft zu machen.« Dass er Sarah erwähnte, war immerhin mal etwas Neues und freute mich sehr.

»Die Familie meiner lieben Freundin Sarah wird mir immer willkommen sein«, meinte ich und war dabei völlig aufrichtig. Dann beugte ich mich zu Alexander vor. Unsere Blicke begegneten sich und mir fielen seine schönen grün-grauen Augen auf, die das Einzige waren, das mir an ihm wirklich lebendig vorkam.

»Ohne Sarah wäre ich schon längst aus dem Internat in der Schweiz getürmt«, flüsterte ich und entlockte ihm damit ein herzhaftes Lachen, das um seine Augen einige Fältchen legte.

»Ihr seid wirklich so wunderschön, wie meine Cousine gesagt hat. Dass Ihr allerdings eine solch nette Gesprächspartnerin seid, habe ich ihr nicht geglaubt.« Alexander blickte ein wenig schuldbewusst drein. Nach nur einer Sekunde wich seine lebendige Miene wieder der Maske, die er schon zu Beginn unserer Begegnung aufgesetzt hatte.

»Ich würde mich freuen, später bei einem Tanz unsere Unterhaltung fortzuführen.« Spontan wollte ich ihn aufhalten, diese Maske wieder herunterreißen, denn der echte Alexander hatte mir gefallen. Ich lief tomatenrot an und konnte den Blick meiner Mutter auf mir spüren. Immerhin war ich laut genug gewesen, damit auch sie diesen Skandal mitbekommen hatte. Ihre Tochter - eine Frau - forderte einen Mann zum Tanz auf. Ob ich mir ihren tiefen Seufzer nur eingebildet hatte, war ich mir in diesem Augenblick nicht sicher.

Auch Alexander schien irritiert, hielt inne, nachdem er sich schon halb von mir abgewandt hatte.

»Natürlich«, meinte er gedehnt, drehte sich noch einmal zu mir, doch das Lächeln, nach dem ich gesucht hatte, wollte einfach nicht auf seinem Gesicht erscheinen.

»Gerne«, fügte er noch an und verneigte sich knapp vor mir. Seine Miene konnte ich nicht deuten und ich hätte mich am liebsten selbst geohrfeigt, als er sich umdrehte und davonging. Ich vermied, in Richtung meiner Eltern zu blicken, konnte aber auch so ihren Vorwurf spüren. Was hatte ich nur getan?

Viele Gesichter vor und nach Alexander von Schottland blieben mir nicht näher in Erinnerung, doch als ich plötzlich den Duft einer Rose in der Nase hatte, blickte ich überrascht auf.

»Conde Federico aus Madeira«, stellte ihn der Haushofmeister vor und als erstes nahm ich einen dunklen Lockenschopf wahr, der in einer tiefen Verbeugung verharrte. Der Graf aus Madeira hielt eine dunkelrote, vollblütige Rose in der Linken und als ich ihn dazu aufforderte, näher zu treten, sah ich, dass seine Augen ebenso dunkel waren wie die Rose, allerdings mit einem bräunlichen Glanz. Sein freundliches Gesicht brachte mich dazu, ihm ein herzliches und ernst gemeintes Lächeln zu schenken.

Unweigerlich verglich ich ihn mit Alexander und auch wenn dieser Pluspunkte als Sarahs Cousin hatte, war mir Federico auf den ersten Blick sympathischer, obwohl er noch nicht das Wort an mich gerichtet hatte.

»Ich freue mich sehr, dass Ihr den weiten Weg von Madeira auf Euch genommen habt, um der Einladung zu meinem Ball zu folgen, verehrter Conde.« Ich kam nicht umhin, den Blick meiner Eltern auf mir zu spüren.

»Allein der wunderschöne Märchenwald, in den Ihr Eure Gäste entführt, ist eine Reise wert, Prinzessin«, bemerkte er charmant und zwinkerte mir zu. Seine Stimme war angenehm weich, fast auffällig für einen Mann und weckte in mir den Wunsch, mich länger mit ihm zu unterhalten.

Nach den ersten offiziellen Tänzen, von denen ich einen mit meinem Vater – im Übrigen ein mehr als passabler Tänzer – absolvierte, war Prinz

Alexander der Erste, der mich aufforderte. Obwohl ich mir erhofft hatte, einen weiteren Blick hinter seine Fassade werfen zu können, war das Einzige, was ich bekam ein perfekter Tänzer, der keinen falschen Schritt machte und jeden Takt der Musik im Voraus zu spüren schien. Ich genoss es, von ihm geführt zu werden, und wusste, dass wir zusammen wie ein wundervolles Paar aussehen mussten. Der kurze Zauber unserer Begrüßung flammte nicht wieder auf und mehrmals fragte ich mich, was durch seinen Kopf gehen mochte, während wir Belanglosigkeiten austauschten.

Ich hätte niemals zugegeben, dass ich darauf gewartet hätte, doch nachdem mich Prinz Alexander von Schottland nach einem wundervollen, wenn auch gefühllosen Walzer wieder an meinen Platz geleitet hatte, freute ich mich sehr, den französischen Dauphin auf mich zukommen sehen. Den Abend über war mir aufgefallen, dass er mit fast jeder anwesenden weiblichen Person geplaudert oder sogar geschäkert hatte. Sogar meine sonst so coole Cousine Danina war nicht unberührt geblieben von seinem Charme und als er ihr ein Champagnerglas gereicht hatte, waren ihre Wangen einen Tick röter geworden. Ich würde sie später damit aufziehen, beschloss ich insgeheim, während der Dauphin sich vor mir verneigte und die Hand ausstreckte. Er sprach kein Wort, bis ich ihm in die Mitte der Tanzfläche gefolgt war. Plötzlich spürte ich überdeutlich alle Blicke auf mir ruhen, obwohl mir klar war, dass dies schon den ganzen Abend über so war. Jules' Hände auf meiner Hüfte und an meinem Arm fühlten sich warm an, zu warm für diesen Abend.

»Jetzt habe ich lange genug gewartet«, flüsterte er mir ins Ohr und, noch bevor ich ihn nach dem Sinn seiner Worte fragen konnte, begannen die ersten Takte der Musik zu spielen. Ehe ich mich versah, hatte er mich mehrmals rassig herum geschwungen, bis ich mich eng an seinen Körper gedrückt – mein Rücken an seinem Oberkörper - wiederfand. Wer zur Hölle hatte dieses Musikstück ausgesucht?

Noch während ich überlegte, schleuderte er mich wieder von sich und beim nächsten Mal, als wir aufeinandertrafen, hätte sein Kinn beinahe meinen Scheitel berührt. Sein männlicher Duft, eine Mischung aus Parfüm und Zigarettenrauch stieg mir in die Nase. Obwohl ich das Rauchen grundsätzlich verabscheute und mich ungern in der Nähe von Menschen aufhielt, die mit brennenden Zigaretten hantierten, gefiel mir die Kombination. Erst als der Dauphin ein bisschen Distanz zwischen uns gebracht hatte, blickte ich wieder zu ihm hoch. Er zwinkerte mir zu und als er mich wieder von sich wegdrehte, hielt ich den Kopf erhoben und lächelte. Endlich begann ich, den Tanz zu genießen, und wünschte mir, das flotte, sinnliche Musikstück würde so schnell nicht enden.

Nach dem Tanz mit Jules lehnte ich sein Angebot für einen Drink ab und ohne Begleitung trat ich hinaus in den Garten, um all meine Sinne abzukühlen und die Nachtluft über meine erhitzten Wangen streichen zu lassen. Absichtlich wählte ich einen Seiteneingang, denn ich wollte alleine sein. Auf keinen Fall konnte ich jetzt Kameras gebrauchen, die mir um die Nase herumtanzten und auch von charmanten Verehrern hatte ich im Augenblick genug. Der Tanz mit dem Franzosen hatte mich ziemlich durcheinandergebracht und insgeheim hoffte ich, das Stück, zu dem ich mit Prinz Alexander getanzt hatte, wäre ein bisschen länger gewesen wie dasjenige zum Tanz mit Jules.

Ansonsten musste ich damit rechnen, dass die Presse morgen vergessen haben würde, was für einen schönen Abend ich auf die Beine gestellt hatte – und sich nur an den politischen Skandal auf der Tanzfläche erinnern. Ich seufzte tief und lehnte mich ans Geländer, das die Treppe in den Garten säumte. Die breite weiße Marmorfläche war kalt von der Nachtluft und genau das Richtige für mich. Ich legte beide Handflächen darauf ab und dachte sogar darüber nach, die Stirn ebenfalls am Stein zu kühlen, als ich hinter mir ein Rascheln vernahm.

»Wer ist da?« Alarmiert drehte ich mich um, noch schneller als zuvor in Jules' Armen. Tausend Gedanken schossen durch den Kopf und plötzlich erinnerte ich mich auch daran, was mein Vater über die Menschen gesagt hatte, die die Monarchie lieber gestern als morgen gestürzt hätten. Ich riss die Augen auf, um in der Dunkelheit etwas zu sehen und wünschte insgeheim, dass mich jemand beim Herausgehen beobachtet hatte. Doch ich hatte nicht einmal dem Dauphin gesagt, wohin ich wollte, als ich mich von ihm verabschiedet hatte.

»Hallo?« Meine Stimme klang nicht so fest, wie ich es mir gewünscht hätte und krallte die Finger in den kalten Stein hinter mir.

»Prinzessin Siara?« Aus einem schmalen Gartenweg trat ein Mann, nicht allzu festlich doch in edle Stoffe von dunkler Farbe gekleidet. Er war beinahe gänzlich mit seiner Umwelt verschmolzen, weshalb ich ihn erst sehen konnte, als er mich schon fast erreicht hatte.

»Wer seid Ihr?« Der Mann war nicht viel älter als ich, doch seine Züge waren zu ernst für das jugendliche Gesamtbild. Die Furchen auf seiner Stirn stammten nicht vom Lachen und auch seine Augen waren dunkler als alle, die ich bisher gesehen hatte.

»Verzeiht, ich habe es wohl verpasst, von Eurem Haushofmeister vorgestellt zu werden. Mein Name ist Cedric Brades. Ich bin der Abgesandte von Montserrat in Luandia und stand zufällig auf der Gästeliste zu Eurem Ball.« Warum nur hatte ich das Gefühl, dass mich dieser unverschämte Typ kein bisschen ernst nahm? Und obwohl ich der Meinung war, eine Entschuldigung für meinen Schrecken zu verdienen, konnte ich nicht damit aufhören, ihn anzustarren.

»Ihr schaut mich an, als wäre ich der erste Mann, der Euch über den Weg gelaufen ist?« Selbstverständlich fiel diesem Fremden so etwas sofort auf.

»Natürlich nicht!«, widersprach ich sogleich heftig.

»Ich bin es nur nicht gewohnt, dass man mich warten lässt.« Endlich hatte ich meinen hochnäsigen Prinzessinnen-Ton wieder gefunden.

»Ach, Ihr habt auf mich gewartet?«, erkundigte er sich und ich spürte, wie ich errötete. Wie konnte es ihm nur mit jedem Wort gelingen, mich aus der Fassung zu bringen.

»Aber selbstverständlich – dem Ball fehlt doch jeder Glanz ohne Eure Anwesenheit«, gelang es mir, mehr schlecht als recht auf seine spöttische Art einzugehen. Ich wusste selbst, dass ich mich eher schüchtern als arrogant anhörte und mein Spruch deswegen fast so rüberkam, als sei er ernst gemeint.

»Na, dann würde ich sagen, der letzte Tanz des Abends gehört mir«, bestimmte er und wollte an mir vorbei in den Saal gehen. Ich nahm all meinen Mut zusammen.

»Ihr kommt zu spät, Mr Brades.« Während ich ihn aufhielt, überlegte ich, ob er einen Titel trug. Er hatte keine genannt, aber meist waren Abgesandte irgendwelche Lords oder sonstige Vertraute des jeweiligen Herrscherhauses. Gerne hätte ich von ihm mehr über seine Herkunft erfahren, denn Montserrat war nicht mehr als eine vage Erinnerung aus einer Geographiestunde für mich.

»Alle Tänze sind bereits vergeben«, erklärte ich, als er sich umdrehte, und erneut auf mich zukam. Sein Gesicht lag noch immer halb im Schatten. Einige Außenlampen waren erloschen, da wir nicht im Bereich der Bewegungsmelder standen.

Ich wich zurück, als Mr Brades immer näher kam und keine Anstalten machte, anzuhalten. Als er direkt vor mir stand, stieg mir sein Duft in die Nase. Er roch würzig und fremd, aber nicht unangenehm. Mr Brades beugte sich zu mir hinunter, sodass ich seinen Atem fühlen konnte, wie er über meine Oberlippe strich.

»Ich werde Euch erobern, Prinzessin Siara. Das wisst Ihr, oder?« Mit diesen Worten drehte er sich um. Erst jetzt fiel mir auf, dass ich die Augen geschlossen hatte. Was war ich eigentlich für ein dummes Huhn? Hatte ich ernsthaft geglaubt, er würde mich küssen? Hatte ich es mir sogar gewünscht?

Kapitel 10

»Ihr habt Besuch, Prinzessin«, Dian kam zurück von der Tür und knickste höflich vor mir. Würde ich es wirklich jemals schaffen, dass meine Zofen sich in meiner Anwesenheit nicht verhielten, als sei ich die Kaiserin von China? Aktuell war ich viel zu neugierig, um Dian weiter zu beachten oder mich mit solchen Gedanken aufzuhalten. So sittsam wie nötig sprang ich auf und vergaß beinahe, dass ich nur einen durchsichtigen Morgenmantel und darunter meine edelste Spitzenunterwäsche trug. Ich war gerade dabei gewesen, die Haarnadeln aus meiner Frisur zu lösen und mein Haar fiel nun in sanften Locken über meinen Rücken.

»Schnell, ich brauche etwas zum Anziehen. Führt den Besuch in den Salon.« Mein Herz klopfte heftig, wohl eine Nachwirkung vom Champagner, dem ich großzügig zugesprochen hatte.

»Wer ist es denn?«, wollte ich wissen, während Dian mir in ein einfaches Kleid half, das gerade zur Hand war und sich auch ohne Schnürung sicher verschließen ließ.

»Er wollte seinen Namen nicht nennen«, wisperte sie ängstlich. Ihre Augen waren weit aufgerissen und in diesem Augenblick erinnerte sie mich an ein verschrecktes Reh. Wahrscheinlich dachte sie genau dasselbe wie ich: Dass es alles andere als schicklich war, wenn die Prinzessin um diese Zeit noch Männerbesuch empfing. Einen Moment lang erwog ich, die Wachen zu rufen, doch wenn mir jemand etwas Böses wollte, würde er sich wohl kaum bei meinen Zofen anmelden, bevor er in meine Gemächer eindrang.

Den Schrecken, den mir Cedric Brades von Montserrat vor wenigen Stunden im Garten eingejagt hatte, konnte ich allerdings so leicht auch nicht vergessen. Als ich halbwegs präsentabel aussah, bat ich Dian, sich bereitzuhalten.

»Tut mir leid, dass es bei dir heute so spät wird«, raunte ich noch und schüttelte dann den Kopf, als sie sich an meinen Haaren zu schaffen machen wollte.

»Lass! Das muss reichen so«, damit rauschte ich in den Salon und hoffte, mit einem energischen Auftritt über mein nur halbwegs präsentables Äußeres hinwegtäuschen zu können. Während den wenigen Minuten seit Dians Ankündigung und dem Moment als ich in den Salon trat, hatte ich hin- und her überlegt, wer mir wohl so spät noch einen Besuch abstattete, aber mit Dauphin Jules von Frankreich hatte ich nicht gerechnet.

Auch wenn unser Tanz sehr schön gewesen war, hatte er danach keine weitere Gelegenheit ergriffen, sich mir zu nähern und mich in ein Gespräch zu verwickeln, wie dies genügend andere junge Männer durchaus wieder und wieder versucht hatten. Schüchtern hatte er auf mich nicht gewirkt, doch ich hatte ihn, nachdem ich mit Cedric den Saal wieder betreten hatte, nicht mehr entdecken können.

Er musste den Ball wohl kurz nachdem ich in den Garten gegangen war, verlassen haben.

»Verzeiht, Prinzessin, wenn ich so spät noch in Eure Privatsphäre eindringe und glaubt mir, ich hätte es auch lieber vermieden, wenn es irgendwie möglich gewesen wäre.« Im selben Augenblick, als ich den Salon betrat, sprang der junge Franzose auf, hastete mir entgegen und nahm meine Hände temperamentvoll in die seinen. Ich war mehr als erstaunt und hatte nicht damit gerechnet, ihn so rasch wiederzusehen, nachdem er mir auf dem Ball doch sehr gut gefiel.

»Dauphin, was ist denn los?«, erkundigte ich mich besorgt. Er zog mich mit sich auf eine Chaiselongue, wo er mich nötigte, neben ihm Platz zu nehmen. Während der ganzen Zeit sah er dermaßen verwirrt aus. Seine Augen hetzten unruhig durch den Raum und er drückte meine Hände, die er immer noch festhielt, als ob er sie in den seinen zerquetschen wollte.

»Es tut mir wirklich sehr leid, wenn ich Euch mit meinen Problemen behelligen muss, Prinzessin.« Endlich gab er meine Finger frei, aber nur, um selbst mit der einen Hand die andere zu kneten.

»Ich werde noch heute Nacht abreisen und Euer schönes Land verlassen, Prinzessin Siara«, rückte er schließlich mit der großen Neuigkeit heraus. Ich zuckte zusammen – dass wir uns so bald wieder verabschieden mussten, damit hatte ich nicht gerechnet.

»Aber warum denn, Dauphin?«, wollte ich erschrocken wissen.

»War etwas nicht zu Eurer Zufriedenheit? Wurdet Ihr beleidigt? Sicher war es nur ein Missverständnis – ich helfe gerne dabei, aufzuklären was immer geschehen ist und Euren Aufenthalt in Luandia verdorben hat«, bot ich rasch an und wunderte mich im selben Moment über mich selbst. Seit wann war es mir so wichtig, dass er blieb? Hatte ich mir nicht selbst vor dem Ball gewünscht, die ganzen Gäste, die unsere Gästezimmer belagerten und nach meiner Aufmerksamkeit lechzten, wären besser gestern als heute wieder abgereist?

»Nein, nein, Prinzessin. Mein Aufenthalt in Luandia war mehr als schön und er wurde gekrönt durch den Tanz, den Ihr mir bei Eurem Ball geschenkt habt. Eigentlich bin ich jedoch nicht nur nach Luandia gereist, um Eure Einladung wahrzunehmen, sondern aus heikleren und geheimen Gründen. Diese nun preiszugeben, damit ich mir Euer Verständnis sichern kann, fällt mir nicht leicht.« Gegen Ende hatte der Dauphin immer leiser gesprochen und gerade fragte ich mich, ob wir dieselbe Sprache benutzten, denn von dem, was er sagte, verstand ich nicht einmal die Hälfte.

»Ihr sprecht in Rätseln, Dauphin«, stellte ich fest – inzwischen wachsamer als noch zuvor. Was immer er mir mitteilen wollte, es schien ihn stark zu belasten. Auf seiner Stirn glänzten kleine Schweißtröpfchen, obwohl die Luft in meinem Salon dank eines gekippten Fensters angenehm kühl war und ich in meinem dünnen Kleidchen sogar ein wenig fröstelte.

»Es ist so, Prinzessin«, begann er zögernd und biss sich auf die Lippe, während er unablässig weiter seine Hände knetete und malträtierte.

»Mein Cousin Frances hat vor kurzem den Thron Frankreichs bestiegen. Das Volk hat sich sehr über den Machtwechsel gefreut, ein junger Herrscher bedeutet oft, dass neue, bessere Zeiten anbrechen. Doch Frances hat nicht wenig Feinde in Europa, einige Fehden hat noch sein Großvater begonnen, ohne dass seinem Vater gelungen wäre, richtigen Frieden nach Frankreich zu bringen.« Ich hatte im TV die Krönung von König Frances mitverfolgt, doch nicht im Traum wäre ich darauf gekommen, dass er und Jules verwandt sein könnten. Sie waren so verschieden wie Tag und Nacht. An den wenigen Worten, die er über Frances verloren hatte, konnte ich spüren, dass die beiden sich sehr nahe stehen mussten.

»Nun, Frances ist hin- und hergerissen zwischen dem Wunsch nach Frieden und dem alten Groll, mit dem wir alle aufgewachsen sind. Er hat mich um Hilfe gebeten und Eure Einladung zu diesem wunderschönen Ball kam gerade passend zu unseren Plänen ins Haus geflattert. Er entsandte mich, Euch zu treffen und Eure Freundschaft zu gewinnen, um danach Dinge von Euch zu erfahren – Ihr wisst schon, über die luandische Politik, über die Einstellung Frankreich gegenüber und, und, und. Ehrlich gesagt weiß ich selbst nicht ganz genau, welche Informationen für uns tatsächlich hätten von Nutzen sein können.« Der Dauphin hielt inne, um tief Luft zu holen. Ganz vorsichtig schaute er mich erst nach einer Weile wieder an und zu recht – ich empfand eine Mischung aus Enttäuschung, Verrat und Wut. Wie konnte er es wagen? Mein erster Impuls war, die Wachen zu rufen und ihn aus meinen Gemächern – ja am besten gleich aus dem Palast werfen zu lassen.

»Wartet, Prinzessin Siara, bevor Ihr ein Urteil über mich fällt. Ich weiß, dass es Euch zustehen würde, mich von der Wache in den Kerker werfen und später als Spion verurteilen zu lassen. Ich weiß auch, dass Ihr die Idee hattet, überhaupt einen französischen Vertreter einzuladen, wo doch Frankreich nicht zu den Freunden Luandias gezählt werden darf. Und ich weiß, dass ich nicht gerade dazu beitrage, dass sich dieses Bild meines Landes hier ändert.« Der Dauphin lehnte sich auf der Chaiselongue zurück und schloss die Augen für einen Augenblick. Inzwischen war er ruhiger geworden, schien nicht mehr so nervös und eine Hand lag entspannt auf seinem Oberschenkel.

»Das Einzige, was ich zu meiner Verteidigung vorzubringen habe, ist meine Ehrlichkeit. Als ich Euch heute Abend gesehen habe – in diesem Kleid, das Euch wie eine Elfe aussehen ließ, da wusste ich, dass ich es nicht schaffen würde, Euch dermaßen zu hintergehen. Nach dem Tanz stand mein Entschluss, mich Euch zu offenbaren bereits fest, doch dann seid Ihr so rasch verschwunden, dass ich mein Vorhaben nicht mehr in die Tat umsetzen konnte. So habe ich die Zeit bis zum Ende des Balls genutzt, mein Gepäck vorzubereiten. Die Kutsche, die mich zum Flughafen bringt, ist bereits angespannt. Autos gab es leider keine mehr, die noch frei gewesen wären, doch so habe ich noch einen Moment Zeit, Luandia zu sehen, bevor ich es wohl für immer verlassen werde.« Jules ließ den Kopf hängen, und als ich ihm in die Augen blickte, erkannte ich dort Trauer und Reue.

»Ich danke dir für deine Ehrlichkeit«, ich brachte es nicht länger über mich, mich mit Höflichkeitsfloskeln und korrekten Anreden aufzuhalten.

»Ich wünschte, es wäre alles anders gekommen, denn als wir uns heute kennengelernt haben, hat sich das für mich wie ein Anfang angefühlt. Der Anfang von etwas Gutem. Ich habe nicht damit gerechnet, dass der Abschied so bald folgen würde, doch ich wünsche dir alles Gute, Jules, wo immer du sein wirst.« Ich streckte die Arme aus, und er ergriff die Gelegenheit, mich herzlich und eine Spur zu fest zu umarmen.

»Ihr werft mich nicht in den Kerker, Prinzessin?«, wisperte er neben meinem Ohr erstaunt und erleichtert. Ich schüttelte nur den Kopf und drängte die Tränen zurück. Ein Kloß in meinem Hals erschwerte mir das Sprechen.

»Leb wohl!«, ich hauchte ihm einen Kuss auf die Wange und drehte mich um. Bevor er sehen konnte, wie schwer mir der Abschied fiel, hatte ich den Salon verlassen.

Kapitel 11

Am Tag nach dem Ball erwachte ich mit schmerzenden Füßen und stöhnte auf. Kaum hatte ich die Augen aufgeschlagen verwandelte sich das grelle Licht in meinem Kopf in tausend Stiche. Der Champagner, von dem ich doch einige Gläser getrunken hatte, schien darin herum zu hüpfen und von innen gegen meine Stirn zu treten.

»Verdammt«, murmelte ich und ließ mich ermattet zurück ins Kissen sinken. Sofort war Dian an meiner Seite.

»Guten Morgen, Prinzessin. Habt Ihr gerufen?«, erkundigte sie sich fürsorglich und reichte mir ein Glas Wasser. Ich wollte schon abwinken und die Augen wieder schließen, doch sie räusperte sich verlegen und so versuchte ich, sie anzuschauen. Mein Gesichtsfeld tanzte noch ein wenig und das Hämmern hinter meinen Schläfen war ebenfalls unverändert, doch es gelang mir, ihr zuzuhören. Außerdem fiel mir in diesem Augenblick wieder der späte Besuch des Dauphins ein und ein schwermütiges Gefühl erfasste mich, wovon Dian jedoch nichts mitzubekommen schien.

»Ihr müsst trinken, Prinzessin. Das hilft gegen die Kopfschmerzen und wird Euch frischer aussehen lassen, wenn gleich die Kameraleute wieder mit dem Aufnehmen beginnen«, erklärte sie, doch ich ließ sie nicht ausreden.

»Was?«, rief ich empört und verdrängte, dass meine eigene Stimme viel zu laut war für meinen schweren Kopf.

»Das ist doch eine Frechheit. Ich werde wohl nach einem solchen Abend so lange schlafen können, wie ich will!« Vor lauter Wut begannen Sternchen vor meine Augen zu tanzen und ich lehnte mich matt wieder zurück.

»Es tut mir leid, Prinzessin, ich …«, begann Dian, doch erneut ließ ich sie nicht ausreden. Mein Gott, was musste sie bloß von mir denken, nachdem sie offensichtlich zum ersten Mal alleine dafür zuständig war, mir am

Morgen zur Seite zu stehen. Und ausgerechnet heute war ich so unleidlich aufgelegt.

»Das ist doch nicht deine Schuld, Dian.« Ich griff nach ihrem Arm und sie zuckte erschrocken zusammen. Ihre Augen waren weit aufgerissen und ich fühlte das schlechte Gewissen in mir aufsteigen.

»Es ist alles in Ordnung. Ich habe nur grausame Kopfschmerzen und überhaupt keine Lust auf Kameras. Dafür kannst du nichts«, beruhigte ich sie und langsam entspannte sie sich unter meinem Griff.

»Trinkt das Wasser, Prinzessin. Es wird Euch guttun«, damit deutete sie schüchtern auf das Glas, das ich noch immer unberührt in der Hand hielt. Ich nahm einen tiefen Schluck und streichelte ihr über den zarten Arm. Einmal mehr erstaunte mich, wie jung sie war.

»Fühlst du dich wohl hier im Palast, Dian?«, wollte ich wissen und lächelte sie aufmunternd an. Es freute mich, dass sie sich langsam zu entspannen schien.

Meine liebe Freundin

Es tut mir aufrichtig leid, dass ich an deinem großen Tag und dem wunderschönen Ball nicht dabei sein konnte. Wir schreiben in der kommenden Woche die Winterprüfungen und ich hätte nicht gewusst, wie ich sie bestehen könnte, wenn ich das ganze Wochenende durchgetanzt habe. Ich schreibe immer noch fleißig im Unterricht mit, in der Hoffnung, dass du bald wieder neben mir sitzt und mich mit deiner Weisheit beglückst - oder zumindest über die langweiligen Stunden hinwegtröstest.

Aber stell dir vor, wer zu deinem Ball reist! Mein Cousin Alexander (bestimmt weißt du es längst, wenn du diesen Brief liest, weil du ihn dann bereits getroffen hast) hat mir geschrieben, dass er Luandia besuchen wird. Wie findest du ihn? Hat er mit dir geflirtet? Du musst mir alles erzählen!

Ich muss nun leider weiterlernen, aber ich habe auch gute Nachrichten: An Neujahr haben meine Eltern eine diplomatische Reise nach Südamerika geplant. Da ich daheim dann sowieso alleine wäre und Schottland nicht spannend ist im Winter, hab ich mir gedacht, einfach bei dir hereinzuschneien. Wie fändest du das? Ich freue mich schon auf deine Antwort, falls du nicht zu beschäftigt bist, ein Fernsehstar zu sein!

Mit herzlicher Umarmung aus der Schweiz

Deine Sarah

Gerührt ließ ich Sarahs Brief in meinen Schoß sinken und blickte nachdenklich aus dem Fenster. Nachdem der Schnee, der zu meiner Begrüßung gefallen war, innerhalb weniger Stunden von der Sonne getilgt worden war, hatte der Palastgarten so gar nichts winterliches mehr an sich.

Ich beschloss, Sarah als allererstes eine Antwort zukommen zu lassen und ihr zu schreiben, wie sehr sie mir fehlte. Wie gern hätte ich die Schulbank gegen das hier eingetauscht.

Als ich mich mit Dians Hilfe zum Frühstück fertigmachte, wurde das ebenso von Kameras aufgezeichnet wie die Momente, als ich in die Post vertieft gewesen war. Bevor ich meine Gemächer in Richtung Speisesaal verließ, schnappte ich mir Sarahs Brief. Mir war eine tolle Idee gekommen, die ich unbedingt mit meiner Mutter besprechen wollte. Als ich das zarte Briefpapier zwischen der gelesenen Post hervorzog, fiel mit einem leisen Geräusch ein winziger Briefumschlag, den ich zuvor gar nicht bemerkt hatte, zu Boden. Da ich ein wenig in Eile war, steckte ich ihn rasch ein und schloss dann die Tür hinter mir. Ich wusste jetzt schon, dass mich die Neugierde über den Inhalt beim Lunch fast umbringen würde, doch ich war mir auch bewusst, dass es noch viel schlimmer wäre, den König und die Königin am Esstisch warten zu lassen. Zum Beispiel ihnen die Nachricht von Jules' Abreise zu überbringen.

Kapitel 12

Während ich langsam die Treppe hinunterging, um mich doch noch zum Frühstückstisch mit meinen Eltern zu gesellen, legte ich mir im Kopf wieder und wieder die geeigneten Worte zurecht, um ihnen von der Abreise des Dauphin zu erzählen. Wie immer würden auch die gesamten Mitglieder des Rates im selben Saal speisen und ich wusste aus Erfahrung, dass man vor ihren überaus geschulten Ohren nichts geheim halten konnte. Wie also erklärte ich ihnen die Geschichte, ohne dass ich dastand wie die verschmähte Prinzessin, die dem Franzosen nicht gut genug gewesen war? Und wie stand ich selbst weiterhin im rechten Licht, ohne seinen wahren Grund zur Abreise preisgeben zu müssen? Mir war durchaus bewusst, dass es in unseren eigenen Reihen genügend Männer gab – nicht zuletzt war mein Vater einer von ihnen – die einem neuerlichen Krieg gegen Frankreich gar nicht so abgeneigt waren.

»Guten Morgen«, murmelte ich, als ich den Raum betrat. Noch hatte ich mir keine Strategie zurechtgelegt, um die Abreise des Dauphins erklären zu können, obwohl ich bis in den Speisesaal genügend Zeit zum Überlegen hatte. Eine Tasse Tee und ein belegtes Brot würde meine Gehirnzellen wieder in Schwung bringen.

Schweigend verspeiste ich zwei Scheiben Weißbrot, bevor ich das Wort ergriff. Mein Vater, der bisher hinter einer Zeitung versteckt war, ließ diese abrupt sinken.

»Der Dauphin Jules aus Frankreich ist heute Nacht direkt nach dem Ball in seine Heimat abgereist. Er richtet seine freundlichsten Grüße aus und entschuldigt sich für seine überstürzte Abreise«, eröffnete ich das Gespräch und versuchte, meiner Stimme einen gelassenen Klang zu geben. So, als wäre es nichts Spezielles, wenn Gäste des Landes bei Nacht und Nebel abreisten, ohne sich von ihren Gastgebern zu verabschieden. Genau genommen war ja ich die Gastgeberin gewesen und somit hatte Jules nicht allzu viel falsch gemacht. Meine Eltern runzelten beide synchron die Augenbrauen.

»Wie kommt das?«, wollte mein Vater prompt wissen und blickte mich scharf an. Wahrscheinlich bewegten ihn ähnliche Gedanken wie mich, als der Dauphin mir von seiner Abreise erzählt hatte. Hatte es ihm bei uns nicht gefallen? War er von irgendeiner Seite beleidigt worden? Ich zuckte die Achseln, um meine Gleichgültigkeit weiter zu unterstreichen, auch wenn mir das Schauspielern nicht so leicht von der Hand ging. Doch ich musste unbedingt überzeugend wirken, denn ich wusste genau, dass nicht nur die Aufmerksamkeit meiner Eltern, sondern aller Anwesenden auf mir ruhte.

»Er hat private Gründe genannt. In seiner Familie ist etwas vorgefallen. Es hat ihm auf jeden Fall sehr gut gefallen bei uns und er wird Luandia sicher bald wieder besuchen. Mein Ball hat ihn definitiv von unserem Land überzeugt.« Ich lächelte und versuchte mich dabei an einem schwärmerischen Gesichtsausdruck. Innerlich fühlte ich mich nicht annähernd so gelassen, fragte mich, ob ich den Dauphin tatsächlich jemals wiedersehen würde, und war gleichzeitig verunsichert, warum mich diese Frage überhaupt dermaßen beschäftigte. Ein einziges Mal hatte ich mit ihm getanzt und mich dabei gefühlt, als könnte ich fliegen.

»Er wird schon seine Gründe haben, der junge Mann. So lange er in Frankreich nur Gutes über Luandia zu berichten hat«, meinte meine Mutter, nicht mehr allzu interessiert an der ganzen Sache.

»Das will ich ihm auch geraten haben«, mein Vater verschwand mit einem brummigen Kommentar wieder hinter seiner Zeitung und ich atmete erleichtert auf. Ich hatte mehr Fragen erwartet und war froh, dass sie meine Geschichte so einfach abkauften. Geschirrgeklapper und Gläserklirren verriet, dass auch der Rest der Anwesenden wieder zur Tagesordnung überging und das Frühstück fortsetzte, nachdem von unserem Tisch keine weiteren spannenden Informationen kamen. Auch ich schmierte mir zum Abschluss der Mahlzeit noch ein frisches Stück Zopf mit Schokoladencreme voll und biss herzhaft hinein, bevor ich meine Teetasse leerte.

Als ich die Mahlzeit beendet hatte, machte noch niemand Anstalten sich zu erheben und so entschuldigte ich mich förmlich, bevor ich mich in meine Gemächer zurückzog. Als der Raum hinter mir lag, atmete ich erleichtert aus. Trotzdem konnte ich den ganzen Tag über nicht verhindern, dass nebst meinen Kopfschmerzen auch der Gedanke an den Franzosen weiterhin durch meinen Kopf geisterte.

Erst als ich die Treppen in meine Gemächer wieder hinaufstieg, fiel mir der kleine Brief in meiner Tasche wieder ein und schloss mich in meinem privaten Badezimmer ein, um beim Lesen nicht gestört oder gefilmt zu werden.

Kapitel 13

Verehrte Prinzessin
Ich kann nicht vergessen, wie wunderschön Ihr gestern Nacht ausgesehen habt. Gerne würde ich Euch besser kennenlernen. Trefft mich heute nach der Teestunde im Palastgarten, wenn es Euch beliebt. Federico.

Ich hatte Federicos Nachricht immer und immer wieder durchgelesen, sodass sie nun abgegriffen war und ich die vier kurzen Zeilen längst auswendig kannte. Zur vereinbarten Zeit stieg ich langsam aus meinen Gemächern die Hintertreppe hinunter in den Garten. Meine Zofen folgten mir dabei mit dem gebührenden Abstand, sodass es nicht aussah, als hätte ich ein geheimes Stelldichein und gleichzeitig dennoch genug Privatsphäre für Federico und mich übrig blieb.

Die Armen hatten es wirklich nicht leicht mit mir: Ich hatte mich drei Mal für ein neues Outfit entschieden und ihre Aufgabe war es, jedes Mal die passenden Schuhe zu finden, die Kleider wieder ordentlich zu versorgen und meine Frisur anzupassen. Vor lauter Aufregung hatte ich die Hälfte meines Make-ups an den wundervollen Roben abgewischt und so musste mindestens eins davon gereinigt und mein Gesicht neu geschminkt werden. Auch wenn ich mir dabei vorkam wie eine Puppe, die man ständig neu einkleiden und anmalen konnte, wollte ich für Federico hübsch sein, schließlich hatten wir uns bei meinem Ball kennen gelernt und an diesem Abend hatte ich tatsächlich gut ausgesehen.

Nervös setzte ich mich auf eine Parkbank im Schatten eines großen Lebensbaumes. Ich konnte sehen, wie sich meine drei Zofen in Sichtweite im Garten verteilten.

Meine Mutter musste wirklich zufrieden sein, denn ich wäre lieber mit Federico alleine gewesen. Doch nach meinem Fauxpas am Ballabend, als den sie es bezeichnete, dass ich junge Männer von mir aus zum Tanzen aufforderte, wollte ich sie lieber nicht erzürnen, indem ich ohne Anstandsdame auf ein Date ging.

Ich pflückte ein Blatt von einem Strauch neben der Parkbank und begann es zwischen meinen Fingern zu zerreiben. Endlich nach einer gefühlten Ewigkeit, die wohl nur einige Augenblicke gedauert hatte, sah ich Federico auf mich zukommen.

Der Herzog von Madeira sah auch heute gut aus, sodass ich nicht anders konnte, als ihn eingehend zu betrachten, während er auf mich zukam. Sein Outfit, eine Kombination aus Stoffhose und Weste, war leger aber schien trotzdem sorgfältig ausgesucht. Die hellbraunen Augen strahlten und die Frisur war wie bei unserer ersten Begegnung ein bisschen unordentlich, was ihn für meinen Geschmack besonders anziehend machte. Der gebräunte Teint schien so gar nicht in unserem herbstlichen Garten und zu dem nebelverhangenen Himmel zu passen. Trotzdem wurde mir ein wenig wärmer bei seinem Anblick und ich erhob mich spontan, um ihn herzlich zu begrüßen. Formvollendet küsste er meine Hand.

Ich lud ihn ein, zuerst unseren Gartenpavillon zu besuchen. Darin züchteten einige der besten Gärtner Luandias wunderschöne Orchideen und andere exotische Pflanzen, die in unserem Klima sonst niemals hätten gedeihen können. Begeistert folgte er meinem Vorschlag und wies mich schon bald auf einige Blumen aus seiner Heimat hin. Die Freude, die seine Augen zum Leuchten brachten, schien auch mich von innen zu wärmen.

Früher oder später kamen alle Männer auf die Kameras zu sprechen. Mal geschickter, mal plumper wurden sie meist schon nach wenigen Minuten zum Gesprächsthema. Federico ging dabei einfühlsamer vor als die meisten seiner Vorgänger, als wir vom Pavillon zu einem Spaziergang durch den Palastgarten aufbrachen.

Galant hielt er mir die Tür auf, überließ es jedoch einem Angestellten, den Kameramännern behilflich zu sein. Das brachte ihm einige Sympathiepunkte ein, denn hätte er diesen auch die Tür aufgehalten, wäre er rasch entlarvt gewesen. Offensichtlich ging es ihm nicht um Aufmerksamkeit oder Medienpräsenz, denn seine Augen waren die ganze Zeit über auf mich geheftet. Als er mir den Arm anbot, legte ich bereitwillig meine Hand in seine Armbeuge.

»Der Winter scheint dieses Jahr auf sich warten zu lassen«, bemerkte er. Weder Federico noch ich trugen Handschuhe und auch auf einen Schal oder eine Mütze hatte ich verzichtet, obwohl das Jahresende näher und näher rückte. Ich lächelte ihn freundlich an.

»Wegen mir kann es immer Sommer sein«, gestand ich und er legte den Kopf in den Nacken, während er herzlich lachte.

»Dann besucht mich in Madeira, Prinzessin. Es wird Euch gefallen, denn auch zu dieser Jahreszeit scheint jeden Tag die Sonne und Schnee kennen wir sowieso nur aus den Märchen. Außerdem haben wir unglaublich saftige und süße Früchte, die Ihr jeden Tag in unendlichen Mengen verspeisen könntet.« Sein leidenschaftlicher Ausbruch überraschte mich –und gefiel mir.

»Ihr liebt Euer Land, Federico, nicht wahr?«, fragte ich leise und suchte seinen Blick. Die Kameras hatte ich längst vergessen und hoffte, dass es ihm ebenso ging und er offen sprechen würde. Ernsthaftigkeit kehrte in seine Augen zurück.

»Bisher habe ich nichts und niemanden getroffen, das im Kampf um meine Liebe gegen Madeira bestehen könnte.« Ich schätzte seine Offenheit, doch die Intensität seines Blickes verunsicherte mich. Seine tiefbraunen Augen suchten die meinen und ließen sie nicht mehr los.

»Ich kann Euch sehr gut verstehen.« Ich musste mich zusammenreißen, um nicht zu stottern. Mein Herz flatterte plötzlich in meiner Brust und ich musste mich regelrecht zwingen, weiterzusprechen.

»Mir geht es mit Luandia nicht anders. Nichts kann mich von meinem Land trennen.« Ich war froh, dass sich meine Stimme nicht so verunsichert anhörte, wie ich mich fühlte.

Eine Weile schritten wir stumm durch den Garten, hie und da blieben wir stehen und schließlich setzten wir uns in einer versteckten Ecke auf eine Parkbank. Federicos Arm ruhte lässig auf der Lehne, ohne mich dabei zu berühren. Trotzdem war mir, als könnte ich die Wärme, die von seinem Körper ausging, durch die Jacke spüren.

»Seid Ihr jemals alleine, Prinzessin?«, fragte er, nachdem wir lange geschwiegen hatten, ohne dass die Stille unangenehm geworden wäre. Langsam wandte ich mein Gesicht zu ihm und musterte seine ebenmäßigen, fast zu feinen Züge.

»Ich habe mich daran gewöhnt, dass die Kameras mir folgen. Zu Anfang fühlte ich mich ein bisschen verfolgt, aber inzwischen vergesse ich in der richtigen Gesellschaft gerne, dass alles, was ich tue und sage, in der nächsten Episode der Öffentlichkeit vorgeführt wird.«

Ich bemühte mich um einen leichten Ton, um Federico das Gefühl zu geben, dass es nicht so schlimm war, wie es sich für ihn vielleicht jetzt noch anfühlen mochte. Auch er würde sich daran gewöhnen.

»Jeder fragt dich danach, nicht wahr?«, wollte er nach einem Augenblick mit zerknirschtem Gesichtsausdruck wissen. Schaute er mich tatsächlich gerade ängstlich an? In diesem Moment fand ich ihn einfach nur süß.

»Jeder«, bestätigte ich mit todernster Miene und hielt die Luft an, doch alles nützte nichts: Nach einem Wimpernschlag lachte ich laut heraus und nachdem er eine Sekunde lang perplex dreingeschaut hatte, stimmte auch Federico in mein Lachen ein.

»Es tut mir leid«, keuchte er nach einer Weile, in der wir vergeblich versucht hatten, uns zu beruhigen. Ich holte tief Luft und versicherte ihm mit einem Händedruck, dass alles in Ordnung war. Und ich war mir sicher, dass er in dieser Zeit auf der Parkbank die Kameras ebenfalls vergessen hatte. Nicht einen Blick hatte er in Richtung der Männer, die uns umringten, geworfen. Eine Tatsache, die ihm wohl ein weiteres Date mit mir bescheren würde, sofern er denn immer noch Gefallen daran fand, mit mir Zeit zu verbringen. Wenn ich ganz ehrlich war, hoffte ich, dass genau das der Fall sein würde.

»Vermissen Sie Ihre Familie nicht manchmal?«, erkundigte ich mich neugierig, als wir einige Schritte durch den Garten gegangen waren. Innerlich wappnete ich mich gegen die Kommentare des Fernsehteams über ‚spannende' und ‚für das Publikum unattraktive' Aktivitäten. Irgendwie passte es einfach, mich mit dem Conde im Garten zu treffen, und ich würde mich davon auch nicht abbringen lassen.

»Sie fehlen mir alle jeden Tag. Manchmal gibt es Tage, da wünschte ich, dass meine Aufgaben mich nicht so lange von Madeira und meinen Liebsten fernhalten würden.« Federicos Gesichtszüge wurden weich und es schien, als wäre er in Gedanken weit weg.

»Erzählt mir von ihnen«, bat ich neugierig und fasste impulsiv nach seiner Hand. Einen Moment lang blickte er mich erstaunt an.

»Ich habe zwei Schwestern, eine ältere und eine jüngere. Bei uns haben männliche Erben noch immer Vorrang in der Thronfolge, doch meine Schwester kümmert dies nicht. Sie ist glücklich verheiratet und hat mir zwei zauberhafte, wenn auch ein wenig hyperaktive Nichten beschert. Ich denke, meine ältere Schwester ist froh, dem ganzen Getue rund um die Thronfolge mit meiner Geburt entkommen zu sein. Meine jüngere Schwester ist gerade sechzehn geworden und bereits so schön, dass sie sich kaum vor Bewerbern retten kann. Ich denke, aktuell befindet sie sich in einer ähnlichen Situation wie Ihr, Prinzessin. Der kleine Unterschied besteht darin, dass sie noch ein halbes Kind ist und gar nicht weiß, wie sie mit all der Aufmerksamkeit umgehen soll. Manchmal kann sie ein ziemlich arrogantes Biest sein.« Er lachte leise bei der Erzählung über seine Schwestern und sein zärtlicher Gesichtsausdruck verriet, dass er ihnen nicht lange zürnen konnte.

»Meine Eltern sind für mich die größten und besten Vorbilder, die ein Kind sich wünschen kann. Ich strebe nicht nur danach, ihre bewundernswerten Charakterzüge in mir zu spiegeln, sondern auch nach der langjährigen und glücklichen Ehe, die sie miteinander führen. Wünscht Ihr Euch dies nicht auch, Prinzessin Siara?« Während er gesprochen hatte, waren meine Gedanken abgeschweift und hatten meine eigene mit seiner Familie verglichen. Allzu gut weg kamen der König und die Königin dabei nicht.

»Natürlich Conde, wer wünscht sich das nicht, eine eigene glückliche und ewig währende Familie zu haben? Ich stehe allerdings gerade vor so vielen neuen Dingen in meinem Leben, dass ich gar nicht weiß, wo ich anfangen soll. In dieser Hinsicht möchte ich auf keinen Fall die falsche Entscheidung treffen. Eines Tages werde ich die Königin von Luandia sein und es hat keinerlei Sinn, wenn dann ein Mann an meiner Seite ist, der sich nicht voll und ganz hinter mich stellen kann und gleichzeitig akzeptiert, dass unsere Ehe wohl mehr in der Öffentlichkeit als in unseren Gemächern stattfinden wird.«

Ein trauriger Blick traf mich.

»Ich weiß ganz genau, was Ihr meint, Prinzessin Siara. Trotzdem bin ich froh, Euch kennengelernt zu haben.« Im Vorbeigehen pflückte Federico eine Blume und streckte sie mir entgegen. Ich lächelte erfreut und steckte mir die Blüte ins Haar.

»Ihr seht wunderschön aus, Prinzessin.« Wir spazierten noch eine ganze Weile durch den weitläufigen Garten. Inzwischen hatte ich die Kameras vergessen, ebenso die Zofen, die uns folgten, und als ich zurück in meinen Gemächern einen Blick auf die Uhr warf, war ich überrascht, wie schnell die Zeit mit dem Conde aus Madeira vergangen war.

Kapitel 14

An einem der nächsten Morgen schickte mein Vater das Kamerateam sofort wieder aus unserem Frühstückssalon, kaum dass er ihn betreten hatte. Die Sorgenfalten auf seiner Stirn verrieten, dass er heute definitiv nicht in der Stimmung war, sich für meine Show filmen zu lassen. Stumm und mit einem aggressiven Eifer biss er in seine Frühstücksbrötchen. Sogar den alltäglichen Begrüßungskuss an seine Frau vergaß er heute komplett.

Er vergrub sich hinter der Tageszeitung und lange Zeit war nichts anderes als das Klappern des Frühstücksgeschirrs zu hören. Ich schielte auf die Titelseite der Zeitung, während ich selbst gelangweilt an einem Wurstbrötchen herumkaute. Es war irgendwie entspannend, ohne Kameras zu essen.

Trotzdem war die Stille bedrückend und ich lenkte mich damit ab, indem ich versuchte, die Schlagzeilen zu lesen. Das größte Bild zeigte brennende Autos und wüste Szenen einer nächtlichen Straßenschlacht. Ich konnte nicht herausfinden, wo sich das Ganze abgespielt hatte. Es musste jedoch in Luandia gewesen sein, weil Storys aus dem Ausland es nur selten auf die Titelseite schafften. Ich konnte über den Tisch hinweg nur hie und da ein Wort lesen, doch die Sache hatte offensichtlich etwas mit den Flüchtlingen in der Hauptstadt zu tun. Ob die Aufstände nun von den Gegnern der Flüchtlingspolitik oder von den Heimatlosen selbst angezettelt worden, konnte ich nicht erkennen. Ich wagte es nicht, meinen Vater in diesem Zustand darauf anzusprechen. Je länger er in den Zeitungsseiten blätterte, desto düsterer wurde seine Miene. Nach einer Weile nahm ich all meinen Mut zusammen.

»Was ist los, Vater?«, erkundigte ich mich leise und mit sanfter Stimme. In seiner aktuellen Gemütslage fiel es ihm meist schwer, Freund und Feind zu unterscheiden und ich war für eine unfreundliche Entgegnung gewappnet.

»Diese beschissene Katastrophe in Nordamerika wird noch ganz Europa mit in den Abgrund ziehen. Diese Menschen hätten alle dort bleiben und mit einer einzigen Bombe im Meer versenkt werden sollen«, schimpfte er auch sogleich los, sodass jeder rund um uns herum genau mitbekam, wie wütend er war.

»Was ist passiert?«, hakte ich nach, da er eigentlich nur geschimpft und keine konstruktive Erklärung abgegeben hatte.

»Es gab Straßenschlachten in Kiana. Eine Gruppe Flüchtlinge hat mit Passanten Streit angefangen, woraufhin einige Extremisten ein ganzes Flüchtlingslager in Brand gesetzt haben. Jetzt dürfen wir wieder neue Unterkünfte organisieren, finanzieren und zudem eine ganze Menge Halbstarker mit extremer Gesinnung in unseren Gefängnissen durchfüttern«, erklärte er aufgebracht.

»Wie kann ich helfen? Ich könnte hinfahren und mit diesen Menschen sprechen?«, bot ich an, noch immer nicht auf seinen Ton eingehend.

»Den Teufel wirst du tun. Kümmere du dich lieber um deine Sendung und sieh hübsch aus. Alles andere kannst du getrost den Erwachsenen überlassen«, schnauzte er mich an und hob wieder die Zeitung.

»Ihr wisst ganz genau, dass ich eine große Hilfe sein kann. Ich werde dieses Land eines Tages regieren. Ob erwachsen oder nicht spielt doch keine Rolle«, motzte ich zurück. Meine Beherrschung bröckelte ebenfalls langsam, schließlich hatte ich das Temperament von meinem Vater geerbt.

»Nun streitet doch nicht. Ich bin sicher, dass sich jeder einbringen und eine Lösung gefunden werden kann«, mischte sich meine Mutter ein. Ausgerechnet sie, die so gerne Unfrieden stiftete und hie und da hintenrum kleine Intrigen aushekte, konnte es nicht ertragen, wenn ihr Mann und ihre Tochter sich stritten. Wir warfen ihr beide einen wütenden Blick zu, bevor ich darum bat, die Frühstückstafel zu verlassen.

Um mein aufgeheiztes Gemüt ein wenig abzukühlen, beschloss ich, auszureiten.

»Allein!«, erklärte ich meiner Mutter schroff, als sie sich danach erkundigte.

»Aber jemand zu deinem Schutz …«, doch ich hörte ihr nicht länger zu, sondern rauschte durch die Tür und bereits halb die Treppen hinunter, als sie noch einmal das Wort erhob:

»Siara!«, rief sie entsetzt aus. Ich kehrte nicht um, sondern ging auf direktem Weg in den Stall, wo Audey meinen Wunsch bereits angebracht hatte. Sweetheart stand gestriegelt und gesattelt im Stallgang und wartete auf mich, während sie genüsslich einzelne Halme aus einem Heunetz zog. Sie war es gewöhnt, vor einem Ausritt ein wenig zu knabbern, auch wenn mir jeder Pferdezüchter und Tierarzt mit denen ich je gesprochen hatte, mir davon abgeraten hatte, Sweety vor einem Ausritt zu füttern. Doch sie war dann gelassener und vor allem auf dem Heimweg nicht ganz so rasant, weil sie nicht unbedingt zu ihrem Heu und ihrem Hafereimer zurückwollte.

So ließ ich ihr auch jetzt noch einige Minuten, während ich mir selbst vor einem kleinen, angelaufenen Spiegel in der Sattelkammer - wo ich sonst gar nicht hinkam - einen lockeren Zopf flocht, bevor ich meine Haare unter einem Reithelm versteckte.

»Einen guten Morgen und einen angenehmen Ritt wünsche ich.« Der Stallmeister verneigte sich vor mir, während er das Tor zum Hof für mich öffnete. Mir fiel auf, wie grau seine Haare geworden waren und ich erinnerte mich daran, dass meine Zofen darüber gesprochen hatte, dass er am Jahresende von einem Nachfolger ersetzt wurde. Für mich gehörte er untrennbar zum königlichen Stall, war schon dabei gewesen, als ich meine ersten Versuche im Sattel gemacht hatte. Nun jemand anderen an seiner Stelle zu sehen, würde sicher komisch werden, auch wenn ich wusste, dass jeder Angestellte, der in den Ruhestand trat, mit einem kleinen Grundstück mit Haus entlassen wurde.

Ich ließ Sweetheart gemütlich vom Palast weg in die königlichen Wälder trotten. Als der Weg ein wenig steiler wurde, fiel sie in einen lockeren Trab und ich genoss, wie der Wind mir über die Wangen strich. Es war kühl für einen Ausritt und ich hatte auch nicht meine wärmsten Sachen angezogen.

An der Spitze des Hügels angekommen, breitete sich vor mir ein breiter Weg über eine abgemähte Wiese und durch einen kleinen Wald hindurch aus. Ich drückte meine Beine dichter an Sweetys Bauch und beugte mich im Sattel ein wenig nach vorne. Sie verstand sofort, was ich wollte und steigerte das Tempo, bevor sie angaloppierte.

Ich setzte mich zurecht und rief ihr anfeuernde Worte ins Ohr. Der

Wind riss mir die Silben vom Mund und trieb mir Tränen in die Augen. Ich spürte, wie sie nasse Spuren auf meinen Wangen hinterließen, bevor sie in meinen Haaren verschwanden. Zum Glück hatte ich heute Morgen nach der Aufregung beim Frühstück vergessen, meine Augen zu schminken.

Sweetheart schien zu spüren, wie aufgewühlt ich war und sie rannte, rannte und rannte. Dafür liebte ich meine kleine Stute, denn was sie auch tat, sie tat es mit ganzem Herzen und voller Freude. Während ich es genoss, auf ihrem Rücken dahinzufliegen, wurde ich mit jeder Sekunde ruhiger und gelassener. Irgendwann, als Sweety in einen lockeren Trab zurückfiel und schließlich in den Schritt überging, wusste ich, dass es gut war. Ich klopfte ihren Hals und spürte eine spezielle Art von Glück, als ich ihr nasses Fell kraulte. Ihr Atem ging rasch, aber ruhig und ich wusste, dass sie langsam wieder mehr Kondition hatte, als bei meiner Ankunft in Kiana.

»Ich wünschte, ich könnte dich in die Schweiz mitnehmen«, sagte ich laut zu Sweetheart. Im Internat hatte mir von zu Hause am allermeisten sie und unsere gemeinsamen Ausritte gefehlt.

»Wen möchten Sie in die Schweiz mitnehmen, Prinzessin?« Ich schrie leise auf und fuhr herum, als eine Stimme aus dem Wald hinter mir erklang. Mein Herz wäre zuerst beinahe stillgestanden, dann machte es einen großen Satz. Hinter mir saß Cedric Brades auf einem riesigen weißen Pferd.

»Sind Sie eigentlich verrückt geworden, sich auf solch hinterhältige Art und Weise an mich heranzuschleichen? Ich wäre fast vom Pferd gefallen«, schrie ich, noch immer unter Schock.

Eine schuldbewusste kleine Stimme in meinem Unterbewusstsein flüsterte mir zu, dass es mit einem solch großen Tier nicht möglich war, sich an jemanden anzuschleichen und dass ich wohl eher zu tief in meinen Gedanken versunken war. Ich errötete vor lauter Verlegenheit, doch ich biss mir auf die Lippen. Eher würde ich ersticken, als zuzugeben, dass ich mich gerade wie eine hysterische Zicke aufgeführt hatte.

Einen Moment lang betrachtete ich bang Mr Brades' Gesicht und war völlig entsetzt, als es sich zu einem breiten Lachen verzog. Er lachte laut und herzlich und lange, während ich ihm verwirrt zuschaute. Bisher hatte ich ihn nicht als allzu heiteren Menschen kennengelernt, doch ich musste mich geirrt haben.

»Was?«, fauchte ich nach einer Weile, als er einfach nicht aufhören konnte, zu lachen. Er wischte sich über die Augen.

»Entschuldigt, Prinzessin. Es war keineswegs mein Plan, dass Euch etwas zustößt, vom Pferd fallt oder Euch auch nur erschreckt. Aber Ihr müsst zugeben, dass ich mich mit meinem riesigen Hengst Chance nur schwer an jemanden anschleichen kann.« Um mir diese Tatsache zu beweisen, ließ er seinen Schimmel bis zu mir traben und tatsächlich: Nur ein Tauber konnte dieses Pferd nicht auf mindestens fünfzig Meter Entfernung hören.

»Seht Ihr?«, fragte er mit einem spöttischen Lächeln. Nicht nur sein Hengst Chance war einige handbreit größer als Sweetheart, auch er überragte mich noch um eine Kopflänge und so blickte er von oben auf mich herab, dass ich mich schon wieder darüber hätte aufregen können. Was glaubte er, wer er war und mit wem er hier sprach? Ich bemühte mich um einen gelassenen Gesichtsausdruck, doch ganz sicher, ob mir dies gelang, war ich mir nicht.

»Ich danke für die Belehrung, Mr Brades. Es ist natürlich schade, dass es Sie so gar nicht kümmert, dass Sie mich erschreckt haben, aber es freut mich, dass Sie so amüsiert sind. Ich hoffe, Sie haben noch einen schönen Tag«, erklärte ich würdevoll und setzte die kälteste Miene auf, die ich mir von meiner Mutter abgeschaut hatte.

Damit trieb ich Sweetheart an und sie fiel in einen zügigen Trab. Ich lauschte auf Geräusche hinter mir, doch es schien, als hätte dieser seltsame Mann verstanden.

Dabei hätte ich nicht einmal mir selbst gegenüber zugegeben, was für eine Mühe es mich kostete, weder über die Schulter zu blicken, noch mir zu wünschen, dass er mir doch folgen möge. Auch wenn er mich wirklich furchtbar erschreckt hatte, gefiel er mir auf eine spezielle Art und Weise und eigentlich hatte ich mich sogar ein wenig über seine Gesellschaft gefreut. Noch einmal eine Sache, die ich nicht zugeben konnte.

Dann einige laute, abgehackte Hufgeräusche und in gestrecktem Galopp überholte mich Cedric Brades auf seinem riesigen Hengst.

Sweety machte erschrocken einen Schritt zur Seite, stolperte und bremste dann so abrupt, dass sie beinahe auf ihrem Hinterteil gelandet wäre, als der Mann sein Tier direkt vor mir zügelte und zum Stehen brachte. Ich war mindestens ebenso überrascht wie mein Pferd, doch ich zog nur eine Augenbraue in die Höhe und saß aufrecht im Sattel, während ich Mr

Brades kühl anblickte. Langsam verlor ich wirklich die Geduld und fragte mich, was das Ganze überhaupt sollte.

»So wartet doch, Prinzessin.« Er schien tatsächlich ein wenig außer Atem, während sein Hengst so aussah, als käme er frisch aus dem Stall.

»Ich wollte Euch weder erschrecken, noch beleidigen. Es war lediglich sehr amüsant, dass mein großer Chance Euch erschreckt hat, wo ihn doch auch eine Maus auf eine Meile Entfernung hören kann. Er ist nun einmal nicht der Anmutigste«, lachte er und tätschelte seinem Tier den Hals.

Die liebevolle Art seinem Pferd gegenüber und der Schalk, der in seinen Augen blitzte, machten es mir schwer, Cedric Brades noch länger zu zürnen, und ich lächelte ihn meinerseits an.

»Ist schon in Ordnung.« Es fiel mir nicht leicht, diese Worte über die Lippen zu bringen.

»Ich bin manchmal ein wenig in Gedanken, wenn ich alleine ausreite«, gestand ich dann.

»Ihr wart ganz schön rassig unterwegs mit eurer kleinen Stute«, bemerkte Mr Brades und zwinkerte mir zu. Stolz klopfte ich Sweetheart den Hals.

»Sie ist tatsächlich die Schnellste im königlichen Stall und kann sich sogar gegen die ganz Großen behaupten.« Ich hörte mich ein wenig wie eine stolze Mutter an, doch das war mir egal, dass jeder sehen konnte, wie sehr ich mein kleines Pferdchen liebte.

»Sie ist dazu noch bildhübsch - genau wie ihre Reiterin«, meinte er von seinem hohen Ross hinab und als ich in seinem Gesicht nach Anzeichen des wohlbekannten Spottes suchte, konnte ich nur ein ehrliches Lächeln finden.

Ich spürte, wie meine Wangen sich rot färbten und ein Kribbeln sich in meinem Körper ausbreitete. Trotz der kalten Herbstluft wurde mir warm.

»Ich sollte jetzt zum Palast zurückreiten, sonst werde ich da langsam vermisst«, gestand ich und auch wenn wir beide wussten, dass es nur eine Ausrede war, lächelte mein Gegenüber freundlich weiter.

»Selbstverständlich«, stimmte er mir zu.

»Darf ich Euch meine Gesellschaft anbieten, Prinzessin Siara?«, wollte er wissen und ich zuckte zusammen.

Genau das hatte ich eigentlich vermeiden wollen, besonders da meine Mutter mit Sicherheit davon erfahren und irgendetwas hinein interpretieren würde, wenn wir gemeinsam wieder beim Stall eintrafen. Doch meine Zunge machte sich selbstständig, noch bevor ich diesen Gedanken zu Ende gedacht hatte.

»Natürlich, sehr gerne.« Oh nein, das hatte echt überschwänglich geklungen, dabei war ich mir noch nicht einmal sicher, ob ich mich in seiner Nähe überhaupt wohl fühlte.

Wir ließen unsere Pferde in einem leichten Trab in Richtung des Palastes gehen und während Chance einen Schritt machte, musste Sweety zwei große machen, doch sie blieb tapfer auf seiner Höhe und wackelte fröhlich mit dem Kopf, ohne zu ermüden.

Nach einer Weile ergriff ich erneut das Wort, einerseits um die Stille zu durchbrechen, andererseits weil mir aufgefallen war, wie unangenehm es vielen Menschen war, mich ständig mit Titel und allem Tamtam anzusprechen.

»Nennt mich doch einfach Siara, wenn es für Euch in Ordnung ist«, schlug ich in einem munteren, unverbindlichen Ton vor.

»Gerne, Siara. Aber nur wenn Ihr mich ebenfalls mit meinem Vornamen ansprecht. Ich habe mich schon die ganze Zeit gefragt, wie er sich wohl anhört, wenn Ihr ihn aussprecht«, erwiderte er und ich spürte ein Flattern in meiner Brust. Was er wohl damit meinte?

»Einverstanden«, stimmte ich ihm zu, doch ich beschloss in diesem Augenblick, erst einmal heimlich zu üben, bevor ich ihn mit seinem Namen ansprach.

»Woher stammen Sie eigentlich?«, erkundigte ich mich stattdessen. Genau genommen wusste ich es ja, seitdem er mir am Ballabend vorgestellt worden war oder sich besser gesagt im Garten an mich angeschlichen und vorgestellt hatte. Beim besten Willen konnte ich mir unter dem Namen ‚Montserrat' nicht allzu viel vorstellen und war gespannt darauf, es aus seinem Mund genauer zu erfahren.

»Meine Heimat liegt auf einer Insel, viele, viele Meilen entfernt von hier - mit dem Schiff eine Reise, die länger als ein Monat dauert«, begann er und seine raue Stimme klang ein bisschen wehmütig. Hatte er Heimweh?

»Wir haben eine unglaublich bunte Vegetation und ich stamme aus einem sehr fruchtbaren Land. Wir ernten mehr Obstsorten, als ihr hier überhaupt jemals gekostet habt. Außerdem haben wir verschiedene Volksgruppen, die friedlich miteinander leben. Allerdings gibt es noch ein zweites Königshaus auf Montserrat und das macht leider die Bildung einer Regierung nicht ganz einfach«, erklärte er schlicht. Ich konnte in Cedrics Augen lesen, wie viel ihm sein Land bedeutete.

»Ich würde Eure Früchte sehr gerne mal kosten«, gestand ich leise und es war zwar die erste Entgegnung, die mir in den Sinn gekommen war, doch es war aufrichtig gemeint. Ich liebte Obst, doch das Angebot hier in Luandia war sehr begrenzt, nachdem wir außer Äpfeln, Birnen und Kirschen kaum eigene Früchte anbauten. Die Schiffe aus dem Westen legten nur selten in unseren Häfen an, da die Bevölkerung einfach zu klein war und sich deswegen eine Schiffsladung kaum lohnte. Außerdem kamen seit der Katastrophe in Nordamerika noch weniger Schiffe, da dort inzwischen die gesamte noch übriggebliebene Produktion im eigenen Land gebraucht wurde.

»Das ließe sich sicher einrichten. Macht Ihr nicht so etwas wie Staatsbesuche?«, erkundigte sich Cedric und brachte mich damit zum Lachen«.

»Ich wohl kaum. Das war bisher meinen Eltern überlassen. Aber immerhin bin ich nun nicht nur alt genug, sondern es würde sicher auch bei meiner Fernsehsendung für Abwechslung sorgen, wenn in einem anderen Land gedreht würde.« Ich spann die Idee weiter und war überrascht, dass ich für einen Augenblick tatsächlich darüber nachdachte, Cedrics Heimat kennenzulernen.

»Ist es friedvoll, dort wo du herkommst?«, erkundigte ich mich und schlug mir sogleich errötend die Hand vor dem Mund.

»Entschuldigt vielmals - ich meinte natürlich ‚dort wo Sie herkommen'«, korrigierte ich mich rasch. Mr Brades' Gesicht blieb unverändert freundlich.

» Das Du ist schon in Ordnung«, meinte er lächelnd, doch plötzlich war seine gute Stimmung wie weggewischt, fortgeblasen von düsteren Wolken, die zwischen seinen Augenbrauen eine steile Falte bildeten.

»Nein, leider ist die Stimmung in Montserrat aktuell alles andere als friedlich. Sie ist sehr angespannt und das ist auch der Grund, warum ich schon in wenigen Tagen wieder in meine Heimat fliegen werde. Mein Flugzeug steht startbereit am Flughafen in Kiana, falls sich die Lage abrupt verschlechtern sollte. Doch einige Staatsgeschäfte hielten mich bisher in Luandia. Dieser Ausritt mit Chance - das sind die ersten freien Minuten seit meiner Ankunft in Luandia, die ich einfach nur für mich alleine habe«, gestand er. Ich spürte auf einmal Verständnis und Mitgefühl für ihn.

»Woran liegt es, dass euer Land keinen Frieden findet?«, erkundigte ich mich ernst und trieb Sweetheart ein wenig an.

Ihr fiel es zunehmend schwer, mit dem viel größeren Hengst Schritt zu halten, doch das aufmerksame Spiel ihrer Ohren und das Nicken ihres Kopfes verrieten, dass sie ihm gefallen wollte und sie um keinen Preis aufgeben würde. Ich tätschelte ihren Hals.

»Die Gesamtsituation meines Landes ist ziemlich kompliziert und Ihr müsst Verständnis haben für mein Volk. Vor knapp vierzig Jahren begannen die Unglücke: Zuerst zerstörte ein verheerender Sturm fast neunzig Prozent unserer Behausungen, Rohstoffe, Pflanzungen und sogar unsere Hauptstadt, selbst der Flughafen wurden dem Erdboden gleich gemacht. Doch das Volk ist zäh und so haben wir nur wenige Monate verstreichen lassen, bevor wir alle, Hand in Hand mit dem Wiederaufbau begonnen haben. Jahre später –die meisten Bauwerke waren noch nicht vollendet und die Felder hatten nicht mehr als eine Ernte erlebt, brach unser Vulkan mit einem Mal nach hunderten von Jahren wieder aus. Danach haben fast siebzig Prozent der Bevölkerung Montserrat für immer den Rücken gekehrt. Die wenigen, die geblieben waren und die überlebt haben, begannen – ein jeder für sich – nur noch von der Hand in den Mund zu leben oder ihre Nächsten zu bestehlen.« Die ernste Miene zeigte, wie nahe Cedric dieses Thema ging. Ich hätte gerne etwas gesagt, um ihn aufzumuntern, doch seine traurige Geschichte hatte mich berührt und schnürte mir die Kehle zu.

»Die wenigen Menschen, die noch an eine Zukunft für Montserrat glauben, haben sich hinter mir versammelt, um in meiner Heimat – Brades – eine neue Hauptstadt, einen neuen Flughafen und ein neues Land aufzubauen. Doch dazu muss ich die Herrscher Europas davon überzeugen, dass es lohnenswert für sie ist, in unsere junge Hoffnung zu investieren.« Tief im Inneren schien ein Funke zu lodern und gegen Cedrics Hoffnungslosigkeit anzukämpfen.

»Trotz allem stelle ich mir Euer Land wunderschön vor, Cedric.« Ich ließ mir seinen Namen auf der Zunge zergehen, spürte ihm nach, als er über meine Lippen glitt. Er hörte sich gar nicht schlecht an, doch dem jungen Mann schien es nicht aufzufallen. Sein Blick war in die Ferne gerichtet und er schien weit weg.

»Ich würde gerne helfen.« Ich war nicht sicher, ob er mich hörte, doch es erschien mir mit einem Mal wichtig, das zu sagen.

»Eure Heimat muss trotz allem wunderschön sein, denn Eure Augen leuchten, wenn Ihr davon erzählt«, fügte ich noch an und plötzlich wandte er mir den Kopf zu.

»Das ist sie. Montserrat ist eine Insel voller Schätze und atemberaubender Plätze unberührter Natur.« Jetzt glitt sogar ein Lächeln über Cedrics Gesicht und seine Stimme wurde wieder lebhafter, ließ den Schwermut hinter sich.

»Ihr solltet wirklich kommen und es mit eigenen Augen sehen, Siara«, meinte er dann überschwänglich. Als sich unsere Augen trafen, fiel mir auf, dass er sein Pferd näher an Sweetheart gelenkt hatte und sich unsere Beine nun fast berührten. Einen Moment lang schwieg ich, abgelenkt durch die plötzliche Nähe. Dann nickte ich.

»Das werde ich, Cedric. Das werde ich.« Unauffällig drückte ich die Beine ein wenig näher an Sweetys Bauch, sodass sie sich etwas von dem großen Hengst absetzte, ohne dass ich dabei unanständig wirkte.

Zurück im Stall wollte ich mich – nachdem wir den restlichen Heimritt mehrheitlich schweigend hinter uns gebracht hatten – rasch verabschieden. Das Gespräch mit Cedric über seine Heimat hatte mich mehr berührt, als ich im ersten Moment gedacht hatte und verspürte den Wunsch, alleine über all die Dinge, die ich erfahren hatte, nachzudenken. In mir hatte sich ein kleiner Keim der Angst geregt, der mir einzuflüstern versuchte, dass auch Luandia so enden konnte, wie es Montserrat zugestoßen war. Und dann würde Luandia viele andere Dinge dringender brauchen als ein Königshaus und eine Monarchie, die das Schlimmste nicht abwenden konnte. Die Folgen lagen auf der Hand: Keine Reality Show der Welt würde uns mehr retten.

»Siara?« Cedric stand vor mir und riss mich aus meinen düsteren Gedanken. Ich zuckte zusammen.

»Habt Ihr noch kurz Zeit?«, fragte er und ich las die stumme Bitte in seinen Augen. Obwohl ich schon all meine Sachen zusammengepackt hatte, nickte ich und er bedeutete mir, ihm zu folgen.

Cedric führte mich in einen der schmaleren, dunkleren Stallgänge, in denen normalerweise unsere Bediensteten ihre Pferde unterstellten und Jungpferde, sowie frisch eingetroffene Tiere standen. Vor der hintersten Box stoppte Cedric. Darin stand ein wunderschönes Pferd, von der Statur ähnlich wie Chance, den Cedric zuvor geritten hatte. Ein einfaches Schild an seiner Boxentür verriet seinen Namen: »Conquest«.

»Wow«, flüsterte ich leise und legte meine Hand auf Cedrics Arm.

»Er gehört Euch, Siara«, eröffnete er mir und ich wandte mich ihm abrupt zu, um ihn mit offenem Mund fassungslos anzuschauen.

»Mir?« Ich kam nicht ganz nach.

»Die Pferdezucht in Montserrat ist dank einiger glücklicher Fügungen nicht ausgestorben. Vor all diesen Katastrophen waren unsere Pferde in sämtlichen Sparten des Reitsports führend und heiß begehrt. Die Preise, die für unsere Fohlen bezahlt wurden, ließen sich mit Sportwagen hierzulande messen. Dieses Pferd hat einen tadellosen Stammbaum und ich habe es nach Luandia mitgebracht, um es jemandem zu schenken, der dessen Wert, seinen Charakter und sein Talent zu schätzen weiß. In Euch habe ich diese Person gefunden, Prinzessin«, eröffnete mir Cedric. Dass er heute so unglaublich viele Worte verwendete, beunruhigte mich noch immer ein wenig – hatte ich ihn doch als wortkargen Mann kennengelernt. Dagegen fiel es mir schwer, Worte in meinem Kopf zu Sätzen zu formen, die annähernd meine Dankbarkeit und Freude ausdrücken konnten.

Stumm umarmte ich ihn und obwohl er sich versteifte, als ich meine Hände auf seinen Rücken legte, ließ er es zu.

»Danke. Ich kann mich nicht erinnern, je ein schöneres Geschenk erhalten zu haben.« Als ich mich von ihm löste und ein wenig verlegen einen Schritt zurücktrat, lag in seinem Blick mehr als nur ein Abbild meiner Freude. War es Verlangen, das ich da unter der üblichen Düsternis erkennen konnte?

Kapitel 15

»Der Springplatz wurde soeben fertig vom Schnee befreit«, meldete meine jüngste Zofe Pilar, als Dian dabei war, mein langes Haar zu strengen Zöpfen zu flechten. Dass sie manchmal so fest zog, dass ich das Gefühl hatte, meine Stirnhaut würde über meinen Scheitel gezogen, ignorierte ich, da sie die einzige meiner Zofen war, deren Zöpfe einen ganzen Tag im Sattel überstanden.

»Super, dann kann's ja losgehen.« Ich freute mich und klatschte in die Hände.

»Autsch«, machte ich sogleich und setzte mich wieder still hin, da ich mich beinahe selbst skalpiert hatte.

»Ich bin gleich fertig, Prinzessin«, entschuldigte sich Dian, doch ich konnte hören, dass ein Schmunzeln auf ihren Lippen lag. Mich zu frisieren war an den meisten Tagen kein Vergnügen, da ich einfach zu ungeduldig war, um lange still zu sitzen.

»Entschuldigung«, murmelte ich leise, auch wenn ich wusste, dass niemand von mir eine solche erwartete.

»Lass doch bitte das neue Pferd Conquest satteln. Ich möchte mal sehen, wie er sich im Parcours macht, Pilar«, bat ich und wippte vor lauter Vorfreude hin und her. Dian räusperte sich hinter mir und sofort saß ich wieder unbeweglich an meinem Platz, nicht ohne breit zu grinsen. Ich freute mich sehr, das neueste Pferd in unserem Stall einmal unter dem Sattel zu spüren, und dachte an die seidige Mähne und das glänzende Fell, das ich bei unserer ersten Begegnung letzte Woche bewundert hatte. Noch immer war ich fassungslos über Cedrics Großzügigkeit. Dieses Geschenk war mehr, als ich jemals erwartet hätte. Nicht einmal als Prinzessin bekam man alltäglich neue Pferde und dann noch solch wunderschöne.

Der Hengst hatte wild gewiehert und mit den Augen gerollt, doch Cedric Brades hatte mir versichert, dass er aus der besten Zucht von Montserrat stamme und mir beim Reiten nichts als Freude bereiten würde. Ich schaute

Pilar nachdenklich hinterher, als sie auf dem Weg zur Tür war. Ein Gedanke beschäftigte mich noch.

»Ach und Pilar?« Ich überlegte, ob mein Wunsch zu anmaßend war und die Zuschauer meiner Show mich für einen verwöhnten Snob halten würden.

»Lass doch bitte den Platz absperren und außer dem Kamerateam niemanden zuschauen«, bat ich entgegen meiner Bedenken trotzdem. Ich hatte Conquest nur einmal gesehen, doch meine große Pferdeerfahrung sagte mir, dass ich so leicht nicht mit ihm klarkommen würde, wie Cedric versprochen hatte. Das Pferd hatte mindestens ebenso viel Temperament wie der Mann, der es mir geschenkt hatte und bei dem war ich bis heute ebenfalls nicht schlau geworden.

»Soll ich Sweetheart dazu bringen, damit sich das neue Pferd nicht unwohl fühlt?«, erkundigte sich Pilar, nachdem sie meinen Wunsch mit einem Nicken entgegengenommen hatte. Ich riss erschrocken die Augen auf.

»Auf keinen Fall!«, rief ich empört.

»Conquest ist kein Wallach. Er würde durchdrehen, wenn eine Stute in seine Nähe kommt. So beruhigend Sweety auch auf die meisten Pferde wirkt, hier könnte sie Lebensgefahr für sich selbst und mich darstellen.« Ich hatte die Stimme ein wenig erhoben, weil ich mir im Kopf ausmalte, was alles passieren konnte, wenn der wilde Hengst aus Montserrat auf eine Stute traf, während ich auf dessen Rücken saß.

Pilar sah mich erschrocken an, ihre Lippen zitterten.

»Verzeiht, Majestät«, stotterte sie und versank in einen tiefen Knicks.

»Es ist schon in Ordnung, Pilar.« Ich atmete tief ein und wieder aus, um mich selbst zu beruhigen.

»Sorge einfach dafür, dass der Hengst niemandem begegnet und wir ungestört sind.«

Sie verschwand mit einem weiteren Knicks.

»Möchtet Ihr ein Glas Wasser, Prinzessin?« Dian hatte inzwischen meine Zöpfe beendet.

»Gerne«, bat ich. Tatsächlich fühlte sich meine Zunge ein wenig pelzig an. Ich nahm nur einen Schluck aus dem angebotenen Glas und ließ es dann auf meinem Frisiertisch stehen. Wenn ich vor dem Reiten zu viel trank, gluckerte mein Mangen, was störend sein konnte.

»Wenn jemand nach mir sucht, sagt, dass ich gerade nicht zu sprechen sei«, trug ich Dian und Pilar, die inzwischen atemlos wieder zurückgekehrt war, auf. Ich schlüpfte in meine Reitstiefel und genoss das Gefühl, wie sich das Leder einer zweiten Haut gleich um meine Waden schmiegte. Schon jetzt begann ich, mich wie im siebten Himmel zu fühlen, genauso befreit und glücklich wie es mir nur auf dem Pferderücken zu sein gelang.

Als ich zum Reitplatz kam, brannte die Sonne erstaunlich heiß für diese Jahreszeit. Ich würde wohl mein Reitjackett schon bald ausziehen können – eine Sache, die mir nur deswegen möglich war, weil ich keine Zuschauer gewünscht hatte. Dass bald das ganze Land mich so im TV bewundern konnte, dieses Problem überließ ich meinem Vater. Auch das Fell von Conquest glänzte wie frisch abgebaute Kohle im Licht und ich stellte mir vor, wie heiß seine Haut von den Sonnenstrahlen wurde. Als ich das Tor öffnete und hinter mir wieder schloss, kribbelten meine Finger vor Verlangen, über das seidige Fell zu streichen.

Da erst fiel mir auf, dass ein fremder Mann mein Pferd am Zügel hielt. Er stand unbeweglich da, obwohl der Hengst nervös herumtänzelte und ab und an sogar versuchte, die Vorhand vom Boden zu heben. Viel mehr als ein nackter, gebräunter Rücken konnte ich nicht sehen, da der Fremde sich von mir abgewandt hatte und in die Ferne blickte. Die breiten Schultern verrieten, dass er bereit war, zuzupacken. Seine muskulösen Arme bewegten sich kaum, während Conquest hin- und her hüpfte. Ein Tattoo aus harten Linien zierte seinen Nacken und plötzlich war mein Verlangen, das Pferd zu streicheln, dem Wunsch gewichen, mit meinen Fingerspitzen diese Linien nachzuzeichnen.

Ich räusperte mich.

»Verzeihung, Sir.« Warum fühlten sich meine Knie plötzlich so seltsam schwach an? Eben war mein Schritt doch noch sicher und selbstbewusst? Mit einer erstaunlichen Gelassenheit drehte sich der Mann um und ich blickte in ein Paar dunkler Augen in einem sonnengebräunten Gesicht. Ein spöttisches Lächeln lag auf den vollen Lippen des Fremden.

»Danke, dass Sie mein Pferd gehalten haben.« Ich versuchte, hochmütig zu klingen, eigenartig herausgefordert durch die Langsamkeit seiner Bewegungen und durch den übermütigen Schalk in seinen Augen. Wie kam er darauf, in meiner Anwesenheit mit entblößtem Oberkörper herumzulaufen?

Und wie konnte er dies überhaupt tun, so kurz nach den Festtagen? Es war schließlich trotz des wunderschönen Wetters nicht unbedingt warm.

Ein angedeuteter Knicks von seiner Seite war die einzige Entgegnung auf meine Worte. Ohne meinen Befehl abzuwarten, führte er Conquest zu einer kleinen Treppe.

»Darf ich Euch in den Sattel heben?« Seine Stimme war ein wenig kratzig, freundlich aber ohne eine Spur von Unterwürfigkeit oder anderen seltsamen Klängen, die ich sonst bei Hofe zu hören bekam. Ich zog eine Augenbraue hoch und hoffte, mir würde ebenfalls ein spöttischer Blick gelingen.

»Danke, das mache ich gerne selbst. Sie werden hier nicht mehr gebraucht.«

Ohne ihn ein weiteres Mal zu Wort kommen zu lassen, glitt ich geschmeidig in den Sattel und legte meine langen Beine um die Flanken des Pferdes. Ich spürte jeden einzelnen Nerv unter der Haut des Hengstes zittern, doch mein sanfter Griff in die Zügel ließ ihn ruhig stehenbleiben.

Ich drehte den Kopf, soweit ich nur konnte, um dem seltsamen Stallknecht hinterherzublicken. Warum fühlte sich meine Kehle so rau an, und wieso konnte ich nicht damit aufhören, seinen nackten Oberkörper anzustarren? Ich leckte mir über die Lippen, just in dem Augenblick, als er sich noch einmal umdrehte. Sofort drehte ich mich weg und wandte all meine Aufmerksamkeit dem Pferd zu. Ich spürte, wie meine Wangen heiß wurden. Täuschte ich mich, oder war ein Lachen über sein Antlitz gehuscht, als er bemerkt hatte, wie ich ihm hinterher gestarrt hatte?

»Konzentrier dich, Siara!«, flüsterte ich verbissen und nahm die Zügel etwas hastiger auf, als beabsichtigt. Sofort machte Conquest Anstalten, erneut zu steigen. Ich atmete scharf ein, legte die Beine fester um seinen Leib und ließ die Zügel fallen, so gut ich konnte. Er beruhigte sich rasch, machte dafür aber zwei Sprünge nach vorne. Ich kam mir vor wie auf dem Schaukelpferd, das ich mit vier Jahren so vergöttert hatte. Vor und zurück, vor und zurück.

»Sssch«, flüsterte ich und tätschelte den dunkeln Hals des Tieres, auf dem sich bereits ein leichter Schweißfilm bildete. Ich übernahm wieder die Kontrolle und drückte ihm leicht die Fersen in die Flanke. Dabei nahm ich die Zügel auf, ohne ihn zu behindern und er fiel sofort in einen schwungvollen Schritt, den ich bestens aussitzen konnte. Der Kopf des Pferdes wippte dabei fröhlich auf und ab und sobald er los trabte, waren Conquests Flausen wie weggeblasen. Auch wenn ich mir sicher war, dass er jederzeit explodieren und mich abwerfen oder davon stürmen konnte, genoss ich den Moment, als mein Körper sich mit seinen Bewegungen vereinigte. Es fühlte sich vollkommen richtig an und als ich nur einmal kurz schnalzte, nahm er dies zum Anlass, in einen flüssigen Trab zu fallen. Ich ließ mich von seinem Takt aus dem Sattel tragen, bevor ich beim nächsten Schritt wieder zurück saß und diese Bewegung federleicht bei jeder Schrittkombination wiederholte. So umrundeten wir mehrere Male den Springplatz, bis ich spürte, wie der Hengst ganz weich wurde im Maul und ich den Druck auf den Zügeln auf ein Minimum verringern konnte.

Dieser Ritt begann mir zu gefallen und insgeheim fragte ich mich, wie es wohl sein würde, ohne Sattel mit fliegendem Haar auf diesem prachtvollen Tier durch die Natur zu reiten. Nach einer weiteren Runde drückte ich meine Schenkel enger an Conquests Leib, nahm die Zügel ein wenig auf und gab ihm schließlich das Kommando zum Angaloppieren. Einen kurzen Moment lang befürchtete ich, die Kontrolle über ihn erneut zu verlieren, als er den Kopf schüttelte und die Hinterhand höher hob als nötig. Offensichtlich hatte er sich bloß ebenso fest wie ich nach diesem Tempo gesehnt und einen Freudensprung gemacht. Danach konnte ich keinerlei Unregelmäßigkeit mehr feststellen und es fühlte sich an, als ob wir gemeinsam über den weichen Boden fliegen würden. Nach zwei weiteren Umrundungen des Platzes lenkte ich das Pferd zum ersten Mal auf ein Hindernis zu.

Kraftvoll stieß sich der Hengst ab, flog und landete ohne dabei einmal aus dem Takt zu kommen. Noch während ich mich über den gelungenen Sprung freute, kam ein Doppeloxer, ein Wassergraben, eine hohe Mauer, weitere Stangen. Insgesamt trug mich Conquest über zwölf Hindernisse, ohne ein einziges Mal aus dem Takt zu gelangen oder ohne auch nur mit der Hufspitze eine Stange zu berühren. Überglücklich zügelte ich ihn zurück in den Schritt und streichelte seine Flanke, die leicht feucht war. Sein Atem ging kaum schneller und es schien, als könnte er noch stundenlang rennen. Jetzt wo er wieder langsamer gehen musste und am langen Zügel die Konzentration nicht mehr gebraucht wurde, schaute er sich erneut unruhig um und ich spürte, wie er sich anspannte.

»Ist schon gut, Conquest. Das ist alles neu für dich, aber du bist an einem schönen Platz gelandet, hier tut dir niemand etwas und du kannst den ganzen Tag lang tun und lassen was dir gefällt. Du bist so ein unglaublich guter Springer, du musst dich doch nicht vor Vögeln oder Blättern im Wind fürchten.« Und so weiter und so fort sprach ich leise auf das Pferd ein und war glücklich, als ich an seinem Ohrenspiel erkennen konnte, dass er mir tatsächlich lauschte und einen Teil der Spannung wieder von ihm abfiel. Nach einer Weile sprang ich vom Pferd.

»Ihr seid diesen Parcours geritten, als wärt Ihr schon seit Monaten mit diesem Pferd gesprungen und nicht, als ob ihr beiden euch heute zum ersten Mal begegnet wärt, Prinzessin Siara.«

»Oh, guten Morgen, Mr Sentaku.« Ich zuckte zusammen und wandte mich zum Reporter um, der von mir bisher unentdeckt am Tor zum Reitplatz gewartet hatte.

»Guten Morgen, Prinzessin. Ihr habt doch nicht etwa den Interviewtermin mit mir vergessen?« Scherzte er und zwinkerte mir zu.

»Interviewtermin?«, fragte ich irritiert und zuckte erneut zusammen, als ein Stalljunge neben mir auftauchte, um mir Conquest abzunehmen. Das Pferd schreckte zurück, als der junge Mann seine Hand nach den Zügeln ausstreckte. Conquest stieß ein schrilles Wiehern aus und als ich ihn nicht losließ, riss er an meinem Arm, bäumte sich hoch und schlussendlich konnte ich ihn nicht länger halten. Doch er kam von selbst wieder herunter, klopfte hart mit den Vorderbeinen auf den Boden und stand dann zitternd neben mir. Nun griff der Stallbursche erneut nach den Zügeln und diesmal ließ der aufgebrachte Hengst sich wegbringen.

»Autsch.« Ich rieb mir die Schulter und brachte dann ein schiefes Lächeln für Mr Sentaku zustande, der neben mir stand und ziemlich erschrocken aussah.

»Seid Ihr verletzt, Prinzessin?«, erkundigte er sich besorgt und trat einen Schritt näher. Ich biss auf die Zähne und schüttelte tapfer den Kopf.

»Nein, nein, nur eine kleine Zerrung. Das Pferd ist ziemlich stark, wissen Sie.« Ich versuchte mich durch tiefes Ein- und Ausatmen zu entspannen.

»Dann ist ja gut. Ein wirklich verrücktes Leben führt Ihr da, Prinzessin.« Nun lächelte er auch wieder ein bisschen.

»Aber habe ich tatsächlich einen Interviewtermin mit Ihnen, Mr Sentaku?«, wollte ich verwirrt wissen. Im Kopf ging ich meinen Terminplaner noch einmal durch. Jeden Morgen studierte ich die Einträge und meine Zofen erinnerten mich an jeden Punkt, der auf meiner Tagesordnung stand, mindestens zwei oder drei Mal. Doch von einem erneuten Interview mit Mr Sentaku hatte ich in den vergangenen Tagen weder etwas gelesen noch etwas gehört.

»Eigentlich nicht, Prinzessin«, gestand der Reporter, den ich bisher immer für einfach und anständig gehalten hatte.

»Was?« Ich riss irritiert die Augen auf und rieb mir gedankenverloren erneut die schmerzende Schulter.

»Nun, das letzte Interview, das Ihr mir gegeben habt, war eines der erfolgreichsten und meist gelesenen Interviews, das ich jemals durchgeführt habe. Dabei wart ihr damals noch nicht halb so beliebt und bekannt, wie ihr dies zum heutigen Tage seid. Danach ist eure Show angelaufen und auch da wurde dieser Artikel noch viel öfter gelesen.«

»Wow«, gab ich mit unsicherem Lächeln wieder, wusste nicht genau, was ich mit dieser Information anfangen sollte.

»Daher dachte ich, dass jetzt, nach zwei Monaten doch eine Fortsetzung von unserem Interview folgen könnte, da unseren Lesern offensichtlich sehr viel an der Prinzessin von Luandia gelegen ist«, eröffnete mir Mr Sentaku mit einem breiten Grinsen und machte eine Handbewegung, die mir bedeutete, dass wohl alles klar war.

»Und da dachten Sie, dass Sie einfach herkommen und mir bei einem eigentlich geheimen Training auflauern können, damit Sie von mir die Erlaubnis erhalten, mich erneut zu befragen und meine intimsten Geheimnisse aufzudecken?« Langsam stieg ein gewisser Ärger in mir auf, doch andererseits fand ich es auch amüsant, dass der ansonsten so brave Mr Sentaku so viel riskierte für ein Interview mit mir.

Er nickte auf meine Frage und sah plötzlich noch schüchterner und verlegener aus als zuvor schon.

»Nun gut«, spontan entschlossen, dem Mann zu geben, was er sich wünschte.

»Wir treffen uns in einer Stunde in meinem Salon, einverstanden? Ich werde meine Zofen anweisen, Ihnen Erfrischungen zu bringen, bis ich bereit bin, Sie zu empfangen«, erklärte ich und wandte mich schon auf dem Absatz um. Im Augenwinkel sah ich das breite Lächeln, das das einfache Gesicht des Reporters in ein einziges Strahlen verwandelte.

»Prinzessin?«, wandte er ein, bevor ich außer Hörweite war.

»Herzlichen Dank.« Ich lächelte ebenfalls und drehte mich dann endgültig weg. Ob er die Antworten erhalten würde, die er sich erhoffte?

Es dauerte ein wenig länger, die Knoten aus meinen Haaren zu bürsten und mich umzuziehen. Als ich den Salon betrat, saß Mr Sentaku geduldig da und schien kein bisschen genervt zu sein. Immerhin musste er länger warten, als gedacht. Der leichte Geruch nach Pferd hing noch immer in meinen Haaren, doch ich würde ihm kaum so nahe kommen, dass es ihn stören konnte. Außerdem war ich die Prinzessin und es konnte mir gleichgültig sein, wie ich roch.

»Danke für Ihre Geduld, Mr Sentaku.« Ich ließ mich mit einer geschmeidigen Bewegung in den Sessel ihm gegenüber gleiten. Als Outfit für das Interview hatte ich eine weite Hose gewählt, die kaum die Form meiner Beine erahnen ließ und dazu eine locker sitzende Fransenbluse über einem engen, weißen Top. Wahrscheinlich war dies eines meiner legersten Outfits und dennoch stammte jedes Stück Stoff aus den Häusern namhafter Designern Europas, die mir schon vor Beginn meiner Show immer wieder Teile aus ihren Kollektionen zukommen ließen, in der Hoffnung, diese in der Öffentlichkeit und nun natürlich vor der Kamera zu tragen und damit ihre Verkäufe anzukurbeln.

Ich hatte angeordnet, dass vom Interview selbst nur tonlose Aufnahmen gemacht werden würden. Der Plan war, diese als kurze Einspieler zu nehmen, um die Show aufzufüllen. Es kam immer wieder vor, dass irgendwo in den Aufnahmen eine Lücke entstand.

Mr Sentaku sollte die Exklusivität erhalten, die er sich wünschte. Beim letzten Mal hatte er mich in seinem Artikel liebevoll, väterlich beschrieben, ohne wie die anderen Reporter stets nach dem Haar in der Suppe zu suchen oder mich in den Himmel zu loben, ohne mich wirklich zu kennen.

»Es freut mich sehr, dass Ihr Euch für mich Zeit nehmen konntet, Prinzessin Siara. Wenn Ihr nichts dagegen einzuwenden habt, würde ich nun gerne mit dem Interview loslegen.« Mr Sentaku sprach genau so leise wie bei unserer ersten Begegnung. Im Gegensatz zu damals, war ich heute nur noch halb so aufgeregt und lehnte mich entspannt in meinem Sessel zurück. Mit einem Nicken gab ich ihm die Erlaubnis, fortzufahren.

»Was ist für Euch die bisher wichtigste Erfahrung, die Ihr dank der Show machen konntet?« Ich überlegte eine ganze Weile. Bisher war mir so viel Schönes, Anstrengendes, Spannendes und auch weniger Gutes widerfahren.

»Am allermeisten mitnehmen durfte ich aus den zahlreichen Begegnungen, die ohne die Show vielleicht niemals passiert wären. Zu meinem Ball waren Menschen aus der ganzen Welt eingeladen, die ich sonst nicht kennengelernt hätte. Und es arbeiten im Hintergrund der Produktion so viele verschiedene, unglaublich fleißige und talentierte Leute, ohne die es gar keine Show geben würde. Es ist so unfassbar inspirierend, sie zu sehen und ihre tagtägliche Arbeit, die sie machen, obwohl die Show sich doch nur um mich dreht und sie viel zu selten auch nur ein Wort des Dankes dafür erhalten.« Ich wusste genau, wie klischeehaft sich das alles anhören musste, gleichzeitig fühlte ich, dass es keine andere Antwort geben konnte.

»Wir kennen jetzt Euren Alltag genauestens und wissen, wie Ihr morgens nach dem Aufstehen aussieht. Gibt es etwas, bei dem es Euch besonders schwergefallen ist, es mit der Öffentlichkeit zu teilen?« Die nächste Frage forderte mich etwas mehr heraus, da ich keinesfalls negativ über die Show sprechen wollte. Gleichzeitig schossen so viele Dinge in meinen Kopf, bei denen es mir zu Anfang lieber gewesen wäre, wenn sie privat geblieben wären.

»Als ich begonnen habe, die Show zu machen, hätte ich mich am liebsten immer in meinen Gemächern eingeschlossen und vor den Kameras versteckt. Gespräche waren plötzlich nicht mehr privat. Ich habe Menschen kennengelernt, bei denen ich mir sicher bin, dass ich sie von einer ganz anderen Seite kennen könnte, wenn die Kameras nicht wären. Doch zum Schluss kann ich eigentlich nur etwas nennen, bei dem es mir bis heute oftmals lieber wäre, wenn es privat bleiben würde: Meine eigenen Emotionen. Wenn ich traurig, verletzt, ratlos oder wütend bin, wünsche ich manchmal, dass nicht das ganze Volk daran teilhaben kann. Doch ich erhalte so viele liebe Kommentare von den Zuschauern, dass ich mir gar nicht wünschen würde, dass meine emotionalsten Momente aus der Show geschnitten würden. Viele schreiben, dass ausgerechnet diese Emotionen ihnen so gut gefallen, weil sie merken, dass ich auch nur ein Mensch bin. Im Großen und Ganzen ist es also gut so, wie es ist.«

Ich atmete tief ein und wieder aus. Diese Antwort war mir nicht leicht gefallen, besonders weil ich mir wünschte, ehrlich zu den Zuschauern zu sein und dennoch manchmal darunter litt, wie eingeschränkt meine Privatsphäre zwischenzeitlich geworden war.

»Wir haben gesehen, dass Ihr auch den einen oder anderen attraktiven jungen Herrn kennenlernen durftet, Prinzessin. Gibt es darunter einen, der Euch besonders im Gedächtnis geblieben ist?« Ich hatte gewusst, dass diese Frage in der einen oder anderen Form kommen würde. Nur hatte ich gehofft, Mr Sentaku würde damit noch etwas warten. Ich zwang mich zu einem verlegenen Lächeln und meine Wangen wurden ein bisschen wärmer, während ich fieberhaft überlegte, wie ich ihm am geschicktesten gab, was er wollte, ohne zu viel preiszugeben.

»Ich habe nicht nur viele tolle Männer kennengelernt, Mr Sentaku. Auch viele bemerkenswerte Frauen waren darunter.« Ich schenkte ihm ein Zwinkern und ein spitzbübisches Grinsen, auch wenn ich mir sicher war, mir damit nur ein bisschen Aufschub verschafft zu haben und nicht mehr.

»Da bin ich mir sicher, Prinzessin. Aber was ich meinte, war mehr ein ... ähm ... spezieller Mann«, erklärte der Reporter und wurde nun seinerseits rot im Gesicht, während er verlegen mit seinem Kugelschreiber spielte und kaum wagte, mich anzusehen. Aus der Ecke, in der meine drei Zofen saßen und auf meine Anweisungen warteten, erklang ein leises Kichern, das ich großzügig überhörte.

»Da muss ich Sie leider enttäuschen, Mr Sentaku. Einer von ihnen ist mit mir ausgeritten, der andere konnte fabelhaft tanzen und der dritte hat mir so farbenfroh sein Heimatland geschildert, dass ich mich am liebsten sofort ins Flugzeug gesetzt hätte. Der Nächste ist zwar undurchschaubar und scheint nicht die besten Manieren zu besitzen, trotzdem gefällt er mir. Wieder ein anderer hat mir ein Geschenk gemacht, das sich kaum toppen lässt und ein weiterer ist so schön anzusehen, dass ich ihn beim besten Willen nicht ausschließen kann. Sie sehen, so einfach ist das Leben einer Prinzessin doch nicht.« Ich lächelte immer noch fröhlich, auch um zu zeigen, dass meine Worte nicht ganz ernst zu nehmen waren.

Der Reporter tat mir ein bisschen leid, denn es wäre sicher ein großer Aufwand, aus meinen Worten nun etwas Schlaues zusammenzubasteln. Er kannte mich inzwischen und war freiwillig hierhergekommen.

»Ich sehe schon, Ihr seid eine richtige Lady und genießt und schweigt. Wir werden gespannt weiterverfolgen, welche Bekanntschaften Ihr im Laufe der Show noch machen werdet. Was habt Ihr für die nächsten Folgen geplant? Silvester steht vor der Tür und die Fans fragen sich, ob Ihr bald wieder zur Schule zurückkehren werdet? Oder gibt es eine große Überraschung, die uns weitere spannende Einblicke bescheren wird?«

Die Fragen gingen immer weiter und schnell war eine Stunde um, was mir meine Zofe Dian mit einem Räuspern signalisierte. Ich erhob mich ein wenig aus meiner gemütlichen Sitzposition und verabschiedete schließlich den zufriedenen Mr Sentaku mit einem freundlichen Lächeln wie einen alten Freund.

Als er den Raum verlassen hatte, blieb bei mir das Gefühl, diese Sache richtig gut gemacht zu haben.

Kapitel 16

»Was hast du heute vor, Danina?« Gleich nach dem Frühstück eilte ich in meine Gemächer, um vor der Sitzung mit dem Fernsehteam rechtzeitig vorbereitet zu sein. Sie hatte sich nach dem zweiten Klingeln gemeldet und ich hoffte, dass die Tatsache, dass sie so schnell war, bedeutete, dass sie noch nichts vorhatte und ich ihr meine Idee unterbreiten konnte.

Eine kurze Pause folgte, in der ich kribbelig vor Aufregung wurde.

»Guten Morgen, Siara«, meinte meine Cousine dann trocken und ich lachte auf.

»Guten Morgen auch. Nun sag schon, was hast du heute vor?« Ich ging gar nicht weiter auf ihre Ablenkung ein. Wir kannten uns zu lange, um uns über Nichtigkeiten zu ärgern, wie eine fehlende Begrüßung.

»Ich wollte mir Gedanken machen, was ich beim diesjährigen Yule-Fest verschenken könnte und wenn dann noch Zeit ist, die Schneiderin bestellen, um mit ihr meine Garderobe durchzugehen. Alles Dinge, die das Leben nicht unbedingt spannender machen«, berichtete Danina gelassen. In diesem Moment wusste ich, dass sie darauf hoffte, dass dieser Tag ein bisschen Aufregung für sie liefern würde. Konnte sie haben!

»Wir werden dieses Jahr unsere Geschenke nicht einkaufen lassen und im Internet bestellen. Wir werden in ein richtiges Kaufhaus gehen. Und zwar heute«, verkündete ich freudig.

»Wir?« Ich konnte mir regelrecht vorstellen, wie meine Cousine die Augenbrauen hochzog.

»Wir! Du und ich!« Langsam wurde ich ungeduldig und zappelte mit meinem linken Bein herum, wie immer wenn ich aufgeregt war.

»Ein richtiges Kaufhaus?«, wollte Danina wissen. War sie heute schwerhörig oder wollte sie mich ärgern?

»Ein richtiges Kaufhaus. Die Kameras würden mitkommen, aber wir könnten unsere Geschenke selbst einkaufen und dort so lange bleiben, wie wir wollen. Na, was meinst du? Kommst du rüber?« Ich konnte es kaum erwarten.

»Na gut, ich komme. Wissen es deine Eltern schon?« Leise Zweifel klangen in ihrer Stimme mit.

»Nein, die wissen es noch nicht. Ich werde es ihnen nachher bei der Sitzung mit dem Fernsehteam vorschlagen, dann können sie schlecht nein sagen«, erklärte ich siegessicher.

Tatsächlich ging mein Plan auf, auch wenn meine Eltern einige Sicherheitsbedenken anmeldeten. Ich konnte sogar arrangieren, dass die Kameras nur eine Stunde lang filmen würden und Danina und ich auch Zeit alleine im Kaufhaus verbringen konnten. Ich konnte nicht glauben, dass ich tatsächlich einen solchen Einkaufstempel von innen sehen würde und wie ein normales Mädchen Weihnachtsgeschenke aussuchen durfte, bis ich schlussendlich neben Danina im Auto saß.

Wir hatten die große Glastür des prächtigen Hauses fast erreicht und ein Angestellter in Uniform hielt sie uns auf, als etwas Weiches auf meinen Füssen landete. Ich blieb abrupt und ohne Vorankündigung stehen, sodass der Fahrer, der uns immer noch Rückendeckung gab, unsanft in mich hinein prallte.

»Prinzessin!«, »Prinzessin Siara«, »Prinzessin Danina«, »Danina«, klang es von allen Seiten und meine Ohren rauschten von dem Lärm, der um uns herum herrschte. Ich bückte mich und hob einen großen beigen Stoffteddy auf, der nun einige Flecken aufwies vom nassen Asphalt. Bei genaueren Betrachten sah der Bär schon ziemlich abgegriffen aus, aber seine braunen Augen hatten einen treuen Ausdruck, der mir ein Lächeln entlockte. Der Fahrer hinter mir hatte nun endlich auch gesehen, was ich machte und hörte auf, mich vorwärts schieben zu wollen.

»Was machst du da?«, zischte Danina leise. Ich sah ihr an, dass sie einfach nur hinter die sichere Tür des Kaufhauses fliehen wollte.

Ich schaute mich aufmerksam um, ohne ihre Frage zu beantworten. In der vordersten Reihe, unbemerkt von den Kameraleuten und der aufgeregten Menschenmenge, stand ein kleines Mädchen, das den großen Leuten rundherum maximal bis zur Hüfte reichte. Es hatte den Zeigefinger in den Mund gesteckt und sah grässlich verlegen aus. So verlegen, dass es dauernd an seinen Zöpfen und seinem süßen Kleidchen herum zupfte. Eltern, die dazu gehören könnten, sah ich nirgendwo.

»Hallo! Gehört dieser kuschelige Bär dir?« Ich trat einen Schritt auf sie zu und ging vor ihr in die Hocke. Sie nickte schüchtern und sah mich furchtbar ernst an. Ein Lächeln konnte ich ihr nicht entlocken, als ich ihr den schmutzigen Teddy wieder in die Arme drückte, doch zwischen ihren langen Wimpern hindurch blickte sie mich neugierig an.

»Wie heißt du denn?« Wollte ich wissen und blieb in meiner Position mit ihr auf Augenhöhe, auch wenn das reichlich unbequem war und die Nässe des Gehsteigs langsam durch meine Schuhe drang und den Saum meines Mantels schwer machte.

»Melina«, flüsterte sie leise, fast lautlos.

»Wow«, meinte ich, auch wenn ich bei diesem Lärm nur hoffen konnte, sie richtig verstanden zu haben.

»Das ist ein schöner Name, Melina. Der passt gut zu einer kleinen Prinzessin«, erklärte ich und freute mich, als ihren Augen zu leuchten begannen.

»Ich weiß auch wie du heißt«, behauptete sie, nun etwas mutiger und Gott sei dank auch ein bisschen lauter. Die Menschen um uns herum veranstalteten noch immer einen riesigen Lärm und einige besonders aufdringliche Exemplare streckten sogar Zettel und Stifte für Autogramme direkt vor mein Gesicht, manchmal gefährlich nahe an Melinas oder meinen Augen vorbei. Doch irgendein Gefühl sagte mir, dass ich auf keinen Fall ein Wort von dem, was das kleine Mädchen zu sagen hatte, verpassen durfte.

»Ach ja?«, fragte ich mit einem Zwinkern und grinste sie an. Sie nickte heftig, sodass ihre Zöpfe flogen.

»Siara!«, erklärte sie stolz.

»Und du bist eine richtige Prinzessin«, sprach sie weiter. Ich nickte.

»Das bin ich. Und du bist ein sehr kluges Mädchen«, fügte ich an. Ihr kleines Gesicht leuchtete nun und erhellte diesen grauen Herbsttag. Wie gesegnet mussten sich doch die Eltern dieses kleinen Geschöpfes fühlen. Mein Herz wurde warm und ich konnte nicht anders, als mitten in dieser gruseligen Situation mit diesem fremden Kind um die Wette zu strahlen.

»Dürfte ich dich vielleicht mal umarmen? Auch wenn du eine Prinzessin bist? Ich weiß nicht, ob man Prinzessinnen anfassen darf«, wollte sie wissen und nun trat wieder ein bisschen ihrer alten Schüchternheit auf ihr Gesichtchen.

»Aber natürlich kann man das, Melina«, bekräftigte ich und streckte die Arme aus. Das ließ sie sich nicht zwei Mal sagen und schon hatte ich zwei kleine, nasse aber kräftige Arme um meinen Hals. Ich legte vorsichtig die Hände an Melinas kleinen Rücken und drückte so stark, bis ich erschrocken innehielt und mich ermahnte, das Kind in meinen Armen nicht zu erdrücken. Als sie sich von mir löste, lachte sie fröhlich und winkte mir zum Abschied zu. Erst dann ging ich zum Eingang des Kaufhauses, wo ich mir das Wasser aus meinen nassen Haaren schüttelte. Das Lachen blieb noch lange auf meinem Gesicht.

Zwei Stunden später kam es mir vor, als hätte ich gerade ein ganzes Museum besichtigt. Danina und ich standen mit immer noch leeren Händen wieder im Erdgeschoss des Kaufhauses, ohne auch nur etwas gekauft zu haben. Während die anderen Kunden und die Mitarbeiter vor uns zurückgewichen waren und uns respektvoll Platz gemacht hatten, schien es, als hätten wir dasselbe mit den ganzen Waren in den Regalen getan. Wir hatten alles nur aus der Ferne betrachtet, so wie wir dies bei unseren Einkaufstouren im Internet jeweils taten.

»So wird das nie was«, stöhnte Danina entmutigt und auch ich wischte mir kleine Schweißperlen von der Stirn. So viele Personen auf einem Ort versammelt zu sehen, war schon aufwändig genug. Doch wenn all diese Menschen uns hinterherriefen, Fotos wollten, uns einfach nur anfassen, ohne zu fragen, und der Lärmpegel so oder so sehr hoch war, dann war dies ein Shoppingtrip durch die Hölle.

»Nie wieder«, bestätigte ich, von meinem anfänglichen Elan war nicht mehr viel übrig.

»Und jetzt?«, nachdem wir eine Weile ratlos im Foyer des Kaufhauses standen, zog Danina ihr Handy aus der Handtasche.

»Ich nehme nicht an, dass du dein Telefon dabei hast?«, fragte sie mit hochgezogener Augenbraue, auch wenn sie die Antwort bereits kannte. Stumm schüttelte ich den Kopf. So oft hatten mir die verschiedensten Menschen versucht einzubläuen, nicht ohne das nervige piepsende Ding aus dem Umfeld des Palastes wegzuziehen, doch ich vergaß es immer noch freudig und regelmäßig in meinen Gemächern.

»Dann werde ich mal jemanden anrufen, der uns hier rausholen kann«, bestimmte Danina und entfernte sich einige Schritte von mir. Ich mühte mich, mir nicht anmerken zu lassen, dass es mir nur wenig behagte, an diesem fremden und etwas furchteinflößenden Ort alleine gelassen zu werden. Doch die Menschen rund um mich herum eilten in das Kaufhaus hinein und wieder hinaus, als wäre es das Normalste der Welt. Offensichtlich waren meine Cousine und ich auch die Einzigen, die mit leeren Händen wieder hinaus wollten.

»Wir werden gleich abgeholt«, beschied mir Danina als sie nach einer gefühlten Ewigkeit zurückkehrte. Ich hatte beobachtet, dass sie mehrere Nummern gewählt und einige hitzige Diskussionen geführt hatte, doch ich sprach sie nicht darauf an. Ein kleines bisschen beschäftigte mich mein schlechtes Gewissen, da ich mich so gutgläubig darauf verlassen hatte, dass dieses kleine Abenteuer schon irgendwie gut gehen würde. Ich hätte es definitiv besser wissen müssen. Im Nachhinein war man bekanntlich immer schlauer.

»Elvar kommt. Er leiht sich das Auto des Pferdetrainers und schleicht sich aus dem Haus, um uns aufzugabeln. Ich habe unseren Eltern versichert, dass bei diesem Shoppingtrip alles gut gehen würde, doch die Kameraleute mussten ja ausgerechnet verschwinden, als es anfing, kompliziert zu werden«, maulte Danina und die gerunzelte Stirn verriet mir, dass sie nicht die beste Laune hatte.

»Ich habe darauf bestanden, dass wir auch noch Zeit ohne Kameras haben«, gestand ich leise.

»Das ist doch nicht dein Fehler. Würden sie dich nicht so aufsässig verfolgen, müsstest du gar nicht auf solch seltsame Ideen kommen oder sie wegschicken, um mal fünf Minuten private Gespräche mit deiner Cousine zu führen«, echauffierte Danina sich weiter. Sie war immer die Gelassene und Selbstsichere von uns beiden gewesen. Dass sie sich nun so aufregte, erleichterte mich nicht.

»Wir kommen schon heil nach Hause«, versprach ich und probierte dabei so optimistisch wie möglich zu klingen.

Wir kamen tatsächlich nach Hause, aber nicht ganz so einfach, wie ich mir dies vorgestellt hatte. Elvar schickte eine Textnachricht, dass er am

Hintereingang geparkt hatte. Da wir uns aber beim besten Willen nicht vorstellen konnten, noch einmal durch das gesamte Kaufhaus zu irren und dann eine Angestellte zu bitten, uns durch den Personaleingang heraus zu schleusen, beschlossen wir, das Wagnis auf uns zu nehmen und das Kaufhaus auf regulärem Weg zu verlassen. Bisher hatten uns nur wenige der Einkäufer tatsächlich beachtet, die meisten waren an uns vorbei gehetzt, ohne uns einen Blick zuzuwerfen.

Doch kaum traten wir aus dem Gebäude, wurden wir von einem Blitzlichtgewitter empfangen. Hunderte Fotografen, Journalisten und Schaulustige warteten auf der Straße und einige hüpften auf und ab oder boxten die Umstehenden zur Seite, um einen Blick auf Danina und mich zu ergattern.

»Oh Gott«, murmelte ich und wechselte einen Blick mit Danina. Sie war ebenso blass geworden, wie ich mich fühlte.

»Was machen wir bloß ohne Bodyguards? Das hätte niemals passieren dürfen«, raunte ich ihr zu, während es mir unmöglich war, einen Schritt vor oder zurück zu gehen. Ich spürte, wie mir der Schweiß ausbrach und es zwischen meinen Schulterblättern in der kühlen Luft sofort eisig kalt wurde.

»Lasst doch die Prinzessinnen wenigstens atmen, Leute«, rief plötzlich jemand mit lauter Stimme. Ich zuckte zusammen. Direkt neben mir stand ein Berg von einem Mann, der es wohl locker mit zwei oder drei meiner Bodyguards hätte aufnehmen können.

»Danke«, flüsterte ich, scheinbar viel zu leise, um verstanden zu werden, doch da er direkt auf meine Lippen schaute, war ihm offensichtlich bewusst, was ich gesagt hatte, denn er nickte mir freundlich zu. Er war zwar riesig, hatte dennoch ein sehr jugendliches Gesicht. Ich hatte nur kurz Zeit, einen Blick mit ihm zu wechseln, da ich von der Menge in eine andere Richtung gedrückt wurde und zu allem Elend auch noch von Danina getrennt, die ebenfalls krampfhaft versuchte, auf den Beinen zu bleiben.

Über die Köpfe einiger Menschen schauten wir uns an und ich hatte sie noch nie so aufgeregt und verzweifelt wie in diesen Augenblicken gesehen. Der Hüne neben mir hatte offenbar bemerkt, dass ich nicht alleine war, und bahnte sich einen Weg durch die Menge. Es schien ganz so, als würde er sie mit seinen langen Armen durchpflügen und sich wie im wogenden Meer durch die Wellen rudern. Mit wenigen Schritten war er bei Danina und legte ihr einen Arm um die Schulter, sodass sein Bizeps wie ein schützendes Dach über ihr wachte. Rasch schob er sie zu mir durch und wenig später wurde ich ebenfalls gepackt, unter den Arm geklemmt und rasch vorwärts geschoben.

»Zum Hintereingang«, rief ich heiser vor Angst und Aufregung.

»Was?«, wollte der Mann wissen. Da ich irgendwo unter seiner Achsel untergebracht war, konnte er mich in der schreienden Menge und zwischen dem Klicken unzähliger Fotoapparate unmöglich verstehen.

»Hintereingang!«, schrien Danina und ich gleichzeitig, auch wenn ich wusste, dass alle Umstehenden, die uns verstehen konnten, ebenfalls dort warten würden. Schlussendlich waren es erstaunlich wenige und auch die Männer mit den Fernsehkameras, die definitiv nicht vom selben Sender wie mein Team waren, blieben irgendwann zurück. Sie hatten wohl genug gesehen und mit den Bildern von Daninas und meiner Angst auch genügend Material, um die Zuschauer zum Einschalten zu überzeugen.

»Elvar«, rief Danina, als sie ihren Bruder, der an einem alten, ziemlich verbeulten Wagen lehnte, zu sehen bekam. Ihre Stimme überschlug sich und Erleichterung breitete sich auf ihrem Gesicht aus.

Sie rannte los und saß im Auto, noch bevor ihr Bruder überhaupt eine Erklärung erhalten hatte.

Dessen entsetzter Blick folgte ihr und dann wandte er sich wieder mir zu.

»Muss ich das verstehen?«, wollte er wissen und musterte dann skeptisch den Hünen, der uns begleitet hatte. Auch ich wandte mich nun unserem Retter zu.

»Ihr habt uns wirklich gerettet. Ich weiß nicht, was wir ohne Euch getan hätten.« Ich war immer noch ein wenig aus der Puste und es fiel mir schwer, deutlich zu sprechen, während mein Herz dermaßen heftig klopfte.

»Gern geschehen. Passen Sie in Zukunft besser auf, an welchen Orten Sie auftauchen, Prinzessin. So schön Ihre Anwesenheit auch ist, es könnte sein, dass Ihr Volk Sie vor Freude zerquetscht oder zertrampelt«, schmunzelte der Hüne und sein Gesicht wurde zu einem einzigen Strahlen, als ich ihm die Hand hinhielt, um die seine zu drücken. Meine schmalen Finger verschwanden gänzlich in seinen Pranken, doch ich erwiderte sein Lächeln herzlich.

»Ich werde Ihnen nie vergessen, was Sie für uns getan haben und Ihren Rat in Zukunft beherzigen«, versprach ich überschwänglich, meinte jedes meiner Worte genauso. Ohne ihn wüsste ich nicht, was wir getan hätten. Ehe ich noch mehr sagen konnte, hatte er mich losgelassen und schritt rasch davon.

»Was war das denn für einer?«, fragte Elvar verwirrt, bevor er sich hinters Steuer setzte. Danina hatte sich zwar protokollkonform auf den Rücksitz gesetzt, doch wenn ihr Bruder eigenhändig am Steuer saß, dann konnte ich auch einmal eine Ausnahme machen und nahm neben ihm platz. Dies allerdings nur, um mich im nächsten Moment zu ducken.

»Runter«, rief Elvar, als er die wartende Menge passierte und Danina und ich brauchten keine zweite Aufforderung, um seiner Anweisung zu folgen.

Als wir endlich auf die Auffahrt zum Palast fuhren, atmeten wir alle merklich auf. Mir wurde bewusst, dass es eine ganze Weile dauern würde, bis wir uns von diesem Erlebnis erholt haben. Dass wir nicht einmal die Hälfte aller Weihnachtsgeschenke hatten besorgen können und doch auf unsere Zofen oder den Onlinehandel zurückgreifen müssen, war nur eine weitere unangenehme Nebenerscheinung des heutigen Tages.

Kapitel 17

Bei uns begannen die Feiertage bereits am 21. Dezember am frühen Morgen bei Sonnenaufgang mit einer Messe im Dom der Göttin. Auf der Prozession dorthin bedauerte ich, dass der Schnee noch immer nicht zurückgekehrt war. Die Tage vor dem kürzesten Tag des Jahres waren klirrend kalt, aber von freundlichen Sonnenstrahlen versüßt worden. So trug ich nun über einem festlichen Kleid – weiss, wie es der Tradition entsprach – einen Mantel aus feinstem Wollstoff, der mir die Illusion gab, noch immer in meinem weichen Bett zu liegen anstatt draußen in der Dunkelheit herumzulaufen und dabei auf den Sonnenaufgang zu warten.

Während der Zeremonie für die Familie, die später am Tag in der Schlosskapelle stattfand, saß Danina neben mir und wir erinnerten uns flüsternd an das Erlebnis beim Yule-Shopping. Inzwischen konnten wir sogar darüber lachen.

»Ich finde das Ganze nicht halb so witzig wie du. Schließlich musste ich mir nicht nur von meinen Eltern, sondern auch vom gesamten Produktionsteam Vorwürfe anhören«, schimpfte ich flüsternd, wenn auch nicht ganz so wütend wie es den Anschein haben sollte.

»Ist ja doch noch mal alles gut gegangen«, lächelte sie und drückte meinen Arm. Elvar blickte uns verständnislos an und wandte seine Aufmerksamkeit wieder den Feierlichkeiten zu. Danina und ich wechselten einen Blick und kicherten leise. Das übliche Mitleid, das ich mit ihrem Bruder empfand, stieg in mir auf, doch es war nicht allzu groß. Als einziger männlicher Nachfahre unserer Familie hatte er es nicht gerade leicht. Sein loses Mundwerk hatte ihm bisher ganz gut durch schwierige Momente geholfen und so war ich mir auch heute sicher, dass Danina und ich wenig später die Quittung für unser Tuscheln, während den Yule-Feierlichkeiten in Form einiger böser Sprüche aufgetischt bekämen. Meine Cousine zwinkerte mir fröhlich zu und schließlich konzentrierten wir uns wieder auf die langwierige Rede des Priesters, die sich von Jahr zu Jahr kaum veränderte.

Wir erhoben uns einige Male, um feierliche Yule-Lieder zu singen, und schlussendlich waren wir erleichtert, als wir die Schlosskapelle endlich verlassen konnten. Vom Weihrauch und den Kerzen wurde die Luft jedes Mal sehr dick in dem kleinen Raum und hinter meinen Schläfen meldeten sich aufkommende Kopfschmerzen, die ich nun wirklich nicht gebrauchen konnte.

Während wir diesen Flügel des Palastes verließen, um in die privaten Räume der Familie zu gelangen, rieb ich die empfindliche Stelle neben meinen Augen und beschloss, kurz in meine Gemächer zurückzukehren und mir eine Tablette herauszusuchen. Da ich meinen Zofen heute frei gegeben hatte, nachdem sie mich fertig frisiert und angekleidet hatten, würde ich wohl zwangsläufig selbst nach den Medikamenten suchen müssen.

Wir passierten den Gästeflügel und ich hielt einen Moment inne, als ich eine der Balkontüren, die direkt vom Flur auf kleine Balkone, die gerade Platz für eine Person boten, führten, offenstehen sah. Ich bog nach links ab und blickte kurz über die Schulter. Niemandem schien meine Abwesenheit aufzufallen. Umso besser.

Bevor ich die Tür schloss, trat ich hinaus in die kühle Nachtluft. Der Palastgarten lag dunkel vor mir und die letzten Blüten, die bisher dem kalten Wetter getrotzt hatten, waren nicht zu sehen. Ich dachte zurück an die Yule-Abende meiner Kindheit. So oft hatte sich unser Garten unter einer dicken Schneedecke versteckt und war monatelang verborgen geblieben.

Jetzt hatte es seit meiner Ankunft in Luandia nicht mehr geschneit und auch die Flocken von diesem Tag waren nur wenige Tage lang liegengeblieben. Wollte der Winter dieses Mal nicht kommen oder hatte ich in den letzten Jahren einfach nicht mehr richtig mitbekommen, wie viel Schnee in Luandia tatsächlich fiel, weil ich meist in den tief verschneiten Schweizer Bergen gewesen war?

Dank dem Golfstrom wehte sogar jetzt ein leichter Wind, der sich auf meinen Wangen angenehm anfühlte. Auch wenn ich nur einen dünnen Hausmantel über den Schultern trug, fror ich nicht.

Nachdem ich einen Moment dort gestanden war und in die dunkle Nacht hinausgeschaut hatte, trat ich wieder in den Gästeflügel und schloss sorgfältig die Tür. Ich hatte vergeblich nach einem Licht, das verraten hätte, dass dort draußen auch noch andere Menschen Yule feierten, Ausschau gehalten. Ich war mir nicht sicher, wie viele der luxuriösen Gästezimmer aktuell belegt waren.

Morgen würde es ein großes Dinner für alle geben, die im Palast lebten. Zu dieser Gelegenheit verteilten meine Eltern und ich jeweils auch die Geschenke für die Angestellten, die nach unserem Essen dieselben Speisen aßen und den restlichen Abend freibekamen, um ebenfalls zu feiern. Ich liebte diese Tradition, denn irgendjemand suchte jedes Jahr sehr geschmackvolle Gaben aus und ich fand es schön, die Gelegenheit zu haben, Dankeschön zu sagen.

»Prinzessin Siara?«, klang es plötzlich hinter mir, gerade als ich die Türklinke des Balkons losließ. Ich zuckte zusammen und fuhr herum. Hinter mir stand der Conde von Madeira und lächelte entschuldigend.

»Verzeiht, Prinzessin. Um diese Zeit habe ich nicht damit gerechnet, euch hier anzutreffen. Ich habe zuvor die Balkontür geöffnet, da die Luft im Flur ein wenig stickig geworden ist. Aber jetzt sehe ich schon, dass Ihr mir zuvorgekommen seid und alles in Ordnung ist«, erklärte er und es dauerte einen Moment, bis ich ihn verstand. Seiner fremdsprachigen Herkunft verdankte er wohl, dass er die Sätze ein bisschen seltsam zusammenstellte.

Ich erholte mich rasch von meinem ersten Schrecken und lächelte ihn beruhigend an.

»Sind Sie noch nicht wieder nach Hause gereist? Was macht denn Ihre Familie ohne Sie an Yule? Oder Weihnachten, wie das bei Ihnen wohl heißt?«, fragte ich freundlich, ohne weiter auf seine Verwirrtheit einzugehen. Er wirkte ein wenig müde und seine Wangen waren einen Tick zu blass.

»Geht es Ihnen gut?«, erkundigte ich mich sorgenvoll, da er tatsächlich nicht so aussah.

»Ja, ja«, erklärte er rasch. »Meine Familie weilt in Guayana und genießt die Wärme und die politische Ruhe dort, sodass an Weihnachten nur meine drei alten Tanten daheim in Madeira anzutreffen wären. Da hätte ich die ganze Unterhaltung während dem Weihnachtsessen schreien müssen. Sie alle drei sind ein wenig taub und führen manchmal stundenlang sinnfreie Gespräche miteinander, da sie sich gegenseitig nicht richtig verstehen. Darauf hatte ich nicht allzu große Lust, auch wenn sie sehr liebenswert sind. So habe ich gerne die Einladung angenommen, morgen ein luandisches Yule-Fest zu erleben. Außerdem habe ich im Sinn, einige Pferde aus der königlichen Zucht zu erwerben. In meiner Heimat und auch in Frankreich, wo ich zuletzt weilte, spricht jeder davon, wie wunderschön und gelehrig diese Tiere sind. Ich wollte sie unbedingt einmal mit eigenen Augen sehen. Dazu hatte ich bisher keine Gelegenheit und so bleibe ich noch ein wenig im Land und genieße die vorzügliche Gastfreundschaft Eurer Familie, Prinzessin Siara.« Er lächelte, doch der Glanz in seinen Augen und der feuchte Schimmer auf seiner Stirn irritierten mich.

»Unsere Pferde sind tatsächlich weltweit einzigartig, Conde Federico«, schwärmte ich begeistert, ohne ihn aus den Augen zu lassen.

»Ihr reitet selbst auch, nicht wahr, Prinzessin?«, erkundigte er sich interessiert und lehnte sich an den Türrahmen. Die Art wie seine Knöchel an der Hand sich weiss färbten, als er den Rahmen umklammerte, gefiel mir gar nicht.

»Ich besitze selbst ein kleines Pferdchen und versuche, so oft wie möglich mit ihr Zeit zu verbringen. Allzu gut bin ich allerdings nicht«, erklärte ich bescheiden und lächelte beim Gedanken an Sweetheart liebevoll. Vor den Festlichkeiten hatte ich ihr einen Korb mit Äpfeln und Karotten gebracht und eine Schüssel Mash war zur Feier des Tages ebenfalls auf ihren Speiseplan gesetzt worden.

»Da habe ich allerdings anderes gehört«, widersprach mir der Conde charmant. Ich wollte mich gerade bei ihm bedanken, als er die Augen kurz zusammenpresste und mich wirr anblickte.

»Ihr seid krank, Federico.« Ich griff nach seinem Arm, um ihn zu stützen, da er bedenklich schwankte.

»Nur eine kleine Grippe, Prinzessin. Ihr solltet mir nicht zu nahe kommen. Ich will Euch auf keinen Fall anstecken. Für die morgigen Feierlichkeiten bin ich sicher wieder auf dem Damm«, wiegelte er ab, doch meine Besorgnis ließ sich damit nicht vertreiben.

»Ich werde Euch jemanden vorbeischicken, der einige Medikamente, Tees und eine Wärmeflasche bringt. Dann verschwindet Ihr sofort im Bett, um Euch auszukurieren. Morgen früh werde ich wieder nach Euch sehen, in Ordnung?« Bestimmte ich und trat sicherheitshalber einen halben Schritt zurück. Ich war überrascht von mir selbst, denn bisher kannte ich solch fürsorgliche Gefühle gar nicht von mir. Der junge Mann tat mir echt leid, wie er hier alleine, ohne Familie in der Ferne an den Feiertagen krank geworden war.

»Soll ich Euch etwas zu Essen auf Eure Gemächer bringen lassen?«, erkundigte ich mich noch besorgt, doch er verneinte sogleich.

»Ich denke, ich werde mich mit einem warmen Tee begnügen und Eure Ratschläge befolgen, Prinzessin. Ihr seid zu gütig, habt meinen herzlichsten Dank.« Mit seinem schiefen Grinsen brachte er mich ebenfalls zum Lächeln.

»Ich erwarte Euch morgen gesund und munter bei den Festivitäten zu sehen«, erklärte ich und verabschiedete mich.

Kapitel 18

»Wir sollten mal wieder alle zusammen ausreiten«, verkündete mein Vater beim Frühstück. Ich war noch ein wenig müde und schreckte aus meinen Gedanken hoch. Ein Blick zu meiner Mutter zeigte, dass sie mindestens ebenso überrascht war, wie ich. Ich wusste, dass sie früher oft geritten war und dass die beiden sich sogar bei gemeinsamen Ausritten zum ersten Mal nähergekommen waren. Auch war sie diejenige, die mir überhaupt die Leidenschaft für Pferde und das Reiten beigebracht hatte. Als ich von meinem ersten Pony gefallen war, hatte sie mich gepackt, wieder in den Sattel gesetzt und mich dazu überredet, weiterzumachen.

Mein Vater war derjenige, der auf der Veranda saß, seinen Kaffee kalt werden ließ, die Zeitung im Schoss, und meine ersten Springversuche im Palastgarten verfolgt hatte. Sein Applaus zu gelungenen Sprüngen war eine wertvolle Erinnerung aus meiner Kindheit. Doch sein Interesse an meiner reiterlichen Karriere und allgemein an seiner Familie, war selten so groß wie in diesen Tagen, weshalb mich sein plötzlicher Vorschlag irritierte.

Das lange Schweigen, das auf seine Empfehlung folgte, schien auch ihn zu verwirren.

»Ich dachte halt, dass es für die Sendung eine gute Sache wäre, wenn wir als Familie etwas unternehmen würden«, verteidigte er sich und machte ein Zeichen in Richtung von Mr Shelt, der die Aufnahmen beim Frühstück überwachte. Erwartungsvolle Blicke des Produzenten trafen nun meine Mutter und mich. Ich wusste, dass diese Aussage meines Vaters später geschnitten wurde und dass nun eine nette Antwort auf seine Einladung gefragt war. Meine Mutter kam mir zuvor.

»Aber natürlich, das ist eine großartige Idee. Wir sollten wirklich mal wieder etwas als Familie miteinander unternehmen«, sie klang begeisterter, als sie zuvor geschaut hatte. Ich lächelte, einfach weil sie sich in ihrem ganzen Leben noch nie verbogen hatte und sich nun für die Sendung derart bemühte.

»Gerne. Sweetheart würde ein wenig Bewegung sowieso guttun«, stimmte ich zu und hoffte, genügend freundlich zu klingen. Dass mein Vater seinen Vorschlag nur für die Show tätigte, verletzte mich ein wenig. Einen Augenblick lang hatte ich tatsächlich geglaubt, er würde gerne Zeit mit seinen Frauen verbringen wollen.

»Dann wäre das abgemacht? In einer Stunde vor den Stallungen?« Mein Vater war im Begriff, seine Zeitung wieder aufzuschlagen, und nahm einen tiefen Schluck aus seiner Kaffeetasse, bevor er einer Angestellten die leere Tasse hinstreckte.

»Ich habe noch eine Anprobe für mein Kleid für heute Abend, gleich nach dem Frühstück. Ein bisschen später wäre mir also lieber«, widersprach ich. Ich war mir sicher, dass das Kleid sitzen würde und die Angelegenheit in fünf Minuten abgehandelt war, aber ich wollte erstmal noch einen Brief an Sarah schreiben. Dass sie mir in ihrer letzten Antwort zugesagt hatte, dass sie zu Neujahr nach Luandia kommen würde, war für mich eines der schönsten Yule-Geschenke, die ich erhalten hatte.

»Kann jemand im Stall ausrichten, dass ich gerne den neuen Sattel, den ich von Onkel und Tante geschenkt bekommen habe, auf Sweetheart ausprobieren möchte?«, fragte ich noch, bevor ich um Erlaubnis bat, den Frühstückstisch zu verlassen.

Es ließ sich nicht vermeiden, dass Erinnerungen an meinen Ausritt mit Cedric in mir hochstiegen, als ich zwischen Mutter und Vater aus dem Hof ritt. Zwei Stallknechte folgten uns in einem höflichen Abstand, so nah, dass sie uns behilflich sein konnten, wenn sie gebraucht wurden, und doch so weit, dass unsere Gespräche ungehört bleiben würden. Ich hatte es immer albern gefunden, in Begleitung auszureiten, da die königlichen Wälder sowieso zum Palast gehörten und außer unseren Gästen, niemand dort ausritt. Der Wald war so zivilisiert, dass es nicht einmal mehr allzu viel Wild darin gab und wir jeweils nach Dryden reisten, wenn mein Vater mit Gästen eine Jagd veranstalten wollte.

Als mir der Gedanke an Dryden kam, verspürte ich plötzlich die Lust, selbst mal wieder an einer Fuchsjagd teilzunehmen. Ich musste unbedingt mit Danina darüber sprechen. Ein solches Ereignis würde sicher auch den Zuschauern meiner Sendung gefallen.

Ich erschrak über mich selbst, dass ich inzwischen schon bei jeder Idee darüber nachdachte, wie sie in der Show aussehen würde. Was war nur aus mir geworden?

Froh, dass die Kameras uns nur bis zum Tor des Innenhofes begleitet hatten, plauderte ich fröhlich mit meinen Eltern. Die schlechte Stimmung meines Vaters schien er diesmal im Palast gelassen zu haben, denn auch er war entspannt, aufmerksam und freundlich wie schon lange nicht mehr.

»Wie ist es eigentlich für dich, die ganze Zeit von den Kameras umgeben zu sein, Siara? Hast du dich inzwischen ein wenig daran gewöhnt?« Auch meine Mutter war erstaunlich aufgeschlossen und entspannt. Diese Frage hatte ich nicht erwartet. Bisher dachte ich, dass sie so etwas extra vermied, da sie genau wusste, wie ungern ich mich dazu hatte überreden lassen, überhaupt bei einer solchen Sache mitzumachen.

»Ich habe inzwischen erfahren, wie gern die Leute von Luandia die Show sehen. Seitdem ich diese Sozialen-Medien-Profile habe, kann ich mitlesen, was die Leute darüber denken. Das meiste davon ist sehr positiv. Außerdem habe ich von Mr Shelt gezeigt bekommen, wie viel Prozent unserer Bevölkerung jedes Mal einschalten, um mich und mein Leben zu sehen. Deswegen habe ich mich ein wenig mehr damit angefreundet, immer die Kameras um mich herum zu haben. Bisher hat Mr Shelt noch keine Möglichkeit gefunden, mich beim Reiten zu verfolgen, weshalb ich einfach Sweety satteln und abhauen kann, wenn ich Lust auf eine kamerafreie Stunde habe.« Lachte ich und meine Eltern stimmten beide fröhlich mit ein. Das war wirklich, wirklich lange nicht mehr vorgekommen.

»Manchmal denke ich sogar darüber nach, was ich als Nächstes unternehmen könnte, um meinen Zuschauern spannende Abwechslung zu bieten. Es ist ein gutes Gefühl zu wissen, dass man sein gesamtes Volk vor dem Bildschirm hat und mit dem, was man von sich gibt, tatsächlich etwas bewegen kann.« Gestand ich und folgte plötzlich dem Impuls, meinen Eltern, die Idee zu Silvester vorzustellen.

»Ich wusste, dass du dich daran gewöhnen und sogar Spaß dabei finden würdest«, erklärte mein Vater und ich konnte ihm ansehen, dass ich soeben sein schlechtes Gewissen erleichtert hatte.

»Es ist tatsächlich ein wenig so. Und da nun die spannenden Yule-Tage bald hinter uns liegen, habe ich mir bereits Gedanken gemacht, was denn noch in der Sendung passieren könnte, bis ich im Februar in die Schweiz zurückkehre«, begann ich vorsichtig und versicherte mich mit einem Blick nach links und rechts der Aufmerksamkeit meiner Eltern. Sie beide saßen entspannt auf ihren Pferden und hatten sich mir zugewandt.

»Meine Freundin Sarah aus Schottland, die ich im Internat kennengelernt habe, würde mich gerne besuchen und so hatte ich die Idee, in Congatwood Great House eine kleine Silvester-Feier zu organisieren. Danach hätte ich noch einige Tage Zeit, ihr ein wenig mehr von Luandia zu zeigen. Sie könnte uns auch hier im Palast besuchen.« Ich musste mich anstrengen, vor lauter Anspannung nicht die Luft anzuhalten, während ich auf die Antwort meiner Eltern wartete.

»Hast du nicht zu viel zu tun, um eine Silvester-Feier auf die Beine zu stellen?« War der erste Einwand meiner Mutter. Ich lachte fröhlich auf.

»Aber Mutter, ich habe doch außer der Sendung gar keine Verpflichtungen im Moment. Und der Show ist es gleichgültig, was ich gerade erledige, Hauptsache es ist abwechslungsreich und unterhaltsam. Dass eine ausgelassene Silvesterfeier unterhaltsam ist, brauchen wir ja nicht zu diskutieren?«, meinte ich, so freundlich wie möglich, auch wenn ich innerlich den Kopf schüttelte.

»Ich finde die Idee sehr gut und werde dich gerne dabei unterstützen. Einzige Bedingung für mich ist, dass du zulässt, dass ich für eure Sicherheit sorge, während ihr in Congat seid. Luandia ist nicht mehr so harmlos und sicher wie in deiner Kindheit, Siara. Ich werde dafür sorgen, dass ihr ein unbeschwertes Fest haben könnt und dass auch deine Mutter und ich beruhigt hierbleiben können, ohne uns um dich zu sorgen«, bestimmte mein Vater. Ich wusste schon, was es hieß, wenn er für meine Sicherheit sorgen würde. Wahrscheinlich würde er eine halbe Armee nach Congat schicken, doch ich wusste, dass die Zeit nicht günstig war, um ihm zu widersprechen und dass ich mich glücklich schätzen sollte, dass er meine Idee unterstützte.

»Danke Vater«, rief ich deshalb glücklich aus und trieb Sweetheart zum Trab an.

Als wir zurückkamen, wanderte die Sonne bereits wieder auf den Horizont zu und ermahnte uns, dass die Zeit gekommen war, uns auf das abendliche Fest vorzubereiten. Ich freute mich sehr, im größeren Rahmen mit all unseren Gästen zu feiern. Außerdem wartete in meinen Gemächern ein weiss glitzerndes Kleid auf mich, das ich selbst entworfen hatte. Zusammen mit Audey war ich einen ganzen Abend lang bis spät bei Kerzenschein vor den Entwürfen gesessen, bis ich endlich zufrieden war, um es meiner Schneiderin zu übergeben. Inspiriert hatte mich dabei ein einfaches Abflussrohr, das ich von meinem Fenster aus sehen konnte. Jedes Jahr wenn das Wasser, das mal schneller, mal langsamer heraustropfte, einfror, bildete sich ein glitzernder Wasserfall aus Eis, den ich auf Papier gebracht hatte.

Das Kleid war schlicht, aber sehr elegant und ich wusste, dass meine Cousine Danina nicht die Einzige sein würde, die mich darum beneidete. Heute Abend würden zahlreiche Abgeordnete, Botschafter und auch die Herrscher einiger großer europäischer Adelshäuser mit uns das Yule-Fest begehen und all deren Frauen würden mich um mein Kleid beneiden. Meine Haare steckte mir Dian raffiniert hoch. Sie hatte von sich aus angeboten, heute ihre eigenen Familienfestlichkeiten für zwei Stunden zu unterbrechen, um mir zur Hand zu gehen. Ich war sehr froh darum, spätestens als ich im Spiegelbild das perfekte Gesamtbild betrachtete.

»Du bist ein Schatz, Dian. Ich werde dir dafür nach den Festtagen als erstes berichten, wer von den Damen vor Neid in Ohnmacht gefallen ist.« Ich drückte sie kurz an mich und überreichte ihr dann noch ein Armband, das ihr immer so gut gefallen hatte und das ich mühselig, ganz ohne fremde Hilfe in schönes Papier eingepackt hatte. Als sie sah, was sie da vor sich hatte, begannen ihre Augen zu leuchten und ich konnte Tränen der Freude in ihnen entdecken. Mit Verlassen meiner Gemächer in Richtung des Festsaales, wusste ich, dass ihr Dank wohl der Ehrlichste von allen, die sich heute Abend bei mir bedanken würden, war.

»Ich hätte nicht gedacht, dass dieses Jahr jeder von mir ein Geschenk kriegt, besonders nicht nach dem Tag im Kaufhaus«, gestand ich Danina leise. Sie stand neben mir und sah einmal mehr wie ein Engel aus. Meine Cousine war ebenfalls in Weiß gekleidet, so wie der Rest unserer Familie auch. Diese Tradition ging bis zu unseren Urgroßeltern oder noch weiter zurück und bisher hatte niemand uns eine Erklärung dafür liefern können.

Ich hatte schon länger damit aufgehört, unser Brauchtum in Luandia zu hinterfragen.

»Oh und dann warst du nicht nur extrem entscheidungsfaul, sondern hättest beinahe all deine Einkaufstüten an deine Fans abgeben müssen, dank der weisen Ratschläge, die Mr Shelt zu verteilen pflegt«, grinste meine Cousine hämisch zurück. Es stimmte: Obwohl ich diejenige war, die im Ausland die Schule besuchte, hatte sie sich an diesem Tag als einiges weltgewandter bewiesen. Während wir diskutierten, schauten wir zu, wie meine Eltern beschenkt wurden und ihrerseits von einigen Angestellten die Geschenke unter den Gästen verteilen ließen. Ich wusste, dass sie meist nützliche, schöne und unpersönliche Dinge wie Bildbände, Badwäsche oder Schmuck für die Damen und Zigarren für die Herren verschenkten. Selten machten sie sich mehr Gedanken, die persönlicheren Geschenke hatten wir bereits am gestrigen Abend ausgetauscht.

»So viel Überfluss – das ist doch nicht mehr normal«, murmelte ich leise, als nun auch noch meine Eltern ihre repräsentativen Geschenke austauschten. Ich wusste, dass die wahre Bescherung auch für sie gestern schon stattgefunden hatte, doch natürlich mussten sie sich gegenseitig auch mit dieser öffentlichen Geste nochmals ihre Liebe beweisen.

»Was meinst du damit?«, erkundigte sich meine Cousine doch noch. Bevor ich antworten konnte, wurden wir unterbrochen und an den Tisch zum Dinner beordert.

Während dem Essen saß mir Federico gegenüber, der in seinem Maßanzug in Grau sehr schick aussah und mir öfters ein nettes Lächeln über den Tisch sandte. Trotzdem erkannte ich an kleinen Gesten und der nur oberflächlich gepuderten, rot glühenden Nase, dass er noch immer alles andere als gesund war. Mehrmals ertappte ich ihn heimlich, wie er verpasste, was sein Gegenüber sagte und den Faden beim Gespräch verlor. Dass ich dabei selbst zerstreut wirkte, fiel mir erst auf, als mein Vater mich zwei Mal ansprechen musste.

»Bist du glücklich, Mäuschen?«, wollte er leise von mir wissen und lehnte sich dafür zu mir rüber. Ich wusste, dass er als König immer unter besonderer Beobachtung stand und auch jetzt sah ich, dass die Kameras direkt auf uns gerichtet waren. Ich nickte und lehnte den Kopf leicht an seine Schulter, während ich den zahlreichen Kerzen auf dem Tisch beim Flackern zusah.

»Das bin ich, Papa!«, versicherte ich.

Erst viel später konnte ich mein Gespräch mit Danina fortsetzen.

»Ich möchte im nächsten Jahr, bis ich zur Schule zurückkehre, mehr sinnvolle Dinge in meiner Show tun«, erzählte ich ihr beim Nachtisch im Frauensalon.

Ihre Augen begannen sofort zu leuchten. Natürlich gefiel ihr das, denn sie war schon immer die gute Seele der Familie gewesen. Wenn sie als Kind Süßigkeiten erhalten hatte, dann hatte sie immer zuerst mit allen geteilt, bevor sie sie selbst gegessen hatte. So war sie einfach.

»An was hast du da gedacht?« Ihr Interesse war viel größer als beim Gesellschaftsklatsch der Damen um uns herum.

»Ich bin mir nicht sicher. Es soll etwas sein, das den Schwächsten unserer Gesellschaft zu Gute kommt. Ich habe keine Ahnung, ob es zum Beispiel Einrichtungen gibt für Mädchen, die schwanger sind und von ihren Eltern verstoßen wurden. Oder ob man den Menschen, die auf der Straße und unter Brücken leben müssen, was zu essen gibt. Findest du es nicht tragisch, dass ich dieses Land regieren soll und nicht weiß, wie man die schwächsten Glieder der Kette umsorgt und unterstützt?«

»Du hast recht, Siara. Es gibt auch bei uns so viel Leid und durch die heimatlosen Menschen, von denen im nächsten Jahr noch mehr zu uns stoßen werden, verschlimmert sich die Situation tagtäglich. Es gibt Häuser für solche Frauen und Suppenküchen, die beispielsweise einmal täglich warme Mahlzeiten anbieten. Vielleicht kannst du dich da engagieren?«, schlug sie vor und an ihren Gesten erkannte ich, dass sie Feuer und Flamme für meine Idee war.

»Woher weißt du denn von so etwas, Danina?«, wollte ich erstaunt wissen und hob die Augenbrauen. Sie zuckte mit den Achseln und wandte den Blick ab.

»Ach, Siara. Einfach so halt«, murmelte sie leise, da in diesem Augenblick der Botschafter von England mit seiner Frau, einer adligen Tochter aus dem Königshaus am Arm, auf uns zukam.

Was war das denn bitteschön für eine Antwort? Ich konnte nicht länger darüber nachdenken.

»Merry Christmas, Siara, Darling.« Ich wusste nicht einmal mehr genau, wie die Dame in dem türkisfarbenen Kostüm hieß, die mich in eine überschwängliche, für eine englische Dame ganz und gar untypische Umarmung riss.

Kapitel 19

Mit meinen Eltern im Salon zu sitzen und die Show zu sehen, hatte etwas Unrealistisches an sich. Auch wenn sie natürlich ebenfalls einige Male zu sehen waren, war ich dennoch die Hauptperson und es war seltsam, mir selbst und meinem Leben zuzuschauen. Die Mienen meiner Eltern waren schwer zu deuten, gingen von Skepsis zu Stolz, zu Zweifel. Wahrscheinlich fragten sie sich, inwiefern diese Show unserem Land tatsächlich helfen würde, oder ob wir uns lächerlich machten. Die Bilder waren sehr professionell gefilmt und die Farben ebenfalls kräftig, was mir gut gefiel. Außerdem gab es so etwas wie diese Fernsehshow auf der ganzen Welt schon lange nicht mehr, weshalb es beinahe wieder eine Neuheit war und ich war eigentlich zufrieden damit.

Die Folge mit den Yule-Festlichkeiten noch einmal zu sehen, rief eine feierliche Stimmung in mir hervor, was natürlich Quatsch war, da das neue Jahr nun mit großen Schritten näher rückte.

Ich ließ die Festtage im Geiste noch einmal Revue passieren und kam zum Schluss, dass nicht allzu viel anders gewesen war, obwohl alles für die Show aufgezeichnet wurde. Wir hatten den einen oder anderen Trinkspruch wiederholen müssen, aber ansonsten war das Fest so verlaufen, wie es seit meiner Kindheit im Palast gefeiert wurde. Ich lächelte glücklich, denn mit diesem Tape konnte ich nun Yule haben, wann immer ich wollte.

Im Vorfeld hatte ich mir bang die Frage gestellt, was passieren würde, wenn jemand ein Geschenk auspackte und die Kameraleute das verpassten. Musste dann das Präsent noch einmal eingepackt werden? Oder was war, wenn wer zu viel getrunken hatte? Würden die Kameras das auch aufzeichnen? Wenn ich allerdings ehrlich zu mir selbst bin, konnte ich mich an keinen einzigen betrunkenen Gast auf unseren Yule-Festen der letzten neunzehn Jahre erinnern.

»Du machst das sehr gut, Siara«, meinte mein Vater zwischendurch. Sein Lob freute mich unglaublich, besonders, weil er damit normalerweise mehr als nur sparsam umging. Auch meine Mutter, zu der ich verunsichert hinüber schielte, nickte anerkennend.

»Das Volk wird sich freuen, eine solch hübsche und schlaue Prinzessin zu haben und einen Einblick in ihr Leben zu erhalten. Ich bin wirklich froh, dass du dich bereit erklärt hast, bei dieser Sendung mitzumachen, mein Täubchen«, stimmte die Königin meinem Vater zu, als der Abspann lief.

Diese Komplimente taten mir gut, doch gleichzeitig sah ich in diesem Augenblick meine Chance gekommen, die Pläne, die mich seit einer ganzen Weile bewegten, endlich vor meinen Eltern auszubreiten.

»Dank den sozialen Profilen, die für mich eingerichtet wurden, erhalte ich sehr viel positiven Zuspruch aus dem Volk. Ich habe das Gefühl, tatsächlich etwas bewegen zu können. Deswegen hatte ich den Plan, mehr zu tun als nur hübsch auszusehen und mich mit Menschen aus unseren Kreisen zu umgeben. Ich möchte helfen, und zwar da, wo Hilfe gebraucht wird. Nur eine Ablenkung für einen Abend pro Woche macht unser Volk noch lange nicht satt und glücklich. Es gibt Institutionen wie Schlafplätze für heimatlose Kinder oder Suppenküchen für Obdachlose. Ich würde gerne eine solche Organisation unterstützen und ein paar Tage aushelfen. Man könnte das auch super in der Sendung zeigen und den Menschen damit vermitteln, dass sie nicht alleine dastehen. Wenn zudem besser betuchte Zuschauer dadurch Mitleid bekämen und in die Geldbörse greifen, haben wir doppelt gewonnen.« Obwohl meine Eltern mehr als einmal Anstalten machten, mich zu unterbrechen, ließen sie mich ausreden und erst als ich tief Luft holen musste, unterbrach mich meine Mutter.

»Es ist schön, dass du dich um deine Mitmenschen sorgst, Siara. Es macht mir nur Sorgen, dass du dich in die Öffentlichkeit begeben willst, ohne jeglichen Schutz. Deine Sicherheit ist längst nicht mehr gewährleistet, wie sie es noch früher war«, gestand sie leise. Von ihrer normalen, herrischen Art war in ihren Zügen nichts zu finden. Konnte es tatsächlich sein, dass meine Mutter Angst um mich hatte?

»Aber Mutter«, begann ich ebenso leise, mit einem Auge immer noch beim Geschehen im Fernseher, wo in der nächsten Folge gezeigt wurde, wie ich mich grad über die edlen Duftöle freute, die ich von meiner Mutter zu Yule erhalten hatte. Inzwischen hatte ich sie ausprobiert und festgestellt, dass ich mich seitdem noch lieber in meinen Gemächern aufhielt. Als die Szene um war und Werbung eingeblendet wurde, wandte ich mich wieder ganz zu Mutter um.

»Wir hatten das doch schon besprochen. Mir wird nichts passieren und ich bin mir sicher, dass das meinen Zuschauern gefallen wird. Außerdem halte ich es nicht mehr aus, länger Däumchen drehend hinter den Palastmauern zu sitzen, während ich da draußen tatsächlich etwas bewirken kann. Das Volk von Luandia wird meiner Show kaum noch lange zusehen, wenn ihnen auffällt, dass mein Leben nur aus Luxus, Bällen, Yule-Feiern und Geschenken besteht. Ihnen geht es aktuell nicht so gut und sie werden wohl kaum verstehen, dass wir - die wir doch für sie und ihr Wohlbefinden verantwortlich sind - ihnen nicht beistehen.«

»Lass sie doch, Glynda. Ich finde die Idee passend für eine Thronfolgerin und wir werden sicher eine Möglichkeit finden, für deine Sicherheit zu sorgen. Ich hoffe, du verstehst, dass wir den Betrieb, in dem du dich engagierst, zuerst prüfen müssen.« Der unerwartete Beistand kam von meinem Vater. Ich warf ihm einen überraschten Blick zu, dann nickte ich dankbar.

»Also ich weiß nicht…«, begann meine Mutter noch einmal, doch angesichts der Blicke von meinem Vater und mir vollendete sie ihren Satz nicht mehr.

»Lasst uns lieber noch eine Schüssel Popcorn bringen. Das ist tausendmal besser, als uns zu streiten, findet ihr nicht?« Wenn ich ehrlich war, genoss ich diesen Nachmittag mit meinen Eltern. Zu selten kam es vor, seit ich den Kinderschuhen entwachsen war, dass wir noch als Familie etwas unternahmen, das nichts mit den königlichen Pflichten zu tun hatte. Umso wertvoller war mir dieser Sonntagnachmittag.

Denn schon am morgigen Montag stand die nächste Sitzung mit dem Produktionsteam auf dem Stundenplan und darauf hätte ich gut und gerne verzichten können.

»Unserer Meinung nach verbringen Sie zu wenig Zeit mit den männlichen Besuchern Luandias. Spaziergänge im Garten interessieren die

Zuschauer wenig – sie möchten Liebe, Leidenschaft oder auch Auseinandersetzungen sehen. Frieden bringt niemanden dazu, den Fernseher einzuschalten.« Die nächste Sitzung mit dem Fernsehteam war zugleich die letzte in diesem Jahr, das morgen enden würde.

Sie begann mit einem Paukenschlag seitens Mr Shelt. Beinahe hätte ich vergessen, den Mund zu schließen, während ich seinen Ausführungen lauschte. Er erläuterte, wie er sich die Dates zwischen mir und den männlichen Gästen des Landes vorstellte und dass ich zumindest eine Knutscherei hätte haben sollen.

Dieses Wort hätte ich niemals vor meinen Eltern in den Mund genommen, ein Blick ins Gesicht meiner Mutter verriet, dass sie ebenso angewidert war wie ich.

»Das kann doch nicht wahr sein. Ich bin doch kein Flittchen, das nichts Besseres zu tun hat, als irgendwelchen Männern hinterher zu dackeln. Außerdem wurde diese Sendung dazu geschaffen, den Frieden in unserem Land zu wahren und nicht, um ihnen vorzuleben, wie man am besten irgendwelche sinnlosen Konflikte startet.« Ohne Rücksicht auf meine Eltern teilte ich ihm meinen Standpunkt mit. Für eine Show ein Leben zu führen, das nicht meins war, darauf würde ich mich auf keinen Fall einlassen.

»Was sagt ihr dazu?«, wandte ich mich mit gemäßigterem Tonfall an meine Eltern, aber immer noch wütend auf diesen Mann, der keine Ahnung von meinem Leben hatte. Ich dachte, langsam den Dreh rauszuhaben und mit meinen eigenen Ideen für einen interessanten Ablauf der Sendung zu sorgen, doch Pustekuchen.

Meine Eltern sahen beide ziemlich betreten aus und ich wusste, dass sie sich an den Ausritt an Weihnachten erinnerten. Auch ich erinnerte mich und würde die Schuldgefühle, die ich damals bei beiden gespürt hatte, schamlos ausnutzen. Ich hatte am Beispiel der Suppenküche entdeckt, dass das ganz gut klappte, ohne dass die beiden ihr Gesicht verlieren mussten. Doch jetzt schienen sie ebenso sprachlos wie ich wütend.

»Es ist tatsächlich so, dass in Luandia die Frauen von den Männern umworben werden. Wir wollen nicht, dass unsere Tochter diese Traditionen verletzt und vor dem Volk dasteht, als ob sie sehr dringend einen Mann suchen würde. Natürlich streben wir eine eheliche Verbindung für sie an, doch erzwingen wollen wir nichts und auf keinen Fall für die Show«, erklärte mein Vater sanft. Manchmal erstaunte mich, wie er einerseits so diplomatisch sein konnte und andererseits so unbeherrscht und kalt. Für seine Worte hätte ich ihn in diesem Moment umarmen können.

»Also ich finde, dass bereits jetzt fast zu viele fremde Männer genügend oft um meine Tochter herumscharwenzeln. Es kann doch nicht sein, dass sie diesen wie einen reifen Apfel auf dem Markt angeboten wird. Hinzukommt, dass es unsere Verhandlungsposition verschlechtert, wenn es um eine Ehe geht. Für die Zuschauer sähe es so aus, als ob wir unsere Tochter los werden wollen«, mischte sich auch meine Mutter ein. Sie gab sich dabei keine Mühe, diplomatisch zu klingen oder gelassen auszusehen.

Die Augen hatte sie zu Schlitzen verengt und ihre Stimme klang aufsässig und zickig, ganz so wie in denjenigen Momenten, wenn sie mich einmal mehr auf die Palme brachte.

In diesen Augenblicken hätte ich auch sie küssen können. Dass sie beide sich für mich einsetzten, hätte ich nicht in diesem Ausmaß erwartet. Mr Shelt wagte nicht mehr, den Mund zu öffnen.

»Sie werden schon sehen, was sie davon haben, wenn die Quoten plötzlich einbrechen«, raunte er einem Kollegen zu, der zufällig in meiner Hörweite stand. Mit seinen Unterlagen unter dem Arm verließ er hastig den Saal. Ich feixte innerlich, zeigte jedoch nicht, dass ich ihn verstanden hatte.

Bei erster Gelegenheit würde ich diesen Mann feuern, doch aktuell hatten meine Eltern ihm gezeigt, wo es langging und das war meiner Meinung nach längst überfällig.

»Danke, dass ihr mich versteht.« Ich hatte seit dem Ausritt an Yule das Gefühl, dass sich das Verhältnis zwischen meinen Eltern und mir deutlich gebessert hatte. Deswegen war ich umso dankbarer, dass sie offensichtlich nicht vergessen hatten, dass sie nebst König und Königin auch noch Eltern waren.

»Auf ein Wort, Vater.« Der König hatte gerade den Raum verlassen wollen, doch ich war nicht extra so lange sitzengeblieben, bis sich sogar meine Mutter und die neugierigen Schweinsöhrchen von Mr Shelts Handlangern und Spionen aus dem Staub gemacht hatten.

Er hielt in der Bewegung inne und drehte sich noch einmal in der Tür um.

»Was ist, Siara?« Sein Gesichtsausdruck war kühl, der Blick genervt. Wahrscheinlich fürchtete er, ich würde ihm eine ähnliche Szene machen wie vor der allerersten Sitzung mit dem Fernsehteam. Zumal er gerade wahrlich genug unter dem inkompetenten Produzenten hatte, der sich wohl eher eine Pornoshow gewünscht hätte, leiden müssen.

»Ich würde gerne mehr einbezogen werden, in deine tägliche Arbeit, Vater. Diese karitativen Aktionen sind ja gut und recht und ich genieße meine hervorragende Ausbildung jeden Tag, aber ich bin der Meinung, dass mehr zu meiner Rolle als Erbin deiner Krone gehört.« Ich war stolz auf mich, dass man meiner Stimme nicht angehört hatte, wie aufgeregt ich war. Dieser Gedanke war mir nicht erst gestern gekommen und ich hatte lange auf die passende Gelegenheit gewartet, um sie endlich meinem Vater zu präsentieren. Dass ich zuerst bei ihm vorfühlte, wie er einer solchen Idee gegenüberstand, hatte den Grund, dass meine Mutter grundsätzlich eher der Meinung war, dass Frauen nicht in die Politik gehörten. Zum Glück hatte sich mein Vater inzwischen daran gewöhnt, dass eine Frau ihm auf den Thron folgen würde.

»Du hast recht, Siara. Schließlich bist du in einem Jahr mit der Schule fertig und sollst dann deine Rolle als Thronfolgerin ausfüllen können. Natürlich verstehe ich, wenn du schon davor ein wenig Übung bekommen möchtest.« Mein Vater schien in erster Linie erleichtert, dass ich nicht auf dem Kriegspfad war und seinem Gesichtsausdruck nach sogar regelrecht begeistert von meinem Vorschlag.

»Ich möchte mehr für mein Volk tun, als für eine Fernsehshow gut auszusehen, und sie sollen sich nicht vor einer Zeit fürchten, wenn ich den Thron besteige«, untermalte ich mein Ansinnen voller Leidenschaft. Der König nickte zustimmend.

»Ab dem Tag, an dem du aus der Schweiz zurückkehrst im nächsten Sommer, wirst du als meine rechte Hand funktionieren, solange du dich nebenbei auf die Vorbereitungen für dein letztes Semester und deine Prüfungen konzentrieren kannst«, bestimmte er. Ich konnte meinem Vater ansehen, wie zufrieden er mit seinem Entschluss war. So zögerte ich einen Moment lang verunsichert, bevor ich mein zweites Anliegen vorbrachte.

»Ich dachte daran, den nächsten Sommer dazu zu nutzen, vielleicht noch ein wenig zu reisen? Ich würde gerne Luandia und Europa kennenlernen«, gestand ich. Anstelle von Freude entdeckte ich nun Sorge im Blick meines Vaters.

»Ach, Siara.« Er kam einen Schritt auf mich zu und legte mir eine Hand an die Wange. Ich konnte mich erst im letzten Augenblick daran hindern, zurückzuweichen. Solche Zärtlichkeiten von ihm waren mir seit vielen Jahren fremd, seine Handfläche fühlte sich ungewohnt in meinem Gesicht an.

»Ich vergesse immer, wie groß du geworden bist. Wo sind all die Jahre geblieben?« Er ließ die Hand sinken und trat ans Fenster. Als er die Stirn an die kühle Scheibe lehnte, konnte ich in seinem Profil erkennen, dass er müde und alt aussah.

»Natürlich sollst du reisen, meine kleine Prinzessin. Der Sommer ist lang und sicher ist Zeit für all deine Pläne. Ich werde nur keine ruhige Minute haben, bis du wieder zurück bist. Luandia hat viele Freunde, doch es gibt auch Feinde, die meine Schwachstelle bestimmt kennen und wissen, wie viel mir die Familie bedeutet.« Ich nahm allen Mut zusammen und umarmte ihn von hinten.

»Ich pass ganz gut auf mich auf, versprochen!«, flüsterte ich in sein Ohr.

»Vielleicht kann ich dir von unterwegs auch helfen? Staatsbesuche absolvieren oder so?« Ich trat zurück und blickte nun meinerseits aus dem Fenster. Die Erde war braun und trostlos, der Nebel hing seit Tagen zwischen den Türmen des Palastes. Die Vorfreude über seine inoffizielle Zusage zauberte dennoch ein Lächeln auf mein Gesicht.

Kapitel 20

Der Schnee kam - ganz plötzlich - in der Nacht vor dem Silvestertag zurück, auf den ich mich schon sehr freute. Meine Eltern hatten mir erlaubt, einige Leute in unser kleines Jagdschloss Congatwood Great House einzuladen und seit Tagen liefen die Vorbereitungen, die ich ganz alleine übernommen hatte, auf Hochtouren.

Doch nun schien mir der Schnee im letzten Moment einen Strich durch die Rechnung zu machen, obwohl ich ihn zu den Yule-Festlichkeiten so sehr herbeigesehnt hatte.

Am letzten Morgen des Jahres gruben wir einen Weg vom Palast zum großen Stall- und Garagengebäude, das hinter dem Ostflügel lag. Heimlich amüsierte ich mich über die zwei Kameramänner, die mit eingefrorenen Finger und roten Triefnasen hinter uns her staksten. Ich hatte sie in den letzten Tagen auf Trab gehalten. Zwei Automobile hatten wir schon zuvor mit Hilfe einiger eifriger Angestellter schwer beladen mit allem, was für eine schöne Feier von Nöten war. Dabei war ich mehrmals von der Garage zurück in den Palast und dort zwischen meinen Gemächern, den Vorratsräumen und der Küche hin- und her geeilt. Die Kameraleute natürlich immer hinterher, wobei ihr Regisseur zum Glück lieber sein warmes Arbeitszimmer mit seinen Körperdüften füllte, als bei uns in der Kälte zu sein. Ich ließ den boshaften Gedanken, dass er dann wenigstens für einmal nicht geschwitzt hätte, nicht zu, denn er war definitiv nicht einer Prinzessin würdig.

In der Garage kam Danina plötzlich die Idee, nebst den beiden Automobilen auch einen Holzschlitten mitzunehmen, da meine Familie auch auf Congatwood eine beschauliche Anzahl Pferde hielt und wir damit sicher schöne Ausfahrten unternehmen konnten. Ich stimmte ihr begeistert zu.

»Das wird Sarah sicher auch gefallen. Ich hoffe bloß, dass ihr Flug wegen dem Schnee keine Verspätung hat«, gestand ich meiner Cousine, die frühmorgens herübergekommen war, um mit mir nach Congat zu fahren. Seit Tagen freute sie sich mit mir auf meine Freundin aus dem Internat. Meine Bedenken nahm sie allerdings nicht ganz ernst. Sie lachte mich aus.

»Den Jahreswechsel wird sie sicher nicht verpassen«, versprach sie, ohne das Grinsen von ihrem Gesicht zu kriegen. Ich streckte ihr die Zunge entgegen und wir kicherten beide albern. Fehlte nur noch, dass wir uns mit Schnee bewarfen. Mir fiel auf, dass unser Mechaniker und Chauffeur Tommy, der seinerzeit als Sohn von Kutscher Sam an dem Hof gekommen war, Danina erstaunlich intensiv betrachtete und sich sehr freute, als sie ihm zum Dank die Hand herzlich drückte.

»Vielen Dank für deine Hilfe, Tommy. Ohne dich stünden wir wohl noch beim mitternächtlichen Glockenschlag hier herum, ohne zu wissen, welche Automobile wir nehmen sollen und wie wir das ganze Gepäck nach Congat schaffen sollten.« Lächelte sie, bevor sie sich von ihm in eins der Gefährte helfen ließ. Ich lachte leise auf, als ich sah, wie sich die Ohren unseres Retters tiefrot färbten. Als Danina sich mit hochgezogener Augenbraue nach dem Grund für meine Heiterkeit erkundigte, schüttelte ich lediglich den Kopf und zwinkerte ihr fröhlich zu.

»Los geht's!«

Die Fahrt durch das verschneite Luandia kam einer Reise durch ein Märchenland gleich. An den Bäumen hingen vereinzelte Eiszapfen und die Wiesen und Felder sahen aus wie ein einziges grosses Bett aus Watte. Die Ufer der Bäche und Flüsse, die wir passierten, waren vom Raureif weiß, sodass es teilweise schien, als ob das Wasser durch einen Kanal aus Eis fließen würde. Verzückt blickte ich aus dem Fenster. In der Ferne tauchte am Straßenrand ein Lignum Vitae, ein Lebensbaum auf. Diese riesigen Bäume waren manchmal fast tausend Jahre alt und um sie zu umspannen, mussten mehrere Leute die Arme ausbreiten und sich an den Händen fassen. Dieser Baum hier war seit meinen Kindertagen das Zeichen, dass wir Congat in Kürze erreichen. Ich zeigte ihn Danina, die neben mir auf der kuscheligen Rückbank saß. Freudig drückte sie meine Hand.

»Jetzt sind wir gleich da.« Sie klang gelassen wie immer, und ich fragte mich, ob sie meine Nervosität so gar nicht spüren konnte.

»Ob Sarah ...«, meldete ich erneut Bedenken an, doch Danina fiel mir lächelnd ins Wort:

»Sie ist sicher schon da und fragt sich, wo wir bleiben«. Ich grinste verlegen, doch bevor ich etwas erwidern konnte, lenkten dunkle Schemen am Fuße des Lebensbaumes, der nun immer näher kam, meine Aufmerksamkeit auf sich. Was ich zuerst für die ausladenden Wurzeln gehalten hatte, schien sich zu bewegen.

»Da schau!«, rief ich überlaut aus, weil mein Herz plötzlich vor Spannung schneller zu schlagen begann. Waren es Kühe, die aus ihrer Herde ausgerissen waren? Oder spielte mir der Wind nur einen Streich?

»Wer sind die denn?«, wunderte sich Danina. Schneller als ich hatte sie festgestellt, dass es eine Gruppe Menschen war, die unter dem Baum ein Lager aufgeschlagen hatte.

Ich gab dem Chauffeur ein Zeichen und er verlangsamte unsere Fahrt so abrupt, dass der Wagen auf der verschneiten Straße ins Schlingern kam.

»Sind Sie sicher, Prinzessin ...« Er kam nicht dazu, seine Befürchtungen auszusprechen. Ich öffnete die Wagentür und ein Schwall eisiger Luft drang ins Innere.

Ich setzte vorsichtig einen Fuß vor den anderen und spürte die Kälte durch meine Pelzstiefelchen dringen. Bald waren sie dunkel von der Nässe des Schnees, doch ich beachtete sie nicht weiter. Sie würden wieder trocknen. Die Menschen, die hier vor mir unter dem Baum saßen, hatten es nicht warm und trocken. Mein Herz zog sich zusammen, als ich beim Näherkommen erkannte, wie fadenscheinig und dünn die Kleider waren, die sie sich eng um die Schultern gelegt hatten. Um sie herum war die Wiese dunkel. Der Schnee war hier entweder schon geschmolzen, oder sie saßen bereits so lange unter dem Lebensbaum, dass die Fläche durch ihre Körperwärme den Schnee nicht angenommen hatte. Weder die eine noch die andere Variante gefiel mir sonderlich gut.

»Guten Morgen«, sprach ich sie zaghaft an. Erst als mich fünf verständnislose Blicke trafen, kam mir der Gedanke, dass die Flüchtlinge vielleicht meine Sprache gar nicht verstanden. Ich ging noch einige Schritte auf sie zu.

»Morgen«, grüßte eine ältere Frau, wenig herzlich und mit abweisendem Gesichtsausdruck.

Ich schluckte und atmete tief ein. Warum war ich eigentlich aus der Kutsche ausgestiegen? Was wollte ich hier? Ich hatte keine Ahnung, was ich sagen sollte und diese Flüchtlinge machten es mir auch nicht gerade einfach mit ihren unverwandten, leeren Blicken.

»Was wollt Ihr?«, erkundigte sich ein jüngerer Mann. Ich wandte mich ihm zu und stockte kurz, zwinkerte und blickte ihn dann erneut an. Im ersten Augenblick hatte ich gedacht, dass meine Augen mir einen Streich spielten, doch der Mann hatte tatsächlich tiefgraue Augen und sah mich damit ernst und ein wenig melancholisch an.

»Ich habe Euch hier in der Kälte sitzen sehen. Warum seid Ihr nicht an einem warmen und trockenen Ort?« Es kostete mich einige Anstrengung, ganze Sätze zu formulieren, besonders unter dem wachsamen Blick dieser grauen Augen, die bis in meine Seele zu sehen schienen. Meinen Verdacht, dass es sich bei ihnen um Flüchtlinge handeln könnte, sprach ich gar nicht erst aus.

»Warum wir nicht an einem sicheren Ort sind?«, fragte er ungläubig, als hätte ich ihn gerade gefragt, was für ein Tag heute sei, wo doch jedes Kind wusste, dass Silvester war. Ich wurde wirklich nicht schlau aus dem jungen Mann.

Also nickte ich bloß auf seine verwunderte Frage und hoffte, er würde die Leitung des Gesprächs übernehmen. Die anderen zerlumpten Gestalten lachten auf meine Frage, ohne sich einzumischen.

»Wir haben den letzten sicheren Ort längst aufgegeben, hinter uns gelassen.«

Ich riss überrascht die Augen auf. Der Mann hatte auf Englisch geantwortet, mein Luandisch zwar offensichtlich verstanden, schien es aber selbst nicht allzu gut zu sprechen, was ich an seiner ersten Frage gemerkt hatte. Sein Englisch verriet mir endgültig, dass er vom nordamerikanischen Kontinent stammen musste, wenn seine hervorstehenden Wangenknochen und die eingefallenen Gesichter seiner Gefährten dies nicht längst offenbart hätten.

Ich warf einen unsicheren Blick über die Schulter und sah, dass Danina und der Chauffeur das Geschehen besorgt und aufmerksam verfolgten. Ich hoffte, ihnen mit meinen Blicken zu signalisieren, dass ich Unterstützung gut gebrauchen konnte, doch beide blickten mich nur ratlos an, ohne Verständnis zu zeigen.

»Woher seid Ihr alle gekommen?«, erkundigte ich mich schüchtern. Ich ließ mich in die Hocke nieder, ohne mich darum zu kümmern, dass der Saum meines Mantels sich langsam mit dem geschmolzenen Schnee vollsog. Dass meine Füße inzwischen in der kalten Suppe schwammen, ließ sich wohl nicht mehr allzu lange ignorieren. Für den Moment ging es und mein Bedürfnis, zu helfen war viel größer, als die Sorge um meine Gesundheit.

Wieder war es der junge Mann, der antwortete.

»Wir stammen ursprünglich aus Carolina, doch wir sind von da weggezogen, als die Hungersnot drei Jahre andauerte. Wir kamen nach Florida, wo wir dann vom Seekrieg überrascht wurden, noch bevor wir sesshaft werden konnten. Via Nicaragua sind wir schließlich nach Luandia gelangt, nachdem man uns in Portugal ebenfalls kein Asyl gewähren wollte. Hier hat man uns in Dryden in ein Lager gesteckt. Da sind wir nach einigen Monaten abgehauen. Niemand hat sich um uns gekümmert und wir trotzdem tausende Vorschriften zu befolgen hatten.« Bei den letzten Worten trat Verachtung in sein Gesicht und er spuckte in den Schnee. Die Menschen rund um ihn herum nickten zustimmend, wie um seine Version der Geschichte zu bestätigen. Da er Englisch gesprochen hatte, war seine Schilderung für alle verständlich und ich war froh, der Sprache so mächtig zu sein, um ihm ohne Probleme folgen zu können.

»Warum interessiert Ihr euch überhaupt für uns? Lasst uns doch in Frieden und fahrt mit eurer schicken Kutsche einfach weiter.« Verächtlich streifte er den Wagen mit einem verbitterten Blick, bevor er mich schließlich erneut von Kopf bis Fuß musterte.

»Ich will euch helfen. Ich werde Wagen schicken, die euch abholen und an einen sicheren und warmen Ort bringen. Bis diese bei euch eintreffen, werde ich euch mit Decken und warmem Tee versorgen«, beschloss ich kurzerhand und ignorierte die Feindseligkeit. Ohne Zustimmung oder Proteste abzuwarten, ging ich zum Wagen zurück. Bei jedem Schritt schmatzten meine Schuhe und ein Blick nach unten genügte, um zu wissen, dass ich diese Stiefelchen nie mehr tragen würde, weil sie sich langsam aber sicher in ihre Einzelteile auflösten. Die Kälte schmerzte inzwischen wie Nadelstiche an meinen Zehen, doch ich hatte nun einen Plan, den zu verfolgen mir wichtig genug war, um meine Füße noch einige Augenblicke länger zu ignorieren.

Ich unterrichtete den Chauffeur von meinem Vorhaben und befahl ihm, im Palast anzurufen, wo man Wagen schicken sollte, um die Flüchtlinge abzuholen. Man würde in Kiana mit Sicherheit schnell eine Unterkunft für die kleine Gruppe finden. Alles war besser als die Nacht draußen überstehen zu müssen. Wer konnte sagen, wann diese armen Kreaturen zum letzten Mal mit einem Dach über dem Kopf in Frieden hatten schlafen können.

»Danke, Tommy. Ich weiß Ihre Unterstützung sehr zu schätzen.« Ich drückte seinen Arm, als er mir während des Telefonats bereits Wolldecken aus dem Wagen reichte und die zwei Thermosflaschen mit Tee.

»Schade, dass wir heute Morgen nicht mehr Tee gekocht haben«, bedauerte ich, als Danina ebenfalls ausstieg, um mitzuhelfen.

»Bestimmt wird man sie in Kiana mit genügend Tee und Speisen versorgen. Man lässt bei uns niemanden hungern, besonders nicht am letzten Tag des Jahres, wo es gilt, möglichst gute Chancen auf ein glückliches neues Jahr zu schaffen.« Danina lächelte und nahm mir die Decken ab. Nun folgte sie mir zu der kleinen Gruppe, die zwar widerwillig aber dennoch dankbar meine Gaben annahmen.

»Bei eurer nächsten Unterkunft wird es euch besser ergehen als in Dryden. Ich werde mich persönlich dafür einsetzen, dass man sich um euch kümmert und es euch an nichts mangeln wird«, versprach ich und meinte es auch genauso. Ich hatte Tommy gebeten, ausdrücklich zu betonen, dass diese Leute der Prinzessin am Herzen lagen und dementsprechend behandelt werden sollten.

»Wir danken. Nennt uns noch Euren Namen, damit wir wissen, wem wir dieses ganze Glück zu verdanken haben.« Eine junge Frau hatte sich aus dem Schnee erhoben. Erst jetzt konnte ich sehen, dass sie ein kleines Baby unter dem Umhang verbarg.

»Ich bin Siara. Und Ihr?« Ich hielt ihr die Hand hin, die sie dankbar ergriff und ans Herz drückte, während sie mit der anderen ihr Kind fest an sich presste. Einen Moment lang hatte ich gezögert. Hatte in Betracht gezogen, sie zu belügen und einen anderen Namen zu nennen, doch ihr freundliches Lächeln bestätigte mir die Richtigkeit meiner Entscheidung.

»Nouri«, flüsterte sie heiser. Ihre geschwollene Nase verriet, dass sie wohl eine dicke Erkältung hatte und offensichtlich fiel ihr auch das Sprechen nicht leicht.

»Ihr seid in Sicherheit, Nouri. Ich werde dafür sorgen, dass es Euch gut ergeht und ihr einer besseren Zukunft entgegenblickt, als die Zeiten es waren, die hinter euch liegen.« Erst nach einigen weiteren Augenblicken ließ sie meine Hand wieder los.

»Seid Ihr nicht diese Prinzessin, über die alle in der Zeitung schreiben? Die haben wir doch gestern zum Anfeuern benutzt, oder?« Meldete sich die Alte zu Wort, die mich seit meiner Ankunft mit kritischen Blicken betrachtete und immer wieder mit ihrem Zahnfleisch, das mehrheitlich zahnlos war, schmatzende Geräusche von sich gab. Ich zuckte zusammen.

Einatmen, ausatmen. Ich wechselte einen Blick mit Danina. Dann mit Tommy, der sich im Hintergrund hielt, aber bereit schien, einzugreifen und seine zukünftige Königin zu schützen, wenn dies denn nötig wurde. Die Schultern gestrafft wandte ich mich zur Sprecherin um und nickte ihr dann freundlich zu.

»Genau, diese bin ich. Es freut mich, dass die Artikel über mich Euch ein bisschen Wärme spenden konnten«, beteuerte ich. In Wirklichkeit hatte ich ihre Aussage nur einen Augenblick lang für unverschämt gefunden, dann aber bemerkt, wie egal es mir eigentlich war, was mit den tausenden Seiten, die mit meinem Bild bedruckt waren, in Wahrheit geschah.

»Eine Prinzessin seid Ihr also?« Plötzlich hatte sich der junge Mann mit einem weiteren Typen, der viel älter war und auch einiges weniger angenehm ausschaute, neben mir aufgebaut. Die beiden kamen so nahe, dass ich trotz der beißenden Kälte riechen konnte, dass diese Menschen schon lange kein Wasser zum Waschen hatten verschwenden können. Ich nickte erneut, brachte aber kein Wort heraus. Dabei war mir durchaus bewusst, dass die Situation jeden Augenblick kippen konnte und hoffte, dass wir zu dritt schnell genug wären. Obwohl diese Menschen schwach und ausgemergelt waren, hatten sie die zahlenmäßige Überhand und die Verzweiflung auf ihrer Seite. Diese beiden Ausgangspunkte kombiniert, konnten uns gefährlich werden.

»Was für ein glücklicher Zufall. Ausgerechnet dann wenn wir zum

Schluss gekommen sind, dass die Voraussetzungen in diesem Land uns immer zu Außenseitern und Abschaum machen wird, gerät die Prinzessin und Thronfolgerin dieses Landes in unsere Hände? Das Schicksal hätte es nicht besser mit uns meinen können. Wenn uns die Prinzessin ein wenig länger Gesellschaft leistet, werden ihre Eltern sicher rasch all unsere Bedingungen erfüllen und uns ein besseres Leben ermöglichen, als die Bevölkerung von Luandia es je hatte«, sann der junge Mann. Ich merkte, dass ihm diese Gedanken außerordentlich gut gefielen.

»Es ist Hochverrat, Hand an unsere Prinzessin zu legen«, erinnerte Tommy aus dem Hintergrund und ich sah im Augenwinkel, dass er näher trat. Ich hob die Hand.

»Es ist okay, Tommy.« Ich bemühte mich, beruhigend und leise zu sprechen und nicht zu zeigen, wie groß meine eigene Furcht in diesen Augenblicken war.

»Ich bin mir sicher, dass ich mehr für euch tun kann, wenn ich unversehrt bleibe, meine Lieben«, wandte ich mich dann wieder an den jungen Mann. Dieser zog spöttisch die Augenbraue hoch.

»Darum würde ich mich selbstverständlich höchstpersönlich kümmern. Dass deine Leute ihre Prinzessin unversehrt wieder zurückbekommen. Zumindest optisch werde ich Euch kein Haar krümmen und wenn Ihr freiwillig hierbleiben würdet, könnte ich mich gnädig zeigen, genau wie Ihr dies uns gegenüber tun wollt.« Ein Blick ins Gesicht seines Begleiters zeigte mir, dass dieser wohl nicht ganz so edle Absichten hatte und plötzlich wünschte ich mich weit weg.

»Ihr tätet besser daran, Euch um eure Familien zu kümmern und in der Unterkunft, die für euch vorbereitet wird, wieder zu Kräften zu kommen. Ich bin mir sicher, dass Ihr bald mithelfen könnt, auch euren Landsleuten eine angenehmere Ausgangslage in Luandia zu schaffen«, beschied ich ihnen.

»Die Wagen sind unterwegs.« Mit diesen Worten reichte ich ihnen die restlichen Decken und auch Danina schien froh zu sein, wieder in den Wagen zurückkehren zu können. Dort saß ich völlig erschöpft in den Polstern, ließ mich einsinken, während sich langsam Erstaunen einstellte, dass sie mich so friedlich hatten ziehen lassen. Glück erfüllte mich, weil ich zum ersten Mal in meinem Leben direkt hatte helfen können, wo Hilfe am nötigsten gebraucht wurde.

Die Dankbarkeit der jungen Frau war mir Lohn genug und dennoch erfasste mich auch Wut über all die Männer dieser Welt, die nie genug bekamen und den Krieg in ihrer Heimat überhaupt erst verschuldet hatte. Ich stützte das Kinn in die Hand und betrachtete die vorbeifliegende Landschaft, während mir die Gedanken durch den Kopf schwirrten und ich nur langsam wieder warm wurde, obwohl die Heizung im Wagen voll aufgedreht war. Danina und Tommy plauderten zu Anfang noch über die Begegnung, doch dann schwiegen auch sie und ließen mich komplett in meiner Gedankenwelt versinken.

Diesmal ging ich wirklich weit: Ich fragte mich, wie ich einen Mann heiraten sollte, ja unter einer ganzen Schar bemerkenswerter Bewerber einen aussuchen sollte, wenn es doch so viel Leid auf dieser Welt gab, um das ich mich hätte kümmern können. Ich kam zum Schluss, dass ich mich sehnlichst in die Schweiz zurückwünschte und wieder ein einfaches Schulmädchen sein wollte, dessen Probleme von Betreuern, Aufsehern und Lehrpersonen gelöst wurden. Es wurde tatsächlich Zeit, dass Sarah kam und ich mich mit ihr austauschen konnte.

Und schließlich war da ja noch unser Plan, zu feiern, und zwar so richtig.

Kapitel 21

Sarah wartete bereits in Congatwood Great House auf mich, ebenso wie meine fleißigen Zofen, die freiwillig auf die freien Tage verzichtet hatten, um mich bei meinem großen Fest zu unterstützen. Ich umarmte zuerst stürmisch meine schottische Freundin, bevor ich anerkennend bemerkte, wie weit die Vorbereitungen für den Abend schon fortgeschritten waren.

»Ihr seid die Besten. Ihr müsst euch alle drei einen langen, bezahlten Urlaub nehmen, wenn ich wieder in die Schweiz zurückkehre. So lange ihr wollt«, befahl ich lachend und dankbar.

Die Zeit bis zum Abend verging viel zu schnell. Nachdem wir uns umgezogen, frisiert und geschminkt hatten, kam auch schon das Cateringunternehmen an. Wir hatten uns entschieden, eine italienische Zweigstelle aus Congat kommen zu lassen, da wir ein exotischeres Abendessen auftischen wollten, anstatt der luandischen Küche, die nun nach Yule alle zur Genüge kannten. Zudem waren nicht genügend Angestellte aus dem Palast abkömmlich gewesen, um uns hier zu bekochen und servieren. Meine Eltern gaben wie immer einen Neujahrsempfang, der traditionell am 1. Januar am Morgen stattfand und der die Bediensteten meist die ganze Silvesternacht hindurch auf Trab hielt. Ich freute mich sehr auf das italienische Essen, da ich in der Schweiz schon das eine oder andere Mal Gelegenheit für eine Verköstigung hatte.

Der gemütliche, leicht übergewichtige Koch, der vier Angestellte beaufsichtigte und auf Italienisch herumkommandierte, benutzte seinen gesamten Körper zum Sprechen. Auch Luandisch sprach er in einem Tempo, das mir gemeinsam mit seinem Dialekt beinahe den Atem raubte. In diesem Fall bewies Danina ein wenig mehr Geschick, denn sie verhandelte mit ihm in seiner Muttersprache. Bald schon baute er im Festsaal, dem einzigen Raum auf Congatwood Great House, in dem all unsere Gäste Platz finden würden, ein wundervolles Büffet auf und seine Helfer brachten Schüsseln und Töpfe, aus denen es bereits köstlich duftete.

»Woher sprichst denn du so gut Italienisch?«, erkundigte sich Sarah erstaunt bei Danina. Auch ich hatte nicht gewusst, wie lupenrein ihre Sprachkenntnisse waren. Wären die aschblonden Haare nicht gewesen, würde sie glatt als Italienerin durchgehen. Danina lachte lediglich.

»Da gab es mal einen italienischen Grafen …«, begann sie und schon stimmten Sarah und ich in ihr Lachen mit ein. Ich kannte die Geschichte und suchte deswegen nach einem Grund zum Themenwechsel, denn so lustig wie Danina das jetzt darstellte, hatte es schlussendlich nicht stattgefunden.

»Alles klar«, meinte Sarah von sich aus und hielt dann plötzlich inne.

»Wir müssen noch die Girlanden und Ballons aufhängen«, erklärte sie unruhig.

»Ja und?«, wollte ich gelassen wissen. Uns blieben immer noch einige Stunden, bis die Gäste kamen und bis auf die Dekoration war alles vorbereitet oder in guten Händen bei den italienischen Köchen.

»Hast du schon einmal einen Ballon aufgeblasen?«, fragte Sarah mit hochgezogener Augenbraue. Ich schüttelte den Kopf und zuckte mit den Schultern. Das konnte ja wohl keine Tragödie sein.

»Ich kann nicht mehr«, kläglich hielt ich einen schlaffen, halb aufgeblasenen Ballon in der linken, während ich mit der anderen Hand mir die Seite hielt, die plötzlich unangenehm zu stechen begonnen hatte.

Sarah und Danina standen neben mir und konnten sich kaum halten vor Lachen. Danina selbst hatte allerdings auch erst einen Ballon aufgeblasen, während Sarah zwei geschafft hatte.

»Haha, sehr witzig.« Genervt schleuderte ich das halbvolle Ding von mir. Mit einem lustigen Pupsgeräusch rauschte es durch den Saal, bevor es an einem Kerzenständer auf dem festlich gedeckten Tisch hängen blieb.

»Das kann doch jedes Kind, also was ist das Geheimnis dahinter?«, fragte ich, nachdem ich über den Abgang des Ballons albern gekichert hatte.

»Champagner?« Von uns unbemerkt war ein junger Angestellter des italienischen Kochs in den Saal gekommen und bot uns nun gefüllte, perlende

Champagnerflöten an. Wir wechselten einen Blick, kicherten und griffen freudig zu. Im Hinausgehen warf der Italiener einen vielsagenden Blick auf den schlaffen Ballon, der noch immer am Kerzenständer hing.

Danina und ich waren aufgeregt wie vor unserem ersten Ball, als wir in der Eingangshalle die ankommenden Gäste empfingen. Schließlich war dies das erste Fest, das wir selbst organisierten und außerhalb der Palastmauern stattfand. Es war etwas ganz anderes als mein Herbstball, bei dem mir die besten Spezialisten jedes Faches zur Seite gestanden hatten. Obwohl es sich wie ein großer Druck auf meiner Brust anfühlte, war ich stolz, nicht im Schatten meiner Eltern zu stehen, sondern selbst Gastgeberin zu sein. Nicht zu wissen, ob sich unsere Gäste wohlfühlen würden, war meine größte Herausforderung. Neben Danina, die immerhin zwei Jahre älter war als ich, fühlte ich mich sicher genug, um mit einem herzlichen Lächeln die insgesamt nicht viel mehr als dreißig sorgfältig ausgewählten Gäste in Empfang zu nehmen. Nur einer fehlte unter den Gästen, obwohl ich ihm eine Einladung zu seiner luandischen Adresse und eine zweite in seine Heimat gesandt hatte: Cedric Brades.

»Warum zappelst du so unruhig herum?«, raunte Sarah mir zu. Sie stand ein wenig im Hintergrund und hatte sich mit den meisten Gästen bereits bekannt gemacht.

»Ich warte noch auf jemanden«, erklärte ich vage und wich ihrem Blick aus. Schließlich wusste ich selbst nicht, warum es mich so beunruhigte, nicht zu wissen, ob er noch kommen würde oder nicht.

»Wo bleibt der Champagner?«, rief in diesem Moment Alexander und stellte sich zwischen Sarah und mich, breitete die Arme aus und legte sie uns beiden um die Schultern. Ich zuckte zusammen und blickte einen Augenblick perplex aus der Wäsche.

»Ähm«, meinte Sarah und warf ihrem Cousin einen warnenden Blick zu. Dieser blickte verwundert, verstand jedoch nicht, was sie andeuten wollte. Mit Zeigefinger und Daumen, ganz so als würde sie ein lästiges Insekt packen, griff sie nach seinem Hemdsärmel und hob ihn sanft, aber bestimmt von meiner Schulter.

»Oh«, Alexanders Miene wechselte von übermütig zu zerknirscht.

»Verzeiht, Prinzessin«, lachte er und blickte derart schuldbewusst, dass ich nicht anders konnte, als ihn auszulachen. Sarah neben mir atmete aus und stimmte mit ein.

»Der Champagner ist im Festsaal kühl gestellt. Ich denke wir könnten so langsam mit dem Vorspeisen-Büffet beginnen. Was meint ihr?« Ich ging über diese kleine, peinliche Episode mit einem Lächeln hinweg, denn ich war fest entschlossen, diesen Abend zu genießen, egal ob Cedric Brades nun aufkreuzte oder nicht, oder ob Alexander von Schottland mich wie einen seiner Fußballkumpels behandelte. In Wirklichkeit war er einfach ein herzlicher, ein wenig zu großspuriger junger Mann, den ich, nicht nur wegen seiner zauberhaften Cousine ins Herz geschlossen hatte.

»Dann auf zum Büffet«, meinte er lachend und hielt Sarah und mir die Türe auf.

Im Festsaal traf ich schon nach wenigen Schritten auf Leslie Dambster. Leslie war eine entfernte Kindheitsfreundin von Danina und zufällig aus Deutschland, wo sie studierte, zurück in Luandia, weshalb meine Cousine sie eingeladen hatte. Doch Leslie war auch seit vielen Jahren meine erklärte Lieblingsfeindin, weswegen ich sie gerne wieder von der Gästeliste gestrichen hätte, als ich sie dort entdeckt hatte. Insgeheim hatte ich gehofft, dass sie die Einladung ablehnen würde, doch die Dambsters waren stets die Ersten, wenn es irgendwo etwas Kostenloses zu essen gab.

Es war nicht, dass es ihnen an Geld gemangelt hätte oder an gesellschaftlicher Anerkennung. Das Problem lag woanders. Doch ich hatte es noch nicht herausgefunden, warum sich diese Menschen dermaßen seltsam verhielten, und ich war auch eine der wenigen Personen, die dies tatsächlich zu stören schien.

»Guten Abend, Siara. Was für ein schöner Anlass, dich wiederzusehen«, flötete Leslie sogleich, als sie meiner ansichtig wurde und legte ihre langen Finger um meine Schultern, um mich zu zwei Wangenküssen heranziehen zu können. Sie hüllte mich in eine Parfümwolke ein, die irgendwie nach faulen Eiern roch.

»Möchtest du mir nicht deine hübsche Begleitung vorstellen?«, flüsterte sie mir ins Ohr, während sie ihre gepuderte Wange an meine drückte. Ihre Stimme klang eher wie das Zischen einer Schlange und eine Gänsehaut kroch über meine nackten Arme. Als ich endlich einen Schritt zurücktreten konnte, wandte sie sich sogleich Alexander zu, der geduldig neben mir gewartet hatte.

»Leslie, das ist Alexander von Schottland, Alexander, das ist Leslie Dambster, eine entfernte Freundin meiner Cousine Danina.« Ich wusste, dass ich gelangweilt klang und ein überraschter Blick von Alexander wunderte mich nicht weiter. Leslie war wie immer zu sehr mit sich selbst beschäftigt, um meine Stimmung überhaupt aufzunehmen.

In diesem Augenblick begann die Musik zu spielen. Ich warf Elvar, der am DJ-Pult stand, einen dankbarer Blick zu. Ein Zwinkern war die Antwort und verriet mir, dass der Zeitpunkt wohl absichtlich gewählt worden war. Umso besser.

»Alexander«, schnurrte Leslie und trat einen Schritt auf den jungen Schotten zu, ohne mich auch nur eines zweiten Blickes zu würdigen. Ich zuckte mit den Schultern und ging langsam weiter. Jetzt kamen auch die Zofen, die sich bereiterklärt hatten, an diesem Abend auszuhelfen. Sie trugen Tabletts, die vollgestapelt mit Champagnerflöten waren, in denen die bronzefarbene Flüssigkeit munter vor sich hin perlte.

Ich wusste jetzt schon, dass ich morgen bereuen würde, schon vor dem Essen Champagner getrunken zu haben, aber wen kümmerte das schon? Morgen war schließlich erst nächstes Jahr. Ich stellte mich neben das Vorspeisenbüffet, bei dessen Anblick mir selbst das Wasser im Mund zusammenlief. Tausende kleine Häppchen waren kunstvoll drapiert, zu Türmen aufgeschichtet oder in kleinen Löffeln und Gläschen angerichtet. Von meiner ein bisschen erhöhten Position hatte ich einen guten Überblick und konnte sehen, dass sich alle Gäste bisher sehr gut zu unterhalten schienen. Ich schnappte mir einen kleinen Löffel und klopfte damit an das Glas in meiner Hand. Mein Herz klopfte ebenfalls ziemlich laut. Zum ersten Mal war ich ohne meine Eltern Gastgeberin einer Veranstaltung und die Kameras waren natürlich wieder hier, um alles zu filmen. Ich hatte erreichen können, dass das ganze Team, das jetzt noch Speisen vorbereitete und letzte Hand an die Technik für die Tanzfläche legte, nach der Vorspeise ebenfalls Feierabend machen würde. Es war mir wichtig, ihnen die Möglichkeit zu geben, mit ihren eigenen Familien den Übergang ins neue Jahr feiern zu können.

»Schön dass Ihr alle gekommen seid, besonders die Anwesenheit unserer schottischen Freunde möchte ich vor allem erwähnen. Es freut mich sehr, dass jeder von Euch meiner Einladung gefolgt ist. Ich möchte Euch gar nicht lange aufhalten, sondern wünsche uns viel Spaß und bitte Euch, das Buffet zu plündern. Denn wenn ich hier noch lange herumstehe, wird sonst sein gesamter Inhalt in meinem Bauch landen und meine Schneiderinnen hätten wieder stundenlange Änderungsarbeiten vor sich.« Alle lachten und klatschten oder ließen ihre Gläser ebenfalls klirren.

Schlussendlich wusste ich nicht, mit wie vielen Gästen ich angestoßen hatte, bevor ich überhaupt dazu kam, auch nur einen Happen vom Büffet zu essen. Gerade als ich ein fantastisches Salz-Zöpfchen heruntergeschluckt hatte, legte sich von hinten ein Arm um meine Taille.

»Da bist du ja«, raunte Alexander mir ins Ohr. Rasch ließ ich meinen Blick durch den Raum schweifen – diesmal hatte niemand seine respektlose Geste mitbekommen und löste mich geschickt aus seinem Griff, indem ich mich umdrehe und einen Schritt auf ihn zu ging.

»Alexander«, murmelte ich irritiert. Ich konnte nicht leugnen, dass seine Nähe mir gefiel und nun stieg auch noch sein schweres Rasierwasser in meine Nase und verwirrte meine Sinne. Auch seine Berührungen fand ich nicht unschön, doch grundsätzlich gehörte weder das, noch die Tatsache, dass er mich ständig so selbstverständlich duzte, zum korrekten Umgang mit einer Prinzessin.

»Ich habe dich überall gesucht«, eröffnete er mir mit einem treuherzigen Lächeln. Schon wieder ‚dich' anstatt ‚Euch'. Es war zum Haare raufen, wenn ich ihm denn tatsächlich hätte böse sein können. Was mich verwunderte, war der Unterschied vom heutigen Abend zu dem Alexander, den ich im Herbst zu meinem Ball kennengelernt hatte. Damals war er nicht gerade ein Ausbund von Temperament oder Humor gewesen, sondern kühl und distanziert. Ich fragte mich, was diese Veränderung hervorgerufen haben mochte, als mir auffiel, dass er wohl eine Antwort erwartete.

»Dieser Raum ist nicht allzu groß und ich habe gerade für alle sichtbar eine Rede neben dem Büffet gehalten.« Ich blickte ihn zweifelnd an, doch der Schotte zuckte nur mit den Schultern.

»Jetzt habe ich dich auf jeden Fall gefunden«, verkündete er fröhlich. Einerseits war ich froh, dass er seine coole Maske in meiner Nähe langsam ablegte, doch dieser neue Alexander war mir auch nicht ganz geheuer.

»Weißt du eigentlich, dass du heute Abend richtig heiß aussiehst? Dieses Kleid scheint wie für deinen wunderschönen Körper gemacht worden sein.« Er trat einen Schritt näher und neigte den Kopf zu meinem Ohr. Immerhin besaß er genug Anstand, um zu wissen, dass ich nicht unbedingt schätzte, wenn jemand anderer sein zweifelhaftes Kompliment mitbekam.

»Ach ja?«, fragte ich unberührt, ohne zu verraten, dass bei seinen Worten eine Gänsehaut über meinen ganzen Körper kroch und sich die feinen Härchen in meinem Nacken aufstellten.

»Dieses Kleid wurde von einer Schneiderin nach meinen Maßen gefertigt. Es ist also tatsächlich für mich angefertigt worden«, bemerkte ich trocken und entlockte ihm ein Lachen.

»Ich möchte mir dir tanzen, bevor du dieses Kleid ablegst«, bat er und blickte mir nun von der Seite in die Augen. Ich trat einen Schritt zurück, auch wenn er mich weiterhin mit seinen Blicken gefangen hielt. Hatte ich mich verhört?

»Was?«, fragte ich barsch und runzelte die Stirn.

»Also ich meine heute Abend will ich mit dir tanzen. Weil dir dieses Kleid so gut steht. Natürlich auch sonst. So war das nicht gemeint, Siara«, stotterte Alexander verwirrt, verzweifelt auf der Suche nach einer Ausrede.

»Das war ein Versprecher, Entschuldigung vielmals«, versicherte er und sein Gesicht verlor jegliche Freude. Nun wo es kompliziert wurde, zog er sich hinter seine coole Maske zurück.

»Schon vergessen«, beschwichtigte ich, auch wenn ich beschloss, in Sachen Alexander vorsichtig zu sein. Sarahs Andeutungen über sein wildes Leben in Schottland kamen mir wieder in den Sinn.

»Ich freue mich auf einen Tanz mit dir«, fügte ich noch an und wandte mich dann erneut dem Büffet zu.

Alexander schien froh über eine kurze Verschnaufpause. Es war offensichtlich, dass ihm das Gespräch über den Kopf gewachsen war. Ich musste schmunzeln, wenn ich daran dachte, wie cool er sich sonst zu geben pflegte. Geschah ihm ganz recht, wenn er derjenige war, der um eine Antwort verlegen war. Ich freute mich tatsächlich auf den Tanz mit ihm.

Zuerst aber stand das allgemeine Abendessen an, das ich trotz der lockeren Atmosphäre wie ein Bankett hatte gestalten wollen. Im kleinen Saal war eine lange Tafel aufgebaut und wunderschön dekoriert worden. Die letzten Anweisungen heute Nachmittag hatten das Gesamtbild passend abgerundet und ich war froh, mich für eine winterliche Dekoration entschieden zu haben. Wenn man den Saal betrat, konnte man den Eindruck bekommen, im Palast der Schneekönigin aus dem Märchen zu sein. Der Gegensatz zu den Ballons und Girlanden im Eingangsbereich war offensichtlich, ich hatte jedoch das Party-Motto im großen Saal, der danach zum Feiern und Tanzen zur Verfügung stehen würde, wieder aufgegriffen.

»Du kannst es nicht lassen, stimmt's?«, fragte Danina, die neben mich getreten war und wie alle anderen Gäste bewundernd die Dekoration in Augenschein nahm.

»Was kann ich nicht lassen?«, wollte ich wissen – ich war ebenfalls abgelenkt, aber eher, weil ich mit einem schweifenden Blick prüfte, ob auch wirklich alles so war, wie ich es mir vorgestellt hatte.

»Diese ganze Dekorations-Sache. Wenn du einmal nicht dekorieren, gestalten und deine verrückten Ideen umsetzen kannst, wirst du noch krank«, lächelte sie und drückte meine Hand.

Ich grinste schelmisch. Wie recht sie hatte. Danina kannte mich nun schon so lange, doch jedes Mal, wenn es mir gelang, sie mit meinen Dekorationen zu erstaunen, freute ich mich wie beim ersten Mal.

»Es ist wunderschön geworden.« Sarah trat auf meine andere Seite und Danina und ich traten eilig einen Schritt zur Seite, da wir ansonsten zu dritt die Eingangstür versperrt hätten und außer uns niemand mehr in den Saal gekommen wäre.

»Danke«, ich drückte meinerseits Sarahs Hand und zog dann die beiden zu unseren Plätzen. Es bereitete mir eine diebische Freude zu sehen, dass auch Leslie Dambster den Kopf in den Nacken legte, um die gesamte Dekoration erkennen zu können. Doch dann wurden die Speisen in den Raum gebracht, um den Hauptgang vorzubereiten, und ich war abgelenkt.

»Ich weiß nicht, wie es euch geht, aber ich sterbe vor Hunger.« Als ich das letzte Wort aussprach, trat plötzlich wieder das Bild der zerlumpten Gestalten entlang des Weges vor meinem inneren Auge auf. Ich ließ die Hände sinken und stand alleine da, als Sarah und Danina, die nichts von meiner Gefühlsregung mitbekommen hatten, sich an ihre Plätze setzten. Die Erinnerung in meinem Kopf ließ sich jedoch nicht so leicht abschütteln. Mein Blick schweifte resigniert über die üppige Tafel. Wir feierten hier im Überfluss, während diese Menschen nicht einmal zum Jahreswechsel genügend Essen oder eine Unterkunft hatten. Eine Gänsehaut kroch über meine nackten Arme. Ich konnte nicht sagen, woher der plötzliche Stimmungsumschwung kam, doch er schien sich wie eine schwere Eisenkugel an mein Bein zu hängen und erschwerte meine Bewegungen.

»Siara?« Sarahs Stimme klang wie aus weiter Ferne und ich musste mehrmals den Kopf schütteln, um mich ins Hier und Jetzt zurück zu katapultieren.

Wie in Trance setzte ich mich an meinen Platz und fühlte mich gleichzeitig unglaublich verloren auf dem riesigen Stuhl in dem kleinen Saal, der immer noch viel zu groß für unsere Gesellschaft war.

»Alles in Ordnung mit dir?«, fragte meine schottische Freundin besorgt, als sie mich erneut ansprechen musste, da ich beim ersten Mal keine wirkliche Reaktion gezeigt hatte. Ich nickte bloß und nahm dann einen tiefen Schluck aus meinem Wasserglas. Meine Zunge und meine Kehle fühlten sich auf einmal so trocken an, als hätte ich eine Nacht in der Wüste verbracht.

Auf einen Wink von mir wurde der erste Gang aufgetragen – eine Suppe – da die kalte Vorspeise ja bereits auf dem Buffet angerichtet gewesen war. Gedankenverloren rührte ich in der Brühe, deren köstlicher Duft mir in die Nase stieg und mich dann trotz düsterer Gedanken zum Essen überredete.

Der erste Löffel tat erstaunlich gut im Bauch und so löffelte ich schließlich schweigend vor mich hin und lauschte mit einem Ohr den Gesprächen rund um mich herum. Im Kopf ließ ich währenddessen das vergangene Jahr Revue passieren und konnte gleichzeitig nicht aufhören, mir zu überlegen, wie ich im neuen Jahr den Flüchtlingen helfen könnte. Das Schicksal der Menschen, die wir auf der Straße getroffen hatten, ging mir besonders nahe. Doch ich wusste, dass sie nur die Spitze des Eisbergs waren.

Nach dem ersten Gang trat Ruhe ein am Tisch, nur das Geschirr, das abgetragen und das saubere, das gebracht wurde, klapperte hie und da. Auch in meinem Kopf wurde es langsam ruhiger. Ich blickte in lauter zufriedene

Gesichter von Menschen, die ich mochte. Und Leslie Dambster. Inzwischen störte sie mich kaum mehr, wie ich erstaunt feststellte. Wenn ich glücklich sein konnte, dann sollte sie dies von mir aus ebenfalls sein.

Ich erhob mich, um noch einmal allen einen guten Appetit zu wünschen. Ein Räuspern, und Sarah und Danina links und rechts von mir klopften beide gleichzeitig gegen ihre Champagnerflöten, um mir die gewünschte Aufmerksamkeit zu sichern. Elvar lachte leise und zwinkerte mir zu, was mich einen Augenblick lang aus dem Konzept brachte. Immerhin schauten nun alle zu mir, was mir die Röte ins Gesicht schießen ließ.

Dann klopfte es. Ein schweres, lautes Klopfen dröhnte von der Eingangstür zu uns hinüber und ich zuckte zusammen. Hätte ich mein Glas in der Hand gehalten, es wäre zu Boden gefallen und in tausende Stücke zerborsten. Mein Herz setzte einen Moment aus und ich vergaß, was ich hatte sagen wollen. Plötzlich redeten alle durcheinander, doch keiner wusste, wer zu später Stunde noch in Congatwood auftauchen sollte. Das Great House war dermaßen abgelegen, dass es auch nicht von zufälligen Besuchern gefunden wurde und genau deswegen fürchtete ich mich ein wenig, zur Türe zu gehen.

Mechanisch setzte ich einen Fuß vor den anderen und ging dabei im Kopf dutzende Male meine Gästeliste durch und verglich sie mit den anwesenden Personen. Trotz der Furcht, die mir die Kehle zuschnürte, bedeutete ich den Sicherheitsleuten meines Vaters, die neben der Tür standen, zurückzutreten und meine weiteren Befehle abzuwarten.

Langsam öffnete ich die Tür und spähte hinaus. Dunkelheit. Auch wenn ich gewollt hätte, ich schaffte es kaum, die Tür aufzumachen, und so spielte sich alles im Zeitlupentempo ab. Ich gab auf, als der Spalt so groß war, dass ich mich hindurch quetschen konnte. Sofort umfing mich die eisige Nachtluft und kroch wie kalte Finger über meine Arme.

»Ich bin gekommen, um mit Euch zu tanzen, Prinzessin Siara«, klang eine dunkle Stimme neben mir. Ich zuckte zusammen und schlug mir die Hand vor den Mund. In letzter Sekunde konnte ich verhindern, dass mir ein leiser Schrei entfloh und die Männer meines Vaters auf den Plan rief. Neben der Tür an der Wand, im Schatten der einzigen Laterne, die hier draußen brannte, lehnte Cedric Brades von Montserrat. Bei seinem Anblick begann mein Herz schneller zu schlagen, meine Angst von zuvor wandelte sich in Wut – und ein Gefühl, das ich nicht näher definieren konnte, das mir aber weiche Knie bescherte. Zum Glück hatte ich die schwere Türe noch immer in der Hand, denn die Kombination von hohen Schuhen und weichen Knien nebst dem eisigen Boden hätte mir sonst definitiv gefährlich werden können.

»Wie könnt Ihr es wagen, hier so spät aufzutauchen und einen Tanz mit mir einzufordern, ohne mich zu begrüßen?«, flüsterte ich erregt, so laut wie nur möglich und gleichzeitig so leise, um von drinnen nicht verstanden zu werden.

»Prinzessin«, gab Cedric gelassen zurück, ohne Anstalten zu machen, seine nachlässige Haltung aufzugeben.

»Ihr verzeiht die Verspätung, wenn Ihr erst in meinen Armen liegt und Euch zur Musik dreht, bis Euch schwindlig ist«, versprach er und zwinkerte mir zu.

»Ihr könnt mich nicht täuschen. Diese Maske steht Euch nicht, Cedric. Warum seid Ihr so spät? Ich habe gedacht, dass Ihr gar nicht mehr kommen würdet«, gestand ich und probierte so ruhig wie möglich zu wirken, auch wenn es in mir drinnen ganz anders aussah. In diesen Augenblicken wurde mir klar, dass ich die ganze Zeit darauf gehofft hatte, dass Cedric kommen würde, ja dass ich mich heute insgeheim vor allem für ihn so besonders schön gemacht hatte.

»Meine Heimat ist fern von hier, Prinzessin. Wichtige Aufgaben fesseln mich an meinen Wohnsitz in Little Bay. Nachdem unsere letzte Hauptstadt zerstört wurde, droht dieses Schicksal nun auch der neuen und es geht darum, unser Volk zu retten. Wir sind dem amerikanischen Kontinent einiges näher als Ihr und das Unheil droht auch uns zu verschlingen. Für Vergnügungen ist kein Platz in meinem Leben.« Erschrocken und mit leicht geöffnetem Mund hatte ich seinen Worten gelauscht. War er schon immer so ehrlich gewesen? Selten hatte ich ihn so viele Worte auf einmal sagen hören und einmal mehr fiel mir auf, dass seine Stimme sich anhörte wie ein Reibeisen, das über meine Haut glitt und dort Gänsehaut hinterließ.

»Warum seid Ihr dann hier?«, fragte ich heiser, da ich den Widerspruch in seinen letzten Worten erkannt hatte.

»Wegen Euch, Prinzessin Siara. Seitdem ich Euch das erste Mal auf diesem Ball gesehen habe, zu dem Ihr mich nur eingeladen habt, weil ich auf der Liste der Schwiegersohn-Favoriten Eurer Eltern stehe, seit diesem Abend habe ich Euer Bild stets vor Augen, gleichgültig was ich tue oder wo ich mich aufhalte. Und genau das will ich entweder loswerden – oder Euch für immer für mich gewinnen.« Eindringlich blickte er mir in die Augen, suchte in meinem Gesicht nach einer Antwort.

Seine Nähe verunsicherte mich. Ich konnte die Wärme seines Körpers spüren und gleichzeitig fröstelte ich in der kalten Nachtluft. Auf der Liste mit den Lieblingsschwiegersöhnen wäre er ganz tief gesunken, wenn meine Eltern denn tatsächlich eine geführt hätten.

»Euch ist kalt«, stellte er fest und entledigte sich seiner Anzug-Jacke, die er mir fürsorglich um die Schultern legte. Erstaunt schaute ich ihn von der Seite an, als er meine kunstvoll frisierten Haare sanft aus dem Jackenkragen befreite. So kannte ich ihn gar nicht.

»Ich danke Euch, dass Ihr meiner Einladung doch noch gefolgt seid, Cedric. Es bedeutet mir sehr viel, den Übergang ins neue Jahr mit Euch zu feiern!«, versuchte ich unser Gespräch in neutrale Gewässer zu lenken, ohne seine Gefühle, die er mir offenbart hatte, zu verletzen oder zu ignorieren.

»Ich kann nicht zulassen, dass einer der Kerle da drinnen bei Euch ist, während ich es nicht sein kann.« Seine Augen blitzten, als würde er im nächsten Augenblick in den Saal stürmen und alle männlichen Gäste zum Duell fordern.

»Ich habe seit meiner Rückkehr nach Luandia so viele nette Gentlemen kennengelernt, ganz zu schweigen von den männlichen Freunden, die ich schon seit längerer Zeit kenne. Nun scheint jedermann von mir zu erwarten, dass ich in dieser Hinsicht eine Entscheidung treffen kann, und zwar besser heute als morgen. Dabei schaut mir auch noch das gesamte Volk zu, um dessen Probleme ich mich ebenfalls kümmern möchte. Ich würde Euch gerne mehr zugestehen können, Cedric.«

Bedauernd blickte ich zu ihm auf und berührte dabei mit meiner Nasenspitze beinahe sein Kinn. Unwillkürlich waren wir noch näher zusammengerückt als sowieso schon. Nun traf mein Blick auf seinen und plötzlich fühlte ich mich furchtbar unsicher auf meinen High-Heels.

Nach einem kurzen Zögern legte Cedric mir den Arm um die Taille.

Die weichen Knie verstärkten sich bei seiner Berührung, doch ich musste nicht mehr fürchten, aus den Schuhen zu kippen. Dankbar lächelte ich, doch seine Miene blieb ernst und ich fragte mich, was durch seinen Kopf ging, als er seine zweite Hand von der Mauer löste, an der er sich abgestützt hatte. Er legte Daumen und Zeigefinger um mein Kinn und hob mein Gesicht zu sich. Seine Augen waren dunkler geworden, eine steile Falte stand zwischen seinen Augenbrauen. Nervös biss ich mir auf die Lippen, unsicher, was als Nächstes geschehen würde.

Wollte ich, dass er mich küsste? Ich hatte noch keine Antwort auf meine Frage gefunden, als er den Kopf senkte und genau das tat. Zuerst berührten seine Lippen nur federleicht die meinen, nur langsam intensivierte er den Kontakt, ganz so, als ob er mir Zeit geben wollte, mich an dieses Gefühl zu gewöhnen. Ein Kribbeln schoss über meinen gesamten Körper. Es schien, als würde Cedric mit seinen Lippen meine Haut in Flammen setzen. Als er nach einigen köstlichen Augenblicken ein wenig zurückwich und mit der Zungenspitze über meine Lippen streichelte, um Einlass zu erbitten, entwich mir ein kleiner Seufzer und ich öffnete den Mund gerade soweit, um ihm seinen Wunsch zu erfüllen.

Als Cedric sich von mir löste, ließ ich die Augen noch einen Moment lang geschlossen, unfähig so rasch in die Realität zurückzukehren. Wir schauten uns an. Ich erkannte in seinen Augen die gleiche Verwirrung, die auch mich befallen hatte. Eine Weile sagte keiner von uns ein Wort.

»Wir sollten reingehen.« Warum hörte sich meine Stimme so heiser an, als ich nach einigen Augenblicken endlich wieder den Mut hatte, etwas zu sagen. Bestimmt machten sich meine anderen Gäste bereits Gedanken, wo wir abgeblieben waren. Als ich allerdings den Kopf hob, um die Uhr am höchsten Turm vom Great House zu checken, waren erst wenige Minuten vergangen, seit Cedric an die Tür gepoltert hatte. Mir war es so vorgekommen, als hätte ich eine halbe Ewigkeit in seinen Armen verbracht.

Er nickte zustimmend und bot mir den Arm an. Ich war froh darüber, denn meine Knie fühlten sich an wie Pudding. Außerdem war ich inzwischen von den Schuhen ausgehend dermaßen durchgefroren, dass meine Beine wohl den Dienst versagen würden, wenn ich sie ohne Cedrics Hilfe benutzen würde.

Als ich den Kopf erneut zu meinem späten Gast hob, lächelte er auf mich herab, doch der nachdenkliche Ausdruck und die Schatten in seinen Augen waren nicht verschwunden.

»Schaut, wer uns so spät noch die Ehre gibt, an unserer Silvesterfeier teilzunehmen«, rief ich laut, als ich an Cedrics Arm wieder in den kleinen Saal trat, wo die Speisen inzwischen abgetragen worden waren, da ich mit meinem Aufstehen das Signal dazu gegeben hatte. Bestimmt waren einige noch immer hungrig und warteten ungeduldig darauf, dass ich den nächsten Gang servieren ließ.

Als die Gäste jedoch meiner und Cedric Brades' ansichtig wurden, brandete Applaus auf. Einige spöttische Lacher waren ebenfalls darunter, doch schließlich war auch meine Ankündigung nicht frei von Ironie gewesen und so würde Cedric sich die spitzen Bemerkungen über seine Verspätung wohl oder übel gefallen lassen.

Ich deutete auf einen freien Platz am Ende der Tafel, bevor ich Cedrics Arm losließ und mich selbst langsam aber mit inzwischen wieder sicheren Schritten zu meinem Stuhl am Kopf der Tafel begab. Sarahs und Daninas Blicke ruhten auf mir und ich war mir sicher, dass ihnen meine geröteten Wangen und unordentlichen Haare auf den ersten Blick auffielen. Zum Glück hatte ich Cedric noch im Foyer sein Jackett zurückgegeben. Die Prinzessin, die die Jacke eines Mannes trug, dieser Anblick hätte für mehr Gerede gesorgt, als meine Show in einem Jahr würde besänftigen können.

Nach wenigen Augenblicken wurden die allgemeinen Gespräche wieder aufgenommen und auf einen Wink von mir auch der nächste Gang aufgetragen. Ich ließ mich vom Geschnatter rund um mich herum mitreißen, bevor ich wieder ins Grübeln verfallen konnte, und begann langsam, den Abend zu genießen. Besonders, da ich nach der Begegnung mit Cedric noch eine Idee hatte.

Da das Dessertbuffet erst nach Mitternacht aufgebaut werden würde, klopfte ich nach dem letzten Hauptgang an mein Champagnerglas. Am Tisch war ein wenig Ruhe eingekehrt. Man konnte einigen ansehen, dass sie bei den Köstlichkeiten großzügig zugelangt hatten und nun eine Verdauungspause ganz gut hätten gebrauchen können. Doch da hatten sie nicht mit mir gerechnet, denn langsam nach zwei weiteren Champagnergläsern hatte sich bei mir Feierlaune eingestellt. Mit Elvars Hilfe, der gleich für Musik sorgen würde, konnte ich hoffentlich auch alle anderen schnell damit anstecken.

»Ich hoffe, Euch allen hat das letzte Menü in diesem Jahr geschmeckt und Ihr seid bereit, das neue Jahr mit der besten Laune zu begrüßen. Doch wie wir alle wissen, gibt es Menschen in unserem geliebten Land, denen es nicht so gut ergeht wie uns und die froh wären, auch nur einen der Gänge zu haben, die wir gerade verdrückt haben. Deswegen habe ich mir etwas ausgedacht, das ihr hoffentlich alle so lustig findet, wie ich: Wir werden heute Abend die Tänze mit den Ladies nicht auf altmodische Weise mit Tanzkarten vergeben, sondern versteigern. Wir alle wissen, dass wir allesamt aus gut betuchten Familien stammen und uns keine Sorgen machen müssen, wie wir das kommende Jahr überstehen werden. Deswegen bitte ich alle tanzwilligen Damen zu mir.« Ich hüpfte auf ein kleines Podest, das eigentlich für das Kuchenbüffet aufgebaut worden war. Einen Moment lang schwankte ich bedenklich auf meinen hohen Absätzen. Ich bedeutete den Zofen, die Bieter-Karten, die sie spontan auf meine Anweisung aus Karton gefertigt hatten, unter die Männer zu bringen, während die weibliche Gästeschar zu mir gestöckelt kam.

»Ihr seht alle bezaubernd aus heute Abend, Mädels. Ich fühle mich geehrt, mit euch feiern zu dürfen, auch wenn ich natürlich die Hoffnung nicht aufgegeben habe, dass es keiner gelingen wird, mich zu überstrahlen.« Schallendes Lachen flog mir entgegen und ich selbst ertappte mich dabei, wie ich kicherte.

»Seid ihr bereit, Jungs?«, rief ich und hielt mich dabei einen Moment lang an Danina fest. Mensch, diese Schuhe würden mich echt noch killen, wenn ich nicht an Fußschmerzen starb, dann garantiert weil ich mir den Hals brechen würde.

Vielfache Bestätigung kam aus der Menge der wartenden Männer. Ich blickte die Frauen rund um mich herum einen Moment lang an. In diesem Augenblick schoss mir die Frage durch den Kopf, was meine Eltern wohl sagen würden, wenn sie mich hier sehen würden, wie ich mit diesen ‚Mädels' und ‚Jungs' herumalberte. Ich konnte es mir nicht so recht vorstellen.

»Die Kameras sind gar nicht da, warum also diese Großherzigkeit?«, zischte Leslie neben mir und als ich sie direkt anschaute, traf mich ihr gehässiger Blick. Ich zuckte einen Moment lang mit den Schultern und wusste, dass sie sich meiner Idee nicht widersetzen würde. Der Gruppendruck der anderen begeisterten Frauen war zu groß und außerdem hatte es manchmal auch seine Vorteile, eine Prinzessin zu sein. Und wenn es nur bedeutete, dass Leslie mir in den Arsch kriechen wollte, weil sie sich davon einen Vorteil versprach. Meinen Absichten kam es entgegen und das war alles, was mich zu kümmern hatte.

»Fangen wir gleich mit einem hochkarätigen Fang an: Meine liebe Cousine Danina, Nummer drei in der Thronfolge von Luandia und somit auch nur für einen Tanz ein besonderer Leckerbissen«, rief ich. Die Rolle der Auktionatorin gefiel mir, auch wenn meine Cousine mir beim Wort ‚Leckerbissen' die Zunge herausstreckte und mit den Augen rollte.

»Schaut sie Euch an und Ihr werdet genau wissen, wovon ich rede.« Theatralisch deutete ich auf sie, doch die ganze Show wäre gar nicht nötig gewesen. Meine drei Zofen mussten einspringen, um mir zu helfen, die Übersicht über all die Gebote zu behalten.

Die Tänze gingen so schnell weg wie zuvor die verschiedenen Speisen, die wir hatten auftragen lassen und schlussendlich blieb nur noch meine Tanzkarte auszufüllen. Jede von uns hatte fünf Tänze vergeben, da wir nach Mitternacht zum lockeren Teil übergehen wollten und dafür keine vorbestimmten Tanzpartner gebrauchen konnten.

Die traditionellen Gruppentänze wären ebenso lustig wie die unverhofften Paarungen, die sich manchmal erst ergaben, wenn schon einige Gläser Champagner im Spiel waren.

Etwas verlegen stand ich nun auf dem Podium, zu bescheiden, mich einfach selbst zu versteigern. Zudem hatten einige der Gentlemen schon tief in die Tasche gegriffen, um sich einen oder mehrere Tänze zu sichern.

»Fünfhundert für einen Tanz mit Euch, Siara«, erklang es plötzlich von den Turntables. Elvar winkte heftig mit seiner Bieterkarte und entlockte mir damit ein gleichermaßen überraschtes als auch dankbares Lachen.

Sarah und Danina traten wieder an meine Seite und begannen nun ihrerseits die Leitung der letzten Auktion, während ich daneben stand. Ich erfreute mich, an den Geboten, die wie Regentropfen auf uns niederprasselten und meine beiden Freundinnen alle Hände voll zu tun hatten, die Höchstbietenden ausfindig zu machen. Glücklicherweise hatten sie tatkräftige Unterstützung von Dian, Pilar und Audey, die sich nicht dazu bewegen ließen, nach Hause zu fahren.

»Fünftausend.« Aus dem hintersten Eck erklang dieses Gebot und ich zuckte zusammen. Diese Zahl war um ein Vielfaches höher als alles, was heute Abend geboten worden war und vor allem mehr, als ich jemals hatte erwarten können.

Dian richtete den Scheinwerfer in besagte Ecke. Es war nicht nötig. Ich hatte die Stimme längst erkannt und meine Nackenhärchen hatten sich im selben Augenblick aufgestellt, als Cedric Brades das Wort ergriffen hatte.

»Fünftausend – damit wäre wohl der Mitternachts-Tanz unserer Kronprinzessin vergeben«, verkündete Sarah, während sie meinen Blick suchte. Ich hatte noch keine Gelegenheit, ihr richtig von Cedric und all den anderen Menschen, die ich in letzter Zeit kennengelernt hatte, zu erzählen, und so war sie mehr als gespannt, wer der geheimnisvolle Fremde war, der so viel Geld für einen Tanz mit mir ausgab.

Doch zuerst schwang mich mein Cousin Elvar übers Parkett. Es war noch nicht lange so, dass wir befreundet waren. Während der Pubertät waren wir zu sehr mit uns selbst und der Abneigung dem anderen Geschlecht beschäftigt gewesen, als dass wir festgestellt hatten, wie wertvoll es war, Verbündete in der eigenen Familie zu haben. Inzwischen wusste ich seinen trockenen Humor enorm zu schätzen und legte viel Wert auf seine Meinung. Er kam in der Reihe meiner Ratgeber nicht weit hinter seiner Schwester Danina. Auch während er mich nun überraschend geschickt durch einen alles andere als einfachen Tanz führte, brachte er mich mehr als einmal zum Lachen.

»Ich wusste gar nicht, wie gut du tanzt«, gestand ich und genoss es, mich ganz seiner Führung zu überlassen. Er überragte mich um eine knappe Kopflänge, was uns zu perfekten Tanzpartnern machte, besonders mit meinen hohen Schuhen.

»Ach ja? Das ist noch gar nichts«, lachte er und winkte zu den Turntables, wo er von einem anderen Gast vertreten wurde. Die Musik wurde rassiger und schneller. Elvar packte mich ein wenig fester um die Taille und noch bevor ich protestieren konnte, schwang er mich hierhin und dorthin quer über das ganze Parkett, sodass der Champagner zusammen mit den quirligen Drehungen für eine Weile ein Gefühl der Orientierungslosigkeit hervorriefen. Anstatt mich zu fürchten, ließ ich mich fallen, vertraute mich Elvar gänzlich an, während ich die Schwerelosigkeit genoss.

»Das war gut«, keuchte ich schließlich, als er mich atemlos wieder an meinem Platz ablieferte. Vollkommen korrekt verbeugte er sich vor mir.

»Danke, meine Prinzessin.« Er machte sich auf den Weg zurück zu den Turntables und für heute Abend blieb ich die Einzige, die mit dem Neffen des Königs getanzt hatte.

Ich fürchtete mich zugleich vor dem Tanz mit Cedric, obwohl ich mich auch darauf freute. Natürlich hatte ich immer bedauert, an meinem Herbstball nicht die Gelegenheit gehabt zu haben, aber trotzdem hatte ich nicht erwartet, dass er so viel Geld ausgeben würde, für einige Umdrehungen zu Musik. Während ich selbst noch mit anderen jungen Männern die anderen drei versteigerten Tänze absolvierte, beobachtete ich Cedric, der einmal mit Danina und einmal mit Leslie Dambster tanzte.

Als er auf meine Lieblingsfeindin geboten hatte, konnte ich mich innerlich kaum zurückhalten, vor Wut nicht laut herauszuschreien. Doch innerhalb weniger Augenblicke erinnerte ich mich wieder daran, dass ich mir schließlich von Nichts und Niemandem den Abend hatte verderben lassen wollen.

Als Mitternacht näher rückte, begann Elvar mit der langsameren Musik. Auf meinen Wunsch legte er ein Lied auf, das vor ewiger Zeit von einer Sängerin mit dunkler Hautfarbe eingesungen worden war. Anscheinend hatte sie für Musicals gesungen und ganze Konzerthallen gefüllt, bevor sie viel zu früh in ihrer Badewanne gestorben war. Ich hatte gehört, dass man früher solche Künstler für private Feste hatte buchen können und während Cedric auf mich zu kam, stellte ich mir vor, wie es wäre, wenn diese Sängerin auf dem Podest im Eck stehen würde und Cedric und ich alleine im Raum wären. Warum nur trug ich bei dieser Vorstellung ein weißes Kleid?

Mit einem leisen Lächeln schüttelte ich den Kopf, um diesen Gedanken abzuschütteln, und legte meine Hand in Cedrics, während er meine Taille sanft umfasste und mich zurück zur Tanzfläche führte. Es bildete sich ein Kreis um uns herum und auch die anderen Männer forderten den letzten ersteigerten Tanz ein. Obwohl ich wusste, wie viel Geld Cedric für diese wenigen Minuten hatte springen lassen, fiel alle Anspannung und jeglicher

Druck von mir ab, als wir begannen, uns zur Musik zu bewegen.

I will always love you, war der Titel des Liedes und als ich dem Text genauer lauschte, fühlte ich Cedrics Blick auf mir ruhen. Urplötzlich fiel mir wieder ein, wie er mich in der Kälte geküsst hatte. Unsere Augen begegneten sich und ich wusste, dass er ebenfalls daran dachte. Insgeheim fragte ich mich, was er von der Wahl des Liedes hielt und fürchtete einerseits, er könnte es falsch auffassen und fühlte andererseits ein Sehnen nach der gleichen endlosen Liebe, wie sie die Sängerin im Song erlebte.

Als die Musik endete, schien es, als würde ich aus einem Traum erwachen und dass Cedric meine Hand nicht losließ, störte mich kein bisschen. Rund um uns herum begannen die Leute den Countdown zum neuen Jahr, ein wenig Hektik brach aus und der Nebel, der mich nach dem Tanz umfangen hatte, zerriss endgültig. Champagnerflöten wurden herumgereicht und schon war es da: Das neue Jahr. Cedric war der Erste, dessen Glas an das meine klirrte. Ich schaute mich um und mir fiel ein, dass ich gelesen hatte, wie Menschen der Mittel- und Unterschicht sich kollektiv umarmten und küssten. Insgeheim wünschte ich mir ebenfalls einen Kuss, als ich Cedric mit meinen Blicken streifte. Wir wurden nun immer weiter auseinandergetrieben und in meinen Ohren hallte das Klirren der Gläser tausendfach nach. Danina und Sarah umarmten mich und als ich die Menschen rund um mich herum betrachtete, spürte ich die Vorfreude auf das Jahr, das soeben angebrochen war.

Kapitel 22

Als eine der ersten Handlungen im neuen Jahr hielt ich Rückschau auf das vergangene und rief mir in Erinnerung, wie viele spannende Begegnung ich erleben durfte. Dass dabei die Auswahl eines Mannes immer noch im Zentrum stand, konnte ich keinen Augenblick vergessen und rief mir alle männlichen Personen, die ich kennengelernt hatte, vor Augen. Cedric, Federico, Alexander. Drei Männer, die nicht verschiedener hätten sein können. Und dann gab es da noch Jules, der mir vom ersten Moment an gefallen hatte. Und der Stallmeister natürlich – woher kam nur dieser Gedanke plötzlich? Ich musste zugeben, dass er mich mit seinem durchtrainierten Oberkörper ganz schön durcheinandergebracht hatte und ich wünschte mir nichts sehnlicher, als mit jemandem all diese Gefühle zu teilen, die mich bewegten.

Es gab nur eine Person, der ich von dem Stallmeister am Hof erzählen konnte. Nicht einmal Danina gegenüber hatte ich erwähnt, wie sehr mich die Begegnung mit ihm verwirrt hatte. Doch als Sarah und ich nach dem Neujahrsfest in die Hauptstadt zurückkehrten, hielt ich es kaum aus, bis wir endlich alleine waren. Einen Anfang zu finden hatte ich mir schwerer vorgestellt, als es dann schlussendlich war. Meine Freundin selbst lieferte mir eine perfekte Vorlage, die ich ergriff wie ein Ertrinkender einen Strohhalm.

»Du lernst so viele Männer kennen, Siara. Wie machst du das nur? Und wie willst du da jemals herausfinden, welcher von ihnen einen zweiten Blick verdient hat?« Sie seufzte theatralisch und brachte mich damit zum Lachen.

»Ach was. Die meisten sind irgendwelche Gockel, die selten mich und einiges öfters die Kameras zu beeindrucken versuchen«, winkte ich ab. Doch beim Gedanken an die seltsame Begegnung auf dem Reitplatz vor einigen Tagen, begannen meine Wangen wärmer zu werden als beabsichtigt.

»Aber da gibt es jemanden, oder?«, bohrte Sarah sogleich nach. Zu oft hatten wir die halbe Nacht damit verbracht, über irgendwelche Märchenprinzen zu quatschen, als dass sie jetzt meine Stimmung nicht erfasst hätte.

»Nun, eigentlich kann ich mich noch nicht festlegen. Einige der Männer sind wirklich nett und bleiben auch ein bisschen länger in Erinnerung. Oder sie sind gar nicht allzu nett, so wie Cedric Brades, mit dem ich zwar beim Ausreiten viel Spaß hatte und der ein famoser Tänzer ist, ansonsten aber eher durch seine ungehobelten Manieren auffällt, als damit, besonders galant zu sein. Er sieht furchtbar gut aus, aber es scheint, als interessiere er sich kein bisschen für Äußerlichkeiten und manchmal scheint mir sogar, dass er diese ganze Welt am Hof verachtet und am liebsten spöttisch darüber lächelt. Federico aus Madeira hingegen ist wirklich charmant, er ist auch ganz süß und er hat so liebe Teddyaugen, denen man kaum widerstehen kann. Ich hätte mir halt einfach vorgestellt, dass ein Mann aus seinen Gefilden mehr Temperament und irgendwie auch ein bisschen Abenteuer mitbringen würde. Aber er ist so dermaßen sicher, ruhig und verlässlich, dass ich mir manchmal wünschte, er wäre etwas impulsiver und weniger wohlerzogen.«

Ich seufzte tief, während meine Gedanken bereits wieder vom nackten Oberkörper des Stallmeisters abgelenkt wurden.

»Kann es sein, dass ich gar nicht weiß, was ich will?«, fragte ich mit einem schiefen Grinsen und einer gehörigen Portion Selbstkritik. Sarah stimmte mir vage zu.

»Und mein Cousin Alexander?«, erkundigte sie sich danach neugierig und kaute an ihren Fingernägeln. Ein deutliches Zeichen dafür, wie aufregend sie dies alles fand – ganz im Gegensatz zu mir, denn ich war einfach nur verwirrt.

»Hm?«, entgegnete ich zerstreut.

»Mein Cousin«, wiederholte Sarah geduldig, zog aber skeptisch eine Augenbraue in die Höhe.

»Wo bist du denn mit deinen Gedanken?«, wollte sie wissen und fixierte mich mit einem bohrenden Blick.

»Alexander ist echt ein bisschen gruselig. Er ist so geschniegelt, so perfekt und mit seinem Aussehen und seinem Benehmen gelingt es ihm innerhalb von Sekunden, das Herz jeder potenziellen Schwiegermutter zu gewinnen. Aber gleichzeitig bin ich mir sicher, dass unter der Oberfläche noch etwas anders schlummert. Mit seinen Blicken signalisiert er mir manchmal, dass er mich am liebsten auf der Stelle ausziehen und in sein Bett schleifen möchte«, gestand ich und wurde erneut tomatenrot, während Sarah lauthals auflachte.

»Da war dieser Cedric Brades am Silvesterabend allerdings mindestens ebenso gruselig«, meinte Sarah und ich konnte ihr ohne zu zögern nickend zustimmen. Während mich sein Kuss definitiv beinahe aus den Schuhen gekippt hätte, konnte ich mir auch, nachdem ich den Kater ausgeschlafen hatte, noch keinen Reim darauf machen, was ich von diesem Mann halten sollte. Man hatte mir berichtet, er sei nach Montserrat abgereist noch am ersten Tag des neuen Jahres.

»Er scheint definitiv eine Schwäche für dich zu haben«, behauptete meine Freundin.

»Ach was«, winkte ich ab und stellte mir insgeheim die Frage, ob ich mich darüber freuen sollte oder ob mich dieser Fakt verunsicherte. Was, wenn ich mir nur einbildete, in seinen Worten und Taten Gefühle zu entdecken?

»Dass er für den Tanz mit dir so viel Geld hingeblättert hat, war auch nicht ohne«, schwärmte Sarah weiter.

»Das war allerhöchstens protzig. Wir wissen alle, dass keiner der Anwesenden sich über zu wenig Geld beklagen kann, aber er hat dem ganzen Spiel echt die Krone aufgesetzt«, meckerte ich. Natürlich hatte ich es furchtbar romantisch gefunden, wie viel wert ihm ein einzelner Tanz mit mir gewesen war.

»Nun sei doch nicht so, Siara«, protestierte Sarah lachend.

»Dann heirate ihn doch«, gab ich zurück.

»Nun, gefallen würde er mir auf jeden Fall, aber ich wildere ungern in fremden Territorien«, sie zwinkerte mir zu.

»Da gibt es diesen Stallmeister. Ich habe bisher erst einmal mit ihm gesprochen und ihn einige Male aus der Ferne gesehen. Bei unserer ersten Begegnung hat er noch nicht einmal den Anstand besessen, ein Shirt anzuziehen. Dazu hatte ich ständig das Gefühl, dass er mich mit jedem Wort verspottet, das er sagt. Und zu allem Elend sieht er verteufelt gut aus. Ich musste ihn einfach anstarren, wie er da so halbnackt herumgelaufen ist. Ein Stallmeister, stell dir vor.« Ich riss aufgeregt an meinen Haaren herum, während ich Sarah von dem Unbekannten erzählte. Sie hing gebannt an meinen Lippen – endlich bekam sie das zu hören, was sie hatte hören wollen.

»Aber Siara«, rief sie schließlich entrüstet aus, als ich nicht weitersprach.

»Das darf niemals jemand erfahren. Der Stallmeister ist nur zum Anschauen da, okay?«, drängte sie mich, bis ich ihr versprach, mit niemandem sonst darüber zu sprechen.

»Wir leben doch nicht mehr im Mittelalter«, protestierte ich halbherzig.

»Natürlich nicht, aber zwischen anschauen und dich von ihm schwängern lassen liegen auch Welten«, erklärte meine schottische Freundin gelassen.

»Schwängern? Spinnst du?«, entrüstet riss ich die Augen auf.

»In Schottland gehen einige Gerüchte herum, dass mein lieber Cousin schon mehr als eine nette junge Dame beglückt hat – wenn du weißt, was ich meine. Scheint also nicht allzu schwer zu sein und Schwangerschaften nehmen auch keine Rücksicht auf Standesunterschiede«, plauderte Sarah, ganz so, als ob sie über das Wetter oder das Abendessen erzählen würde.

»Ach was? Alexander wirkt so – tadellos«, staunte ich, innerlich nicht ganz so überrascht, wie ich mich gab. In Wirklichkeit hatte ich schon öfters das Gefühl, er würde mich mit seinen Blicken mehr entkleiden, als mustern.

»Das denkst auch nur du«, lachte Sarah prompt und trat ans Fenster.

»Meintest du zufällig diesen Mann, der soeben das Pferd deines Vaters vor dem Stall aufwärmt?«, erkundigte sie sich beiläufig und deutete mit dem Kinn auf den Hof hinunter.

»Was? Wen?«, schrak ich auf und hastete zum Fenster.

»Siara!«, rief sie erschrocken und gleichzeitig lachend aus.

»Was denn?«, fragte ich erneut, diesmal auf ihren Ausruf bezogen. Ich schob mir die Fransen aus dem Gesicht. Warum war mir schon wieder so warm geworden? Ungeduldig zog ich den Vorhang zur Seite und spähte an

Sarah vorbei hinaus. Da trabte tatsächlich der Hengst meines Vaters an der Hand eines kräftigen Mannes vor dem Stall auf und ab. Zwischendurch legten die beiden eine Pause ein und der Stallmeister prüfte die Beine des Tieres.

»Siehst du?«, fragte ich nun herausfordernd, als der Mann hinter dem Pferd hervortrat und in ganzer Pracht – erneut ohne Shirt, trotz der winterlichen Temperaturen – zu bewundern war.

»Was denn?« Sarah lächelte mich arglos von der Seite an. Dieses Biest wusste genau, was ich meinte und wahrscheinlich gefiel ihr der Stallmeister genauso, doch sie benutzte ihn nur, um mich zu ärgern.

»Er sieht schon ziemlich gut aus«, gab sie dann schließlich zu und kniff mich in den Arm.

»Vergiss ihn«, vernichtete sie zugleich all meine Gedanken in diese Richtung.

»Na gut.« Ich trat vom Fenster zurück, nicht ohne noch einen Blick auf den Mann zu werfen. Er war vertieft in die Arbeit mit dem Pferd. Bis er den Kopf hob. Nur eine halbe Sekunde, bevor ich den Vorhang fallen ließ, blickte er genau in meine Richtung.

»Mist«, murmelte ich und gesellte mich wieder zu Sarah, die einen kurzen Augenblick vor mir vom Fenster zurückgetreten war.

»Dann erzähl mir halt von Alexanders dunkler Seite«, forderte ich sie schmollend auf und kauerte mich in meinem Lieblingssessel zusammen. An Silvester hatte er eine so ganz andere Seite von sich gezeigt, dass ich ein wenig daran zweifelte, dass er nicht durch und durch korrekt und freundlich war. Während mir seine erste, kühle Maske ein wenig Sorgen bereitet hatte, war ich auch aus seiner flirtenden, überschwänglichen Art nicht ganz schlau geworden und brannte darauf, noch mehr über ihn zu erfahren, um mir ein Bild machen zu können.

»Vergiss es, Süße. Du findest am besten selbst heraus, ob das mit euch passen könnte oder nicht. Mir gegenüber hat er geäußert, wie gut du ihm gefällst und keineswegs will ich da reinpfuschen, wenn ich es irgendwie vermeiden kann«, wehrte sie lächelnd ab. Für den Moment konnte ich auch mit bohrenden, neugierigen Fragen nicht mehr aus ihr herausquetschen.

«Da hast du aber mehr als nur eine Handvoll der schicksten Junggesellen der Welt um dich versammelt – vom Stallmeister mal abgesehen«, griff Sarah das Männerthema beim Abendessen wieder auf. Ich hatte es in meine Gemächer bringen lassen und genoss meinen letzten Abend ›in Freiheit‹, bevor die Kameras und ihre dazugehörigen Leute morgen aus dem kurzen Silvesterurlaub zurückkehrten. Nun runzelte ich meine Stirn und kaute betont langsam auf meinem Bratenstück herum.

»Weißt du, ich hätte lieber Gewissheit, was aus mir und meinem Land werden soll, anstatt all diese schicken Junggesellen. Von den meisten weiß ich noch nicht einmal, ob sie meinetwegen oder der Kameras wegen hier sind.«

Nachdenklich nahm ich einen Schluck aus meinem Weinglas und als mir das saure Getränk keine Erleuchtung brachte, leerte ich es in einem Zug.

»Denk' ein bisschen mehr an deine Figur, Schätzchen. Der Wein landet direkt auf deinen Hüften.« Meine Mutter war einmal mehr unbemerkt in meine Gemächer getreten. Ich zuckte zusammen, als sie plötzlich neben mir stand und mit einer vorwurfsvollen Geste auf mein leeres Glas deutete. Wäre noch Wein darin gewesen, wäre er sicher in meinem Schoß als auf meinen Hüften gelandet.

»Mutter!«, rief ich empört aus. Tatsächlich war ich ziemlich erschrocken, da ich gerade drauf und dran gewesen war, mit Sara ein Streitgespräch über die Männer aus meiner Sendung anzufangen. Die Meinung, dass das alles nichts als ein Schlaraffenland war, war für meinen Geschmack unter den Zuschauern meiner Sendung ebenso wie in meinem eigenen Umfeld zu weit verbreitet. Dass ich nur mit dem kleinen Finger zu wackeln brauchte, um den perfekten Heiratskandidaten für mich zu finden, schien ein gängiger Irrtum.

»Warum bist du gekommen?«, wollte ich von meiner Mutter wissen, während meine Zofen geschäftig einen weiteren Platz an meinem Tisch deckten und eilig einen zusätzlichen Stuhl herbeischafften. Die Königin ließ sich mit hochmütigem Gesichtsausdruck darauf nieder.

»Dein Wunsch, dem Volk aus nächster Nähe zu helfen, den du deinem Vater und mir gegenüber geäußert hast, wird sich schon bald erfüllen. Wir haben in der Innenstadt von Kiana eine Suppenküche gefunden, von der unsere Spezialisten, die sie unter die Lupe genommen haben, denken, dass sie sich für einen karitativen Einsatz deinerseits eignet. Natürlich wirst du hin gefahren und abgeholt und dein Tag wird für die Sendung aufgezeichnet. Es fehlen nur noch wenige Details, bis der Tag deines Einsatzes bekanntgegeben und überall verbreitet werden kann.«

Einen Moment lang schwiegen wir alle. Sarah aus Respekt und weil meine Mutter ihre Anwesenheit bisher mit keinem Blick gewürdigt hatte, meine Mutter mit sauertöpfischer Miene und ich völlig fassungslos, da sie sich für mein Projekt einsetzte. Dann sprang ich auf und umarmte die Königin stürmisch. Diese zuckte erschrocken zusammen, konnte mir aber in ihrem Sessel nicht wirklich ausweichen. Als ich sie wieder aus meiner Umarmung entließ, strich sie verlegen den Rock wieder glatt.

»Allerdings ist es so, dass du dafür ebenfalls einige Kompromisse eingehen musst, Siara«, rückte sie nach einer Sekunde mit der nächsten Ankündigung heraus. Sarah und ich wechselten einen Blick. Meine Augenbraue wanderte nach oben und gespannt blickte ich meine Mutter an. Aus ihrer Mimik war nicht zu lesen, ob die Neuigkeiten positiv oder negativ waren.

»Nach dem unerfreulichen Gespräch mit Mr Shelt, in dem er vorgeschlagen hat, dass du dich intensiver mit der Auswahl eines Ehemannes beschäftigst, haben dein Vater und ich erneut zusammengesessen, um sowohl dein eigenes Glück sicherzustellen, als auch auf die Ratschläge des Fernsehteams nicht vom Tisch zu wischen, um sicherzugehen, dass dir dein Publikum langfristig erhalten bleibt.«

Die Eröffnung meiner Mutter ließ mich kalt. Ich hatte damit gerechnet, dass sie genau so etwas tun würden, war aber umso gespannter auf das Ergebnis.

»Dabei haben wir zwei Punkte in Absprache mit der Produktion beschlossen: Erstens sind wir alle der Meinung, dass du dich einer neuen Aufgabe stellen solltest, da du schon sehr oft beim Reiten gezeigt wurdest und deine neue, gemeinnützige Seite leider nicht allzu interessant für das Publikum sein wird.«

Sie fing meinen wütenden Blick auf, doch zuckte nicht einmal mit der Wimper.

»Meine karitative Arbeit wäre sehr wohl interessant, wenn die Menschen aufhören würden, Augen und Ohren vor dem Leid ihrer Mitmenschen zu verschließen«, begehrte ich auf und fing einen besänftigenden Blick von Sarah auf. Ich zuckte mit den Schultern und lehnte mich im Stuhl wieder zurück.

Meine Mutter ging nicht näher auf meine Reaktion ein, sondern fuhr fort, ganz so als ob sie ihre Worte einstudiert hätte, und fürchtete, diese zu vergessen.

»Nun denn, es wurde beschlossen, dass die Sendung zeigen sollte, wie du dich einer neuen Aufgabe stellst, lernst und diese bewältigst. Die Wahl dieser Aufgabe ist noch nicht getroffen, aber du sollst sie angehen, ehe du wieder in die Schweiz fliegst. Dein Rückflug wurde auf den Beginn des Frühlingssemesters festgelegt, sodass du noch eine Weile in der Schweiz von Kameras begleitet werden kannst, bevor die erste Staffel deiner Sendung zu Ostern abgeschlossen ist. Danach kannst du dich auf deine Halbjahresprüfungen konzentrieren und dein Sommer wird dann wieder hier gefilmt.«

Dass ich schon mehrmals betont hatte, den Sommer dazu zu nutzen, Europa und mein eigenes Land ausgiebig zu bereisen, erwähnte sie mit keinem Wort. Da ich nicht daran interessiert war, vor meiner Freundin aus Schottland einen Streit vom Zaun zu brechen, biss ich mir auf die Zunge, bevor mir eine spitze Bemerkung herausrutschte.

Was meine Mutter ansonsten erzählte, war mir nicht wirklich neu. Auch wenn ich mich über die Bestätigung dieser Tatsache freute, hatte ich sowieso fest damit gerechnet, im Frühjahr in die Schweiz zurückzukehren, da meine Eltern auf keinen Fall das Risiko eingehen würden, dass ich in der Ausbildung allzu sehr hinterherhinkte.

Ich wäre zwar nicht die erste europäische Thronfolgerin gewesen, die ein Schuljahr zwei Mal besucht hätte, aber ich hatte mir schließlich keine Sauftouren auf Kosten des Lernens geleistet wie gewisse junge Männer, die ich kannte.

»Und bevor die Staffel endet, wirst du dich endgültig von einem der jungen Männer verabschieden. Wenn du noch nicht bereit bist, dich auf eine nähere Beziehung zu einigen von ihnen einzulassen, dann verstehen dein Vater und ich das vollkommen. Dass allerdings der Kreis deiner Bewerber kleiner werden muss – darin sind wir uns mit dem Produktionsteam rund um Mr Shelt ebenfalls einig.«

Das war dann wohl die berühmte Bombe, die meine Mutter da platzen ließ. Ich schaute sie verwundert an und auch von Sarah kam ein erschrockenes Geräusch.

»Mutter!«, rief ich entsetzt aus. Was sie von mir forderte, erschien mir mehr als nur ein bisschen unverschämt.

»Diese Männer sind mir allesamt zu Freunden geworden und in schwierigen Situationen beigestanden, obwohl in ihren jeweiligen Heimatorten ebenfalls Hürden und Probleme auf sie warten und sie sich nicht sicher sein können, mit einer Braut aus dieser ganzen Sache herauszugehen. Ich werde den Teufel tun und einen von ihnen eiskalt absägen, wie du es vorschlägst«, tobte ich wütend. Ich drehte mein Weinglas in der Hand, blickte es einen Moment lang nachdenklich an und wog ab, ob es Sinn machen würde, es gegen die Wand zu schleudern. Mit zitternden Fingern widerstand ich dem Drang und stellte es mühsam beherrscht vor mich auf den Tisch. Bilder von all den jungen Männern, die ich in den letzten Wochen kennen- und schätzen gelernt hatte, schossen mir durch den Kopf und ich wäre am liebsten aus den Gemächern gestürmt, um irgendwo auf irgendetwas einzuschlagen.

»Siara«, mischte sich in diesem Moment Sarah mit ruhiger Stimme ein. Ich zwang mich, den Blick von meiner Mutter zu lösen. Sowieso musste ich einsehen, dass ich mit meinen Augen keine Blitze werfen und ihr mit meinem bösen Blick nichts anhaben konnte. Sie war einmal mehr die Eiskönigin in Person und ich hätte mir ein Beil gewünscht, um ihren Panzer aufzubrechen.

»Siara«, wiederholte Sarah geduldig und erreichte mich langsam in meiner Wut. Ich wandte mich ihr zu.

»Die Königin hat nicht Unrecht. Du verbringst nun schon den dritten Monat mit diesen Männern und gerade die Probleme, die ein jeder von ihnen selbst zu bewältigen hat, zwingen dich doch dazu, diese Sache nicht unnötig in die Länge zu ziehen. Nur weil wir befreundet sind, kann ich auch nicht die ganze Zeit an deiner Seite verbringen und auch mit dem Mann, dem du mitteilst, dass du niemals seine Gemahlin werden wirst, kannst du trotzdem weiterhin eine Freundschaft pflegen – manchmal aus der Nähe und manchmal aus der Ferne. Es geht doch nur darum, dass du herausfindest, für welchen du nicht die Art Gefühle entwickeln kannst, die für eine Ehe nötig sind«, beschwichtigte sie mich und legte mir während sie sprach sogar die Finger auf den Unterarm.

Insgeheim konnte ich langsam einsehen, was meine Mutter und Sarah meinten, doch aus dem Mund der Königin hatte sich das Ganze dermaßen schäbig und unmenschlich angehört, dass ich keine Lust verspürte, ihr länger zuzuhören.

»Du solltest den Ratschlag deiner Freundin annehmen, Siara. Sie ist eine kluge Frau und ich hoffe, du wirst merken, dass wir alle es nur gut mit dir meinen. Wir geben dir Zeit bis nach dieser Suppenküchen-Sache, um dich von einem dieser Männer zu verabschieden, damit du die letzten Tage vor deiner Rückreise mit Vorbereitungen für die Schule verbringen kannst. Und vergiss nicht, dich mit deiner neuen Aufgabe auseinanderzusetzen. Bei der nächsten Produktionssitzung wird diese ausgewählt und ich rate dir, gut vorbereitet zu sein.« Mit diesen Worten erhob sich meine Mutter und rauschte majestätisch aus dem Raum.

»Na schönen Dank auch«, murmelte ich und griff wieder nach der Weinflasche, die die Königin zuvor unauffällig aus meiner Reichweite gerückt hatte. Trotzig goss ich mein Glas besonders voll und schenkte auch Sarah nach.

»Ich wünschte tatsächlich manchmal, du könntest immer hier sein, Sarah. Du bist so klug und gelassen, sogar dann, wenn ich meiner Mutter am liebsten an die Gurgel springen würde. Warum bloß schafft sie es immer wieder, mich so auf die Palme zu bringen?« Ich ließ den roten Wein in meinem Glas kreisen, schuf einen kleinen Wassertrichter, bevor ich alles mit kleinen Wellen wieder in sich zusammenfallen ließ.

»Weil ihr euch so ähnlich seid, Siara«, meldete sich Sarah leise zu Wort. Auch sie hypnotisierte ihr Weinglas, hatte die Füße vor sich auf den Stuhl gezogen und das Kinn auf den Knien abgestützt. Eine Weile schwiegen wir beide – ich, weil ich ihr nicht beipflichten konnte, aber genau wusste, dass ich recht hatte und Sarah, weil sie sagte, was gesagt werden musste.

Nach einer Weile war ich es, die die Stille unterbrach.

»Du siehst aus, als stecke dir die Silvesternacht noch immer in den Knochen«, neckte ich sie und als sie den Kopf hob und mich anschaute, lächelte ich liebevoll. Es war mir noch nie leicht gefallen, eigene Fehler einzugestehen oder mich zu entschuldigen, doch dies war meine Art, zuzugeben wenn ich im Unrecht gewesen war.

»Als Königin musst du lernen, dich der Kritik zu stellen«, predigte meine Mutter schon seit ich denken konnte und eigentlich war diese Sache mit der Kritik gar nicht so schwer – wenn sie nicht ausgerechnet von der Königin kam.

»Ich habe tatsächlich noch einen schweren Kopf und im Internat bin ich auch nicht gerade gut darauf vorbereitet worden, jeden Tag eure schweren luandischen Weine zu trinken.« Auch Sarah lächelte wieder.

»Ach was. Da leben wir ja in absoluter Abstinenz gegenüber allen Dingen, die das Leben ein wenig schöner machen«, grinste ich und erinnerte mich an meine Anfänge an der neuen Schule, als ich jede einzelne Regel gebrochen und gegen jeden noch so gut gemeinten Rat rebelliert hatte. Inzwischen hatte ich mich für einige Fächer erwärmen können und begriffen, wie wenig Sinn es machte, die Schuljahre in der Schweiz unnötig in die Länge zu ziehen, indem ich mir selbst Nachsitzen und Strafarbeiten einbrockte. In dieser Hinsicht waren die Aufsichtspersonen ganz schön resistent gegen Adelstitel und ähnliche Vorteile, die ich sonst im Leben immer genossen hatte.

»Doch inzwischen fehlt mir die Schule richtig. Ich bin schon froh, wenn ich endlich wieder lernen kann und den Adleraugen meiner Eltern ein wenig entkommen kann«, seufzte ich und angelte mir eine einsame Olive, die vom Abendessen übrig geblieben war, von der kalten Platte.

»Wird aber sicher seltsam, wenn du diese ganzen Kameraleute im Schlepptau hast«, bemerkte Sarah und lehnte sich gemütlich auf ihrem Stuhl zurück, indem sie die Knie an der Tischkante einhängte. Ich stellte mir vor, was passiert wäre, wenn meine Mutter sie in dieser Haltung überrascht hätte. Grinsend lehnte ich mich ebenfalls zurück.

»Man gewöhnt sich rasch daran. Es wird nicht anders sein als im letzten Schuljahr – glaub mir«, versicherte ich gelassen. Wie sehr ich mich irren sollte.

Kapitel 23

»Musst du wirklich schon wieder zurück nach Schottland?«, maulte ich, als ich gemeinsam mit Sarah der Limousine entstieg, die uns zum Flughafen befördert hatte. Natürlich hatte ich darauf bestanden, sie bis zur Treppe des Jets, der vom schottischen Königshaus gesandt worden war, zu begleiten.

»Auch mein Land möchte noch etwas von mir zu sehen bekommen. Ich bin so oder so schon unbeliebt genug, weil ich mich fast das ganze Jahr über bei den Schweizern aufhalte.« Sarah lachte und legte einen Moment ihren Kopf auf meine Schulter. Nun da sie hohe Schuhe und ich lediglich Sneakers trug, passte das perfekt.

»Ach was, das stimmt doch nicht. Sicher genießen sie jede Sekunde, wo sie dich für sich alleine haben und schneiden jedes Bild von dir aus den Zeitungen«, lachte ich. Wie man eine solch hübsche und freundliche Prinzessin nicht mögen konnte, war mir schleierhaft, aber vielleicht war mein Blick auch ein wenig getrübt, weil ich selbst eine war.

»Leider nicht«, seufzte Sarah und wirkte plötzlich nicht mehr ganz so unbeschwert.

»Einerseits beklagen sie natürlich das Loch in der Staatskasse, das von einem teuren Schweizer Internat hineingefressen wurde. Andererseits hat das schottische Königshaus viele Sprösslinge in alle Richtungen und niemand bemüht sich, dem Volk eine schöne Hochzeit oder Nachwuchs zu bescheren. Sie warten und warten und nichts passiert – zumindest nicht, wenn Alexander nicht irgendwo mit halbnackten Schönheiten oder Koks abgelichtet wird.« Gegen Ende blitzten Sarahs Augen wieder humorvoll, sodass die Sorge, die ich mir um sie machte, bereits ein wenig verflog. Was sie allerdings in einem Nebensatz über ihren Cousin fallen ließ, erschreckte mich mehr, als ich zugegeben hätte. Ich gab mir Mühe, meine Verwirrung zu verbergen und eine fröhliche Maske aufzusetzen.

»Na dann los, flieg nach Hause und heirate endlich, du schlechte Schottin«, scherzte ich munter und war kurz darauf froh, mein Gesicht in Sarahs wohlriechender Mähne vergraben zu können, als sie mich in eine feste Umarmung schloss. Die Trennung von ihr fiel mir ebenfalls alles andere als leicht.

»Ich werde dich vermissen«, flüsterte ich in ihr Ohr. Sie drückte mir einen dicken Kuss auf die Wange.

»Ich dich auch, meine Siara. Halt die Ohren steif und wir sehen uns bald in der Schweiz.« Winkend ging sie die letzten Schritte alleine auf das kleine Propellerflugzeug zu. Der Lärm des Jets riss ihr die letzten Grußworte von den Lippen und ich sah nur noch ihr Winken und ihr Lächeln.

»Leb wohl, Sarah!«, rief ich und ließ meinen Schal im Wind flattern. Auch als meine Freundin längst eingestiegen war, konnte ich mich nicht dazu überwinden, zur Limousine zurückzukehren, und so blickte ich dem Flugzeug hinterher, beobachtete den Startvorgang und blieb stehen, bis auch der kleine schwarze Punkt am Himmel verschwunden war. Nur langsam mummelte ich mich wieder in meinen Schal, der mich gegen die weiterhin winterlichen Temperaturen schützte und ging mit schweren Schritten zurück zur Limousine.

Als ich mich in die vorgewärmten Lederpolster kuschelte, wollte mir innerlich trotzdem nicht wieder warm werden. Ein Gefühl von Einsamkeit überkam mich und ich grübelte darüber nach, warum Sarah mir die ganze Zeit über nichts von ihren Problemen erzählt hatte. Insgeheim ärgerte ich mich, dass mir nicht selbst aufgefallen war, dass sie bedrückt war. Doch warum scherzte sie und hatte nicht ernsthaft erwähnt, dass ihre Familie und ihr Volk anscheinend ebenfalls darauf drängten, dass sie bald eine Ehe einging? Ich dachte noch lange über ihre letzten Worte nach und beschloss, sie darauf anzusprechen, sobald wir uns in der Schweiz wiedersehen würden.

Mit Kopfhörern konnte ich so wunderbar abschalten, doch ich kam viel zu selten dazu, sie überhaupt aufzusetzen. Schon vor einer Ewigkeit hatte mir mein Onkel Wilm, Daninas und Elvars Vater, riesige Teile geschenkt, die sich wie Pelze über die Ohren legten und die restliche Welt einfach ausblendeten. Ich hatte keine spezifische Lieblingsmusik. Mir gefielen Komponisten aus längst vergangenen Tagen ebenso wie die Sängerinnen und

Sänger, die noch zu Zeiten meiner Großeltern Erfolg gehabt hatten.

Nun saß ich nach Sarahs Abreise ein wenig geknickt in der Fensternische meines Schlafzimmers und scrollte durch meine Playlist. Die Erzählungen von großen Konzerten und tollen Bühnenshows, die meine Vorfahren immer wieder zum Besten gaben, hatten stets ein wenig Neid in mir geweckt. Warum gab es die Musik in unserer Zeit nicht mehr? Warum wurde man sogar schräg angeschaut, wenn man ein Lied summte, das vor langer Zeit mal unglaublich beliebt gewesen und von jedem gesungen worden war?

Ich gab meine grüblerischen Gedanken nach einer Weile wieder auf und lehnte mich zurück, um mich den Takten vollkommen hinzugeben. Zu selten gab es Momente des Nichtstuns in meinem Leben und jeder von ihnen war mir kostbar wie ein Schatz. Doch mein Gedankenkarussell ließ sich nicht einfach so abschalten. Die Aufforderung des Produktionsteams und meiner Eltern, einen der Männer endgültig von meiner Liste zu streichen, beschäftigte mich und verhinderte, dass ich mich vollkommen entspannen konnte.

Federico, Alexander, Cedric, der Stallmeister – Stopp, wie war der wieder in meine Gedanken gelangt? Ich öffnete die Augen und prompt konnte ich einen Mann unten im Hof entdecken, der vier Jungpferde zu einem Paddock führte. Ich konnte ihn zwischen den Tieren nicht erkennen, doch mein Gefühl sagte mir, dass es tatsächlich dieser seltsame Typ war, der mir ständig über den Weg zu laufen schien und dabei jedes Mal unverschämt gut aussah. Ich erinnerte mich an Sarahs Worte und versuchte, ihn von vornherein wieder von meiner Liste zu streichen, doch das würden die Verantwortlichen wohl nicht gelten lassen. Sie wollten definitiv eine richtige Entscheidung von mir, nicht eine, die ich so oder so zu treffen gezwungen war.

Ich wog innerlich die drei Männer gegeneinander ab, fragte mich, welcher von ihnen geeignet sein würde, als König an meiner Seite zu regieren – und welcher eben nicht. Bei allen drei fühlte ich mich wohl, allerdings bei jedem auf eine andere Art und Weise. Jeder von ihnen hatte es schon geschafft, mir weiche Knie zu bescheren – aber keiner von ihnen war gleich. Wie sollte man drei grundverschiedene Menschen miteinander vergleichen? Zum ersten Mal seit Langem gestattete ich mir, wieder an Dauphin Jules zu denken. Wo hätte er in diesem seltsamen Wettkampf gestanden? Wie es sich wohl anfühlen würde, von ihm geküsst zu werden? Ich versuchte, den Gedanken gleich wieder vom Tisch zu wischen – einen französischen König hätte das luandische Volk so oder so nie akzeptieren können und so war es gut, dass er von selbst abgereist war. Dennoch beschloss ich, ihm demnächst einen Brief zu schreiben.

Kapitel 24

Ich freute mich auf die letzten Wochen in meiner Heimat. Mit dem Besuch der Suppenküche und der neuen Herausforderung, der ich mich für die Sendung stellen sollte, warteten zwei spannende Sachen auf mich. Doch zuerst hatte ich noch etwas Wichtiges zu erledigen und zu diesem Anlass wählte ich einen strengen, knapp knielangen Bleistiftrock und eine hochgeschlossene Bluse, die ich mit einem zum Rock passenden Blazer kombinierte.

»Ich bin gekommen, um mich nach der Unterbringung und dem Zustand der Flüchtlinge zu erkundigen, die ich am Tag des Silvesterfestes nach Kiana schicken ließ. Wer kann mir sagen, wo sie sind?« Die ehrwürdigen Herren des Kronrats schauten mich ein wenig verdutzt an.

Ich hielt die Luft an, als ich durch die niedrige Tür trat. Es lag nicht an den Haaren, die ich aufgesteckt hatte, dass ich mir beinahe eine fette Beule holte. Der Raum war klein und die Fenster waren winzig. Im Inneren wurde ich vom ersten, nicht allzu guten Eindruck überrascht. Das Zimmer war mit nackten Glühbirnen beleuchtet, an den Wänden hingen bunte Tücher, von denen einige sogar mit Glöckchen verziert waren. Beim Hereinkommen wehte ein Windstoß in den Raum und ließ sie melodisch erklingen.

Insgesamt hielten sich fast ein Dutzend Menschen in dieser bescheidenen Behausung auf und jeder von ihnen knickste tief vor mir, als ich den Raum betrag.

»Ich bin gekommen, um zu erfahren, ob es Euch an nichts mangelt, meine lieben Gäste«, begann ich zögerlich. Der Dolmetscher neben mir wäre da gewesen, um auszuhelfen, falls ich nicht verstanden wurde. Doch es war mir eine Ehre, selbst in Englisch zu sprechen, um den Flüchtlingen das Gefühl zu geben, mich ernsthaft für ihre Sache einzusetzen. Skeptische Blicke hatte ich erwartet, Schweigen ebenfalls. Soweit also alles beim Alten.

»Ich hoffe, ihr habt euch in Kiana ein wenig eingelebt. Natürlich wurden alle eure Anträge für einen langfristigen Aufenthalt in unserem Land direkt zu den betreffenden Stellen weitergeleitet und so hoffe ich, dass ihr bald in richtige Unterkünfte umziehen und mit dem Aufbau eines neuen Lebens beginnen könnt. Luandia freut sich über tatkräftige Menschen, die frischen Wind in unsere Strukturen bringen und dabei helfen, unser Land weiter aufzubauen.«

Einen Moment lang verunsicherte mich die Stille, die meinen Worten folgte. Der Dolmetscher neben mir räusperte sich, wollte gerade zum Sprechen ansetzen, doch ich gebot ihm mit einer Handbewegung Einhalt. Nachdenklich musterte ich die stehenden und sitzenden Gestalten. Ich erkannte Nouri wieder und auch den jungen Mann, der draußen im Feld große Töne gespuckt hatte. In seinen Augen las ich, dass er nicht aufgegeben hatte. Der Mut und der Kampfgeist waren ungebrochen.

»Wir haben euch einige Körbe mit Nahrungsmitteln und warme Winterkleider gebracht, da es momentan nicht so angenehm ist, im Freien zu waschen. Sollte euch an etwas mangeln, wendet euch an den neuen Flüchtlingsbeauftragten des Königshauses. Diese Stelle wurde neu geschaffen, damit sich jemand zeitnah um eure Bedürfnisse kümmern kann. Er wird im Laufe des Tages vorbeikommen und sich persönlich vorstellen.« Auf diesen Punkt meiner Ankündigung war ich besonders stolz.

Ich hatte mir nach Silvester und meiner ersten Begegnung mit den Flüchtlingen lange Gedanken gemacht und nebst den Geschenkkörben diese Position im Gespräch mit dem Kronrat entworfen, um die Flüchtlinge besser zu versorgen. Gleichzeitig wollte ich Reibereien oder Unwillen gegenüber dem Königshaus verhindern. Diese Stelle kostete zwar und ich hatte einen ganzen Tag investiert, um die geeignete Person zu finden, aber ich war überzeugt vom Nutzen dieser Investition und auch meinen Vater hatte ich rasch überzeugen können.

Mit Thomas Mann hatte ich eine erfahrene Persönlichkeit gefunden, die zuvor für Jugendliche aus schwierigen Verhältnissen oder mit auffälligen Heranwachsenden Sportveranstaltungen organisiert und betreut hatte. Begeistert hatte er meine Zusage entgegengenommen und seine Treue beschworen. Letzteres wäre mir weniger wichtig gewesen, doch schon die ersten Tage im Amt hatte er genutzt, um mit einigen freiwilligen Helfern, die er aus seiner letzten Anstellung rekrutiert hatte, hinter den Flüchtlingsunterkünften einen Platz zu roden und umzupflügen. Damit bekamen die Flüchtlinge die Möglichkeit, ihre eigenen Felder zu bestellen und ihre eigene Nahrung zu ernten.

Diese gute Botschaft zu überbringen, wollte ich Thomas Mann aber für seinen Antrittsbesuch überlassen. Ich hatte schließlich selbst noch etwas in petto.

»An Silvester, kurz nachdem ich euch auf der Straße getroffen habe, fand eine Versteigerung statt, deren Erlös ebenfalls zu euren Gunsten ist. Es ist eine sagenhaft hohe Summe zusammengekommen, die wir gerne sinnvoll nutzen möchten. Da wir alle nicht in euren Schuhen stecken, möchten wir auch gerne euch überlassen, wie dieses Geld eingesetzt wird. Thomas Mann wird sehr gerne eure Vorschläge entgegennehmen«, schloss ich und hoffte, nun endlich, endlich doch noch eine Reaktion von den Bewohnern dieses Hauses zu erhalten.

»Wir danken Euch, Prinzessin Siara.« Nouri war die Erste, die das Wort ergriff und ich schenkte ihr ein dankbares Lächeln. Einen solch aufwühlenden Monolog hatte ich schon lange nicht mehr geführt und besonders weil ich nicht wusste, ob die Flüchtlinge aus Respekt oder aus Respektlosigkeit schwiegen, hatte ich mich alles andere als wohl gefühlt.

»Es ist uns ein Anliegen, dass ihr euch als unsere Gäste im Land wohl fühlt und eine Zukunft aufbauen könnt, bis vielleicht eines Tages die Möglichkeit besteht, dass ihr in eure Heimat zurückkehren könnt.« Wir alle wussten, dass diese Chance verschwindend klein war, doch ich konnte und wollte nicht diejenige sein, die diesen Menschen die Hoffnung nahm.

»Dürfen wir Euch einen Tee anbieten und Euch heute als unseren Gast bewirten?«, fragte eine ältere Frau, die ich an Silvester ebenfalls schon gesehen hatte, die aber zum ersten Mal das Wort ergriff.

Ich nickte begeistert und ließ mich auf ihre Aufforderung hin zwischen ihr und Nouri nieder. Keinen Augenblick später hielt ich eine dampfende, nach Schokolade riechende Tasse in der Hand.

Die Kekse sahen einfach aus, schmucklos, doch als ich zum ersten Mal davon kostete, musste ich den ersten Eindruck sofort revidieren. Die Plätzchen waren mit Anis und Apfel gebacken und schmeckten zugleich herb und süß.

»Mmh«, machte ich und schloss einen Moment lang lächelnd die Augen. Erst jetzt griffen auch die restlichen Anwesenden nach den Keksen und ich entspannte mich etwas.

Leise begannen die ersten ein Gespräch und der Inhalt drehte sich meist um die hohe Geldsumme, die zu ihrer Verfügung stand.

Ich fühlte mich ein wenig fremd, obwohl ich hier Seite an Seite mit diesen Menschen aß und trank. Ihre Sprache war mir nicht allzu vertraut, aber vor allem hatte ich keine Ahnung, was sie bewegte und was sie glücklich machte.

Ob wohl einige von ihnen daran dachten, das Geld für Alkohol oder andere schädliche Substanzen auszugeben, wie mein Vater es mir prophezeit hatte, als ich ihn darum gebeten hatte? Ich bezweifelte es stark, war aber nicht naiv genug, einfach einen Scheck auszustellen. Der neue Flüchtlingsbeauftragte des Kronrats würde das Geld verwalten und mir die Rechnungen zukommen lassen. Dieses Arrangement gefiel mir ebenso wie die Idee, diesen Menschen selbst die Planung und Nutzung des Budgets zu überlassen.

»Aber wie können wir Euch das nur alles jemals zurückgeben, Prinzessin?«, unterbrach Nouri plötzlich mit lauterer und deutlicher Stimme die Gespräche.

»Ich bin nicht deswegen hier. Euch zu helfen ist alles, was ich möchte«, versicherte ich, entdeckte jedoch im Gesicht der jungen Frau, dass diese Antwort sie ganz und gar nicht befriedigte.

»Es ist nicht unsere Art, nur zu nehmen und nicht zu geben«, entgegnete sie leise und mit trauriger Stimme. Fieberhaft dachte ich nach - wie kam ich am besten aus dieser Sache raus, ohne die Fremden zu brüskieren?

»Es werden mehr Flüchtlinge in unser Land kommen und einigen von ihnen wird es nicht so gut ergehen wie euch. Sie werden mit leeren Händen kommen und vielleicht krank und schwach sein. Die Stärkeren unter euch sollen, sobald eure eigenen Behausungen fertiggestellt und die ersten Selbstversorgungsprojekte, die ihr mit Thomas Mann umsetzen sollt, abgeschlossen sind, bei diesen Dingen auch den Neuankömmlingen beistehen. Ihr werdet alteingesessene Bewohner unseres Landes sein, die den neuen Gästen zur Seite stehen und sie mit dem Leben hier vertraut machen können«, schlug ich vor. Der Geistesblitz war mir soeben erst gekommen.

Einen Moment lang erwartete ich wieder nichts als Schweigen. Mein Herz rutschte mir langsam in die Hose, doch dann ergriff tatsächlich ein junger Mann, der mir zuvor an Silvester so unheimlich vorgekommen war, das Wort.

»Ich finde die Idee gut. Wir sind stark und können nicht nur für uns sorgen. Bei uns Zuhause wird auch stets dafür gesorgt, dass es den Schwächeren gut geht und sie werden von den Stärkeren mit Essen und Hilfe beim Hausbau unterstützt. Außerdem sitzen wir dann nicht einfach den ganzen Tag hier drinnen«, stimmte er mir zu. Ich war froh, dass er diese Nachricht so gut auffasste. Auch die Menschen rundherum nickten zustimmend.

»Ich freue mich, euch als Bewohner meines Landes willkommen zu heißen.« Mit diesen Worten verließ ich die ärmliche Behausung, voller Hoffnung, dass Thomas Mann, den ich mit Hilfe meines Vaters auserwählt hatte, diesen Menschen helfen und eine neue Perspektive geben konnte.

Kapitel 25

Ich hatte lange darüber nachgedacht, welcher Art die Herausforderung sein mochte, der ich mich für die Show stellen sollte. Meine Mutter hatte mir geraten, gut vorbereitet zu sein und ich hatte das so interpretiert, dass meine Wünsche eher berücksichtigt würden, wenn ich mir Mühe gab und selbst eine publikumswirksame Herausforderung fand. Diese hatte ich tatsächlich gefunden und wollte sie zuerst meinen Eltern vorstellen.

Der Moment hätte meiner Meinung nach nicht günstiger gewählt sein können. Mein Vater schien relativ entspannt, nicht allzu vertieft in die Zeitung und meine Mutter in aufgekratzter Stimmung, da ihr Kunst-Award kurz bevorstand. Seit Tagen schon gingen Lieferanten und kleinere und größere Dienstleistungsunternehmen im Palast ein und aus, um dem Anlass den letzten Schliff zu verpassen. Ich wusste, dass es für meine Mutter nichts erfüllenderes gab, als Mäzenin solcher Anlässe zu sein.

Wir saßen zu dritt beim Frühstück. Die Kameras waren ebenfalls anwesend und ich war mir fast sicher, heute zu gewinnen. Außerdem lag es mir am Herzen, vor der Besprechung mit dem Produktionsteam bereits mit meinen Eltern handelseinig zu sein, um sie später auf meiner Seite zu haben.

»Ihr habt mir doch vorgeschlagen, mir eine neue Aufgabe zu suchen, um noch mehr Abwechslung in die Show zu bringen«, begann ich das Gespräch. Natürlich würde nicht gezeigt werden, dass diese neue Sache eine Idee der Produzenten war und nur dazu diente, die Zuschauer noch besser zu unterhalten. Mein Vater ließ die Zeitung sinken, meine Mutter lächelte mich an, während sie weiterhin in ihrer Teetasse rührte.

»Ich habe lange darüber nachgedacht, mir eine neue Herausforderung zu suchen oder mich weiterzubilden um mich noch besser auf meine Aufgaben als Thronfolgerin und spätere Königin vorzubereiten und habe mich entschieden, dass ich gerne meinen Flugschein machen möchte.« Ich war noch nie ein Fan gewesen von langem Herumgerede und so fiel ich auch gleich mit der Tür ins Haus. Wer konnte schon sagen, was mir das Überraschungsmoment für Pluspunkte bescherte.

»Deinen Flugschein?« Meine Mutter hatte aufgehört in ihrem Tee zu rühren und auch das Lächeln, welches bei ihr so oder so selten genug war, hatte sich verabschiedet.

»Wie kommst du auf die Idee, das Fliegen zu lernen?«, wollte nun auch mein Vater wissen. Er runzelte die Stirn und blickte mich an, als ob ich ihm eröffnet hätte, dass ich ein Kind vom Stallburschen erwartete. Sprach ich Spanisch oder wieso sahen beide so aus, als ob sie null Verständnis für meine Idee aufbringen konnten?

»Ich denke einfach, dass es Sinn macht, so schnell wie möglich von einem Ort zum anderen gelangen zu können. Besonders für mein karitatives Engagement ist es doch sinnvoll, wenn ich mich so unabhängig wie möglich bewegen kann«, begründete ich. Dass der Nervenkitzel mich nur schon erfasste, wenn ich als Passagier mitflog oder einem der kleinen, wendigen Jets am Himmel nachschaute, erwähnte ich nicht. Solche Gefühle waren einer Kronprinzessin in den Augen meiner Eltern nicht würdig.

»Siara«, begann meine Mutter vorsichtig und mit angestrengtem Gesichtsausdruck.

»Denkt euch nur, welche Vorteile das für unsere Familie bedeuten würde. Zumal es wohl kaum etwas Spannenderes gibt, das man lernen könnte, als das Fliegen.« Ich wusste, dass sie nicht gerne unterbrochen wurde, doch ich hoffte, dass sie meinen Hinweis auf die Show verstanden hatte und deswegen ihre Entscheidung wohl bedachte.

»Aber wir haben doch Chauffeure und Piloten zu unserer ständigen Verfügung. Warum möchtest du unbedingt alles alleine machen?«, entgegnete sie verwundert und ein bisschen verärgert.

»Du bist die einzige Erbin dieses Landes, Siara. Du wirst eines Tages die Krone tragen und für tausende von Menschenleben verantwortlich sein. Wie kannst du da wünschen, dein eigenes leichtfertig aufs Spiel zu setzen?«, schlug mein Vater in dieselbe Kerbe. Doch ich las in seinen Augen ernsthafte Sorge, während ich bei meiner Mutter unsicher war, was sie dazu bewegte, meine Idee abzulehnen.

»Ich bin doch sonst so vorsichtig«, beteuerte ich.

»Nichts liegt mir ferner als selbstmörderische Aktionen. Dazu liebe ich mein Leben viel zu sehr«, versicherte ich noch und grinste ein wenig, weil ich mir echt seltsam vorkam, während ich meine Eltern davon zu überzeugen versuchte, dass ich keine Selbstmordabsichten hegte.

»All die Probleme, die wir jetzt haben, mit den ganzen Nordamerikanern, die zu uns kommen, das hat mit zwei Flugzeugen angefangen. Und trotzdem wagst du es, diese Sinnlosigkeit fortzuführen«, stichelte meine Mutter. Ich spürte, dass es ihr nicht länger um eine faire Diskussion ging und obwohl ich dieses Gespräch nicht begonnen hatte, um einen Streit vom Zaun zu brechen, konnte ich ihre Worte nicht auf mir sitzen lassen.

»Ihr findet es auch bequem und richtig, euch fast wöchentlich von A nach B fliegen zu lassen. Das ist doch nicht fair, dass das Fliegen plötzlich schlecht ist, nur weil ich es gerne selbst erlernen möchte«, motzte ich aufgebracht.

»Wir können dir das leider aus Sicherheitsgründen wirklich nicht erlauben, Siara. Ich bin sicher, du findest auch eine andere spannende Herausforderung«, griff mein Vater schlichtend ein. Auch wenn er selbst ein knallharter Verhandlungspartner war, mochte er nichts weniger als Streit zwischen der Königin und mir, obwohl genau das oft vorkam.

»Dann lerne ich Autofahren«, verkündete ich und erhob mich vom Frühstückstisch, um das letzte Wort zu behalten.

»Ihr entschuldigt mich«, ich nickte beiden zu und wollte mich entfernen.

»Siara?«, hielt mich meine Mutter im letzten Augenblick zurück.

»Wir werden diese Szene aus dem Filmmaterial herausschneiden. Die Zuschauer müssen dies nicht sehen«, erklärte sie und wandte sich schon wieder ihrer Teetasse zu. Ihre Gelassenheit brachte mich auf die Palme.

»Wir werden diese Szene nicht herausschneiden lassen. Ihr wolltet, dass ich mir eine neue Aufgabe suche, obwohl ich in der Schule bald weiß Gott genug zu tun habe mit dem Aufholen des Schulstoffes und den neuen Unterlagen. Ich habe mich bemüht, euren Wünschen zu entsprechen und das sollen meine Zuschauer auch sehen. Wenn euch dies nicht passt, solltet ihr beim nächsten Mal nicht mit solchen Plänen kommen, nur weil ihr denkt, dass das was Mr Shelt den ganzen Tag redet, so unglaublich schlau und sinnvoll ist.« Ich warf ihr einen wütenden Blick zu und drehte mich dann endgültig um.

Ob ich nun tatsächlich die Erlaubnis hatte, das Autofahren zu lernen und ob sie diese Szene nun im Filmmaterial belassen oder canceln würden, wusste ich nicht, aber ich wollte mich keine Minute länger in diesem Raum aufhalten und mich noch mehr in Rage reden. Die Mitglieder des Rates, die in einer anderen Ecke des kleinen Saals frühstückten, hatten schon die Ohren gespitzt und blickten allesamt unverhohlen zu uns hinüber, in der Hoffnung, Zeuge eines königlichen Skandals zu werden. Diese Genugtuung würde ich diesen Herren, die nicht einmal genug Anstand besaßen, sich hinter einer Zeitung zu verstecken, nicht bieten.

»Findet für mich heraus, wer am Hofe mir das Autofahren beibringen kann«, schnaubte ich wütend, als ich in meine Gemächer stürmte und dort mit der täglich gleichbleibenden Freundlichkeit von meinen Zofen empfangen wurde. Ich würde es ihnen beweisen, dass ich sehr wohl fähig war, meine eigenen Entscheidungen zu treffen und dabei auf mich aufzupassen. Sie würden schon sehen.

Kapitel 26

In dieser Nacht schlief ich nur wenig. Der Schlaf wollte nicht kommen, nachdem ich mich früh ins Bett gelegt hatte. Meine Gedanken drehten sich um den nächsten Tag und das Abenteuer, das auf mich wartete. Natürlich ärgerte ich mich auch wie schon den ganzen Tag über meine Eltern, die sich so kleinlich und streng geben konnten und gleichzeitig einer solch seltsamen Idee wie einer Fernsehshow zugestimmt hatten.

Als ich dann doch einschlummerte, wurde ich von wirren und manchmal schlimmen Träumen heimgesucht und schreckte immer wieder auf, um erneut in einen Schlaf voller Illusionen zu fallen. Am Morgen fühlte ich mich, als wäre eine Kutsche über mich drüber gefahren und mein Kopf pochte schmerzhaft. Nach einem Glas Wasser ging es mir besser, doch ich war zu aufgeregt, um mehr als nur ein halbes Brötchen zu verdrücken. Danach saß ich in meinem Zimmer und wartete, bis die Zeiger der großen Standuhr meiner Großmutter sich vorwärtsbewegten, doch heute schienen sie wie festgeklebt.

Ich versuchte mich an einem Brief an Sarah, allerdings verwarf ich meine Worte wieder und wieder, bis ich endlich ans Ziel gelangte.

Liebe Sarah,

Jetzt ist es schon wieder eine halbe Ewigkeit her, seitdem du mich in Luandia besucht hast. Ich denke immer noch oft an deinen Besuch und den Spaß, den wir zu Silvester hatten. Es hat mich sehr gefreut, dir endlich meine Heimat zeigen zu können. Deine Einladung nach Schottland nehme ich natürlich sehr gerne an, besonders, da auch Alexander mich schon aufgefordert hat, ihn dort zu besuchen. Aber ich komme natürlich deinetwegen, was denkst du auch!

In wenigen Stunden ist es tatsächlich so weit und ich werde zum ersten Mal richtig mit meinem Volk und besonders den Flüchtlingen in Kontakt treten. Ich freue mich schon so, dass ich in einer Suppenküche für Notleidende und Hilfsbedürftige aushelfen und dort eine Mahlzeit kochen und austeilen darf. Ist das nicht toll? Aber wenn ich ehrlich bin, habe ich auch ein wenig Schiss, was ich natürlich niemals jemand anderem gegenüber zugeben würde. Meine Mutter stirbt glaub vor Angst um mich, aber mein Vater hat sich auf meine Seite gestellt und ihr erklärt, dass sie mich einfach machen lassen soll. Das fand ich richtig cool von ihm.

Leider hat er ziemlich starke Stimmungsschwankungen, an einem Tag ist er super gelaunt und am nächsten darf man ihn kaum ansprechen, ohne dass er explodiert. Mutter ist mit der Organisation des Kunst-Awards, den sie gestiftet hat, beschäftigt. Die Veranstaltung dazu ist erst wenn ich bereits wieder in der Schweiz bin, aber sie beginnt jedes Jahr ein wenig früher mit der Planung. Dieses Jahr wollte sie mich natürlich unbedingt dabei haben, wo ich doch so bekannt geworden bin. Ob ich wirklich berühmter bin als zuvor, bezweifle ich ein wenig, denn irgendwie weiß man ja auch ohne eine solche TV-Show, wer zu seinem Königshaus gehört, oder nicht? Die Leute kennt man doch? Außerdem wäre das in meiner zweiten Schulwoche in der Schweiz und ich habe wirklich keine Lust, hin- und herzufliegen und das habe ich ihr auch mitgeteilt. Natürlich hat sie mir nicht geglaubt, als ich gesagt habe, dass das Volk es wohl kaum gutheißen wird, wenn wir so verschwenderisch leben, während es ihnen nicht so toll geht.

Nun, ich denke, dass jetzt dann endlich der Zeitpunkt ist, wo mein Suppenküchen-Abenteuer losgehen wird, also schließe ich mit einer dicken Umarmung für dich. Ich freue mich schon, dass es jetzt nicht mehr allzu lange dauert, bis wir uns wiedersehen.

Fühl dich geküsst und gedrückt!
Deine Siara

Ich beendete gerade rechtzeitig den Brief und setzte schwungvoll meine Unterschrift darunter, als es leise an der Tür klopfte und meine Zofe Dian eintrat.

»Seid Ihr soweit, Prinzessin? Der Wagen wurde schon vorgefahren«, erkundigte sie sich mit der ihr eigenen leisen Stimme. Ich lächelte sie an.

»Schon seit Stunden, Dian. Du kannst dir gar nicht vorstellen, wie aufgeregt ich bin. Nicht einmal richtig schlafen konnte ich«, gestand ich ihr und fühlte mein Herz in meiner Brust auf und ab hüpfen.

»Soll ich Euch beim Ankleiden helfen?«, erkundigte sie sich hilfsbereit und eilte zu meinem Kleiderschrank.

»Aber nein, Dian. Ich bin doch schon angezogen«, meinte ich freundlich. Obwohl sie mir gegenüber aufgeschlossener und nicht mehr so schüchtern war, legte sie ihren Übereifer zu keiner Sekunde jemals ab. Nun aber hielt sie inne und blickte mich entsetzt an.

»Aber ...«, sie öffnete den Mund, schloss ihn wieder und lief rot an, als ob sie an ihren Worten ersticken würde.

»Was denn, Dian? Stimmt etwas nicht?« Ich blickte an mir herab, hob mein Kleid, drehte mich und ging schließlich zum Spiegel. Hatte ich einen Fleck? Ich hatte doch nur ein Brötchen gegessen? War das Kleid in der Reinigung nicht sauber geworden oder hatte es einen Riss?

»Nein, nein, es ist alles in Ordnung. Also ...« Ihre Lippen zitterten ein wenig und vor Aufregung sprach meine jüngste Zofe noch leiser als sowieso schon.

»Na los, Dian. Raus mit der Sprache. Was ist nicht gut?«, nun wurde ich langsam ungeduldig.

»Ich denke einfach, dass Ihr vielleicht nicht ganz dem Anlass entsprechend gekleidet seid, Prinzessin«, meinte sie leise und blickte mich dann mit bangen, riesigen Augen an, ganz so als ob ich sie demnächst auffressen würde.

»Ach so!«, rief ich aus und blickte dann an mir herunter, drehte mich einmal um die eigene Achse und nun war es an mir, verlegen zu werden. Wie hatte ich nur so dumm sein können? Natürlich konnte ich da nicht in einem Kleid, das ich bei einem Staatsbesuch zuletzt getragen hatte, antanzen. Diese Leute würden sich wohl alles andere als ernst genommen fühlen, wenn ich so bei ihnen auftauchte.

»Ach Mist, du hast recht, Dian. Aber was soll ich denn anziehen?«, fragte ich ratlos und ging nun meinerseits zum Kleiderschrank hinüber. Doch ich musste ihn nicht öffnen, um zu wissen, dass er nichts Passendes verbergen würde. Kleider, Röcke und Blusen, das war alles, was er zu bieten hatte und auch alles, was ich bei Hofe anziehen konnte.

»Du hast aber nicht an ... Hosen gedacht, oder?« Ich zögerte, es laut auszusprechen, und vermied es, Dian überhaupt anzusehen.

Im Gegensatz zu mir besaß meine Zofe Audey, die in etwa dieselbe Größe hatte, wie ich, eine ganze Menge Hosen. Ich tauchte also in einer Bluejeans und einer Bluse aus meinem eigenen Schrank an meinem neuen Einsatzort auf. Zum Glück waren wir früh genug losgefahren, denn in den Straßen von Kiana war so viel los, dass man glauben konnte, es wäre Wochenende und nicht ein gewöhnlicher Montag. Es gab einen riesigen Stau und zwischen den Autos liefen Händler herum, Mütter mit ihren Kindern und Leute, die zur Arbeit eilten. Unser Wagen war zum Glück nicht allzu groß und so fanden wir immer wieder eine Lücke, durch die wir uns quetschen konnten, um ans Ziel zu gelangen. Der Lieferwagen der Kameraleute hatte da schon mehr Mühe und traf erst zehn Minuten nach uns an der angegebenen Adresse ein.

Der Besitzer der Suppenküche, selbst ein ehemaliger Unternehmer, der sein Vermögen nun auf diese Art und Weise investierte, kam uns entgegengelaufen und empfing mich am Wagen.

»Es ist mir eine große Ehre, Euch bei mir empfangen zu dürfen, Prinzessin Siara«, sprach er und versank in einer perfekten Verbeugung.

»Es freut mich sehr, dass ich Euch helfen und Einblick in Eure Arbeit erhalten darf, Mr Brim«, erwiderte ich erfreut. Ich war dankbar, dass meine Mutter daran gedacht hatte, mir seinen Namen mitzuteilen.

Der Mann war mir auf Anhieb sympathisch und der Geruch nach Essen, der hinter ihm aus der Tür strömte, ließ ihn umso vertrauenserweckender erscheinen.

»Aber gerne, Prinzessin. Wir freuen uns nicht nur über die Hilfe, sondern auch über die Tatsache, dass die Höchsten in unserem Land uns offensichtlich nicht vergessen haben. Und natürlich freut es uns, dass wir durch Eure wundervolle Sendung die Gelegenheit erhalten, uns dem ganzen Volk von Luandia zu zeigen. Auch wenn wir viel Hilfe und Sachspenden erhalten, sind wir über Geldspenden immer sehr froh.« Mr Brim hatte eine Art, mit so viel Begeisterung von seiner Arbeit zu sprechen, dass man sich davon regelrecht mitgerissen fühlte. Seine Augen leuchteten dabei und er gestikulierte wie wild mit den Händen, sodass man nicht zu nahe neben ihm stehen durfte.

Er führte mich in einen großen Raum, der mit einigen Tischen und Bänken ausgestattet war. Diese waren blank, ohne Tischtücher und auch noch nicht gedeckt.

Wir gingen durch das Zimmer in eine noch größere Küche, wo schon zwei ältere Frauen und ein junger Mann dabei waren, Gemüse zu schneiden. Als wir eintraten, hielten sie inne und versanken alle drei in tiefen Verbeugungen. Ich erkannte auf den ersten Blick, dass sie dies noch nie getan hatten, doch es sah sehr süß aus mit ihren weißen Schürzen und den Netzen, die sie um die Haare geschlungen hatten, damit das Essen nicht verunreinigt wurde.

»Alle mal herhören, Leute.« Wie wenn sie das nicht sowieso schon getan hätten. Mr Brim war nett und nun, da er offensichtlich ebenfalls ein wenig aufgeregt war, glühten seine roten Ohren zusätzlich, was ihm ein witziges Aussehen verlieh.

»Prinzessin Siara ist gekommen, um uns zu besuchen, und wird uns diese Woche ein wenig über die Schulter blicken. Ich hoffe, ihr alle zeigt ihr, was ihr hier so macht und stellt ihr die Leute vor, die kommen um hier ihre Mahlzeit abzuholen«, erklärte er seinen Mitarbeitern, die alle auf den ersten Blick sehr freundlich aussahen.

Ich räusperte mich.

»Eigentlich stimmt es nicht ganz, dass ich gekommen bin, um euch über die Schulter zu blicken, sondern ich möchte gerne mithelfen und auch selbst kochen und das Essen servieren. Auch wenn ich zugeben muss, dass ich so etwas noch nie getan habe, hoffe ich, dass ihr genug Geduld habt, mir dies zu zeigen und ich euch nicht zu sehr zur Last falle«, korrigierte ich Mr Brim und lächelte ihn an.

»Ihr habt die Prinzessin gehört, Leute. Ihr Wunsch sei euch Befehl, also macht eine Küchenfee aus ihr, aber lasst sie auf keinen Fall den Abwasch machen. Soweit kommt's noch«, lachte Mr Brim und sein ganzes Gesicht wurde von dutzenden Lachfalten durchzogen, was ihn aussehen ließ wie eine menschliche Sonne, die soeben aufgegangen ist.

»Das sind Zack, Bridget und Denica, die guten Seelen unserer Suppenküche. Sie werden heute gut auf Euch achtgeben und Euch dann zur Essensausgabe bei mir abliefern.« Er deutete der Reihe nach auf die drei Köche und überließ es ihnen, mir eine passende Schürze umzubinden und mir zu erklären, wie ich die Fülle meines Haares am besten in einem dieser Netze unterbrachte. Dies war ein Fakt, der mich ziemlich störte. Schließlich würden mich alle Zuschauer meiner Show mit diesem komischen Ding auf dem Kopf sehen, doch ich wusste, dass ich mitspielen musste, wenn ich authentisch wirken wollte. Außerdem war hier wohl nicht der geeignete Platz, um sich mit Äußerlichkeiten aufzuhalten.

»Gibt es hier einen Spiegel?«, wollte ich wissen, halb im Scherz, halb im Ernst tatsächlich daran interessiert wie ich mit diesem Netz aussah.

»Ihr seht bezaubernd aus, Prinzessin«, meinte Zack und zwinkerte mir schelmisch zu. Er war etwa in meinem Alter und konnte schneller Gemüse schneiden, als sonst jemand. Allerdings hatte ich auch noch nie jemandem beim Gemüseschneiden zugesehen und konnte so also nur auf Erfahrungswerte aus dem Fernsehen zurückgreifen.

»Ich danke. Aber lieber wäre es mir, wenn ihr mich in Zukunft einfach Siara nennen würdet. Ich möchte immerhin heute wirklich eine von euch sein. Da wäre es nur hinderlich, wenn ihr euch immer um mich herum verbeugen und an meinen Titeln herumkauen müsst«, entgegnete ich lächelnd und meine drei Mit-Köche versprachen mir, sich zu bemühen. Besonders Denica, die mir erzählte, dass sie vor wenigen Wochen zum ersten Mal ein Enkelkind erhalten hatte, fiel es schwer, mich wie eine der ihren zu bezeichnen und sie entschuldigte sich jedes Mal, wenn ihr ‚Prinzessin' herausrutschte.

Ich lernte an diesem Morgen, wie man Karotten schält, wie man eine Gemüsebrühe würzt und schlussendlich noch, wie viel Flüssigkeit man brauchte, um Reis zu kochen.

»Wir kochen hier an fünf Tagen in der Woche jeden Mittag und jeden Abend ein anderes Menü, das die wichtigsten Nährstoffe für die Leute, die hier essen, enthält. Meist ist es die einzige warme Mahlzeit für sie, manchmal sogar die einzige überhaupt. Wir kochen also nicht mit exklusiven Zutaten, sondern mit Lebensmitteln, die satt machen und gesund sind. Diese Leute kennen keine Menüs wie Ihr aus dem Palast gewohnt seid und meist wiederholt sich der Speiseplan jede Woche oder spätestens jede zweite. Trotzdem sind die Menschen, die hierherkommen meist sehr zufrieden und kommen immer wieder.« Gebannt lauschte ich Bridget, die am längsten dabei war und schon seit über zehn Jahren für die Hungerleidenden kochte.

»Zu Anfang hatten wir nur eine Kochplatte und einen großen Topf. Darin haben wir jeden Tag dieselbe dicke Gemüsesuppe gekocht, in die wir einfach alles reingeworfen haben, das an diesem Tag von verschiedenen Lebensmittelgeschäften gespendet wurde. Dann kamen einige Geldspenden dazu und schließlich hat Mr Brim das Ganze übernommen und uns endlich eine richtige Küche und einen kleinen Speiseraum organisiert. Seitdem müssen wir uns im Winter nicht mehr die Finger abfrieren und auch unsere

Gäste können ein wenig länger verweilen, ohne fürchten zu müssen, dass ihre Mahlzeit kalt ist, noch bevor sie fertig gegessen haben ...«

»Auuuu!«, unterbrach ich sie laut mit einem Schmerzensschrei. Ich war so vertieft in Bridgets Worte gewesen, dass ich mir mit dem Fleischmesser, mit dem ich gerade ein großes Speckstück in mundgerechte Stücke zerteilte, prompt in den Finger geschnitten hatte. Die Wunde sah ziemlich gruselig aus. Blut tropfte daraus hervor und ich hielt hilflos meine Hand in die Höhe und beobachtete das rote Rinnsal.

»Was ist passiert?« Sofort eilte Zack an meine Seite und als er mit einem Blick erfasst hatte, was mir geschehen war, packte er meinen Arm und zerrte mich über das Spülbecken. Endlich erwachte ich aus meiner Schockstarre und blickte mich ängstlich nach meinem Arbeitsplatz um. Hoffentlich hatte ich nicht das ganze Fleisch versaut.

Währenddessen ließ Zack eiskaltes Wasser über meinen Finger laufen und als ich dem Blut zusah, das sich langsam verdünnte und im Abfluss verschwand, wurde mir einen Moment lang mulmig.

»Es tut mir leid. Ich habe nicht richtig aufgepasst«, gestand ich.

»Das ist halb so wild. Da machen wir ein Pflaster drum und schon ist die Welt wieder in Ordnung.« Auch Denica war herbeigeeilt und brachte nun einen kleinen weißen Kasten zum Vorschein. Blitzschnell war mein Finger verbunden und es konnte weitergehen.

»Bist du sicher, dass es dir gut geht?«, erkundigte sich Zack besorgt, doch ich schickte ihn lächelnd an seine eigene Arbeit zurück.

»Der Finger ist noch dran und das ist die Hauptsache, nicht wahr?« Ich untersuchte den Speck, dieser hatte glücklicherweise auch nichts abbekommen und so hatte ich trotz Unachtsamkeit noch einmal riesiges Glück gehabt.

»Dann weiter im Text«, verkündete Zack und er und Denica verdrückten sich in den Speiseraum, wo sie die Tische vorbereiteten.

»Was machst du am liebsten, Siara?« Bridget, eine weitere nette Helferin, die vom Alter her meine Mutter hätte sein können und mich zur Begrüßung an ihren riesigen Busen gedrückt hatte, als wäre sie exakt dies, band mir die viel zu große Schürze doppelt um den Bauch.

»Was steht zur Auswahl?«, fragte ich betont locker – nicht zum ersten Mal hatte ich heute Angst, die ganze Sache gehörig zu versauen.

»Gemüse schnippeln, Würstchen auftauen oder die Suppe würzen und betreuen«, zählte die Frau rasch auf.

»Ähm, ich könnte gerne das Gemüse übernehmen«, entschied ich zögernd und so gar nicht die selbstbewusste, hilfsbereite Person, die ich heute unbedingt hatte sein wollen. Ich war mir einfach unsicher, ob ich das große Messer, das schon bereitlag, würde bändigen können. Aber die Sache mit den Würstchen klang in meinen Ohren schlicht und einfach kompliziert. Vor allem nach meinem Scheitern mit dem Speck und die Tatsache, dass ich noch nie in meinem Leben ein Gericht zubereitet hatte, prädestinierte mich definitiv nicht, die Suppe zu beaufsichtigen. Von den bereitgestellten Gewürzen kannte ich die meisten nur aus dem Botanik-Unterricht und war erstaunt, sie alle in gemahlener Form vor mir zu sehen. Zu gerne hätte ich sie zur Hand genommen und daran geschnuppert, aber ich war mir sicher, mich als komplette Anfängerin zu outen, sobald ich diesen Wunsch äußerte.

»Dann mal ab an die Arbeit.« Fröhlich krempelte sich meine Mit-Suppenköchin die Ärmel hoch und ich wurde tomatenrot, als mir auffiel, dass sie mich dabei ertappt hatte, wie ich sekundenlang das Rüstmesser angestarrt hatte, ohne mich vom Fleck zu bewegen.

»Du hast das doch schon mal gemacht?«, erkundigte sie sich, als ich mit zögerndem Griff das Messer aufhob. Ein schüchterner Blick in ihr Gesicht verriet mir, dass Lügen hier zwecklos war – ihr fassungsloser Ausdruck sagte mir, dass sie mich längst durchschaut hatte.

»Ach du meine Güte«, murmelte sie bestürzt und trug damit nicht unbedingt dazu bei, dass ich mich besser fühlte.

»Komm her, Herzchen. Ich zeige dir, wie das geht und im Nu bist du die beste Gemüseschnipplerin der Stadt.« Sie machte mir vor, wie man das riesige Messer hielt, ohne sich dabei zu verletzen, zeigte mir, welche Teile des Gemüses nicht verwendet werden konnten und wie man den Rest in schöne, gleichmäßig große Stückchen verarbeitete. Natürlich würde ich niemals an Zack herankommen, den ich zuvor bei derselben Aufgabe beobachtet hatte.

Just in dem Augenblick, als sie mir das Messer wieder anvertraute und ich meine ersten eigenen Gehversuche damit unternahm, kamen die anderen Helfer zurück in die Küche.

»Bridget, wo bewahrst du die Vasen für die Tische auf?«, erkundigte sich einer der jungen Männer, der später gekommen war, ohne mich weiter zu beachten. Sehr gut, denn so konnte ich in aller Ruhe üben, ohne von jemandem beachtet zu werden. Außerdem wusste ich jetzt wieder, dass meine nette Betreuerin Bridget hieß und musste mich nicht beim nächsten Mal, wenn ich sie ansprechen wollte, ins Fettnäpfchen setzen. Bei der Vorstellung war alles so schnell gegangen, dann hatte ich mir in den Finger geschnitten und schon war mir ihr Name wieder entfallen.

Als der Trubel ein wenig abflaute und ein jeder seine Kochschürze umgebunden hatte und einer geschäftigen Tätigkeit nachging, entspannte ich mich ein wenig. Bisher hatte Bridget, die gleichzeitig in vier riesigen Suppentöpfen rührte, an meinem kleingeschnittenen Gemüse noch nichts auszusetzen, und schon Stunden vor dem Mittag begann es, in der geräumigen Küche fantastisch zu duften. Hie und da wurden leise Gespräche geführt, gescherzt und gelacht. Ich fragte mich, ob die Stimmung wohl noch besser gewesen wäre, wenn nicht meine Anwesenheit als Fremdkörper in ihrer Mitte gewesen wäre.

Nach einer Weile kam Bridget mit Denica, die einiges jünger war als sie selbst, auf meinen Ball zu sprechen.

»Hast du dir das alles selbst ausgedacht?«, wollte die Ältere von mir wissen und ihre Augen glänzten, ganz so wie es die gesamte Dekoration an meinem Ball getan hatte.

»Waren es nicht die Fernsehleute, die dir gesagt haben, was am besten sein würde für die Zuschauer?«, wagte nun auch die jüngere Helferin mit skeptischem Gesichtsausdruck zu fragen. Ich zuckte innerlich zusammen. War es das, was das Volk dachte?

»Ich hatte alle Ideen selbst, gemeinsam mit meinen Zofen, meiner Cousine und meiner Mutter erarbeitet. Es war von Anfang an vereinbart, dass zwar Inputs vom Fernsehteam kommen, aber dass mein Leben so weitergeht wie bisher. Unter den Fernsehleuten gibt es keine Personen, die einen adeligen Hintergrund haben, sodass es für sie nicht ganz leicht wäre, eine Sendung für mich zu planen.« Erst als auf meine Aussage einen Moment des Schweigens folgte, fiel mir auf, wie leicht meine Worte missverstanden werden konnten.

»Ach, ihr wisst schon. Das ganze Theater mit den Titeln und Tischregeln und so weiter kann auch für mich stressig sein und für jemanden, der damit bisher verschont worden ist, wäre es fast unmöglich ein Event zu planen, über das nicht mindestens eine adelige Schnepfe den Kopf schüttelt«, erklärte ich noch. Nun erklang hie und da ein Lacher und auch Bridget sah wieder weniger konfus aus.

»Die hätten dir gescheiter gezeigt, wie man eine anständige Suppe kocht, anstatt dich solche Bälle organisieren zu lassen.« Temperamentvoll warf sie eine Portion Gemüse in das kochende Suppenwasser. Ich quiekte erschrocken auf, als heißes Wasser in alle Richtungen spritzte, während der Rest der Belegschaft seelenruhig weiter arbeitete.

»Ach was, so einen Ball auf die Beine zu stellen und zu sehen, wie Träume Wirklichkeit werden, das ist doch mindestens genau so cool wie deine berühmte Gemüsesuppe«, warf Bridgets andere Helferin ein, die seit einer Weile Würstchen in kleine Scheiben schnitt und sie auf die vier Töpfe verteilte.

»Was meinst du, Siara?«, wandte sie sich dann an mich. Ich zuckte zusammen, weil ich mir in diesem Augenblick beinahe schon wieder in den Finger geschnitten hätte. Zum Glück lagen nur noch zwei Auberginen vor mir, die darauf warteten, kleingeschnitten zu werden.

»Nun, ich lerne leider in der Schule keine solch nützlichen Dinge wie die Zubereitung einer Suppe. Dafür mussten wir uns monatelang damit beschäftigen, wie man die Gästeliste für einen gesellschaftlichen Anlass so zusammenstellt, dass kein alter Adel brüskiert wird, unter den Neureichen kein Streit ausbricht und natürlich dass niemand nebeneinandersitzen muss, der sich nicht riechen kann. Nicht zu vergessen, all die Mütter, die solche Anlässe dazu nutzen, ihren Nachwuchs in irgendwelche halbglücklichen Ehen zu verfrachten. Deren Wünsche sind meist am schwersten zu erfüllen, da sie es gerne hätten, dass ihre unverheirateten Töchter neben mindestens drei potenziellen Kandidaten gleichzeitig sitzen.« Es kam mir nicht falsch vor, diesen lieben Menschen ein anderes Bild auf meine Welt zu bieten und vergaß für eine ganze Weile, dass auch hier die Kameras hin und wieder aufzeichneten, was geschah.

»Auf deinem Ball gab es wohl auch Exklusiveres zu Essen, als unsere Suppe«, murrte Bridget und rührte kräftig in zwei Töpfen gleichzeitig.

»Ach was«, lachte ich und schnappte mir einen der bereitgelegten Suppenlöffel. Rasch tauchte ich ihn in einen der Töpfe und vergaß, dass die Suppe darin siedend heiß war. Mühsam schluckte ich und konnte nicht verhindern, dass ich rot anlief und mir die Zunge heftig verbrannte.

»Autsch.« Bridget hatte einen ihrer Kochlöffel geschwungen und mir auf die Finger geklopft.

»Eine Prinzessin schlägt man doch nicht«, grinste Zack, der gerade einen riesigen Stapel Suppenteller vor sich balancierte.

»Eine Prinzessin stiehlt auch nicht aus Bridgets Suppentöpfen – jawohl!«, verteidigte sich diese ohne jegliche Reue und ich zwinkerte ihr zu, um klarzustellen, dass ich durchaus einverstanden war.

»Wenn du jemals heiraten willst, dann solltest du dir trotz deiner Sterneköche besser das Rezept für meine Suppe merken, Siara!« Bridget hatte den Zeigefinger erhoben und drohte mir scherzhaft. In diesem Augenblick sah sie aus wie eine nette Version von Mrs Budwyler aus dem Internat in der Schweiz.

»Warum denn?«, erkundigte ich mich neugierig. Der eine Löffel, den ich hatte ergattern können, hatte sehr lecker geschmeckt. Ich war mir sicher, dass in den nächsten Tagen alle Speisen, ob exklusiv oder nicht, eher Schmerzen als Gaumenfreuden bei mir hervorrufen würden. Meine Zunge war jetzt schon pelzig und geschwollen und ich hatte das Gefühl, dass sich Blasen bilden und der aktuelle Schmerz erst der Anfang sein würde. Trotz pochendem Finger und brennender Zunge war ich mit meinem Tag in der Suppenküche bisher ganz zufrieden.

Denica erklärte mir lachend, dass Bridgets Suppe in deren Augen einem Aphrodisiakum gleich kam und kein Mann, der damit bekocht wurde, könnte der Köchin widerstehen.

»Dann werde ich mir das Rezept selbstverständlich aufschreiben. Klar, dass ich mir das nicht entgehen lassen will«, ging ich auf den Scherz ein, ließ mir wenig später tatsächlich Stift und Papier geben, um das Rezept niederzuschreiben.

Mir blieb allerdings nicht viel Zeit, denn schon kamen die ersten Gäste. Dass die Mittagszeit gekommen war, hatte ich fast verpasst, nachdem ich so in die Kocherei und die Gespräche mit Bridget und Denica vertieft gewesen war.

»Na los, du kommst mit nach vorne, Siara.« Plötzlich stand Mr Brim wieder in der Köche und ließ mich eine andere Schürze anziehen, die sauber und mit einem farbigen Logo versehen war. Auch das Kamerateam folgte mir auf dem Fuße.

Meine Aufgabe bestand nun darin, aus den vier großen Töpfen Suppe in tiefe Teller zu schöpfen, ein großes Stück Brot dazuzulegen und das Ganze mit einem lieben Lächeln an die Bedürftigen weiterzureichen.

Einige von ihnen sahen wirklich schlimm aus, trugen nicht mehr als Lumpen am Körper, besaßen nur zwei oder drei Zähne und ungewaschene Haare und Gesichter. Anderen schien es besser zu gehen. Meist denen, die nicht schon aus drei Metern Entfernung nach billigem Schnaps rochen. Dankbar für die heiße Mahlzeit waren sie alle und ich erhielt so manches Lächeln zurück, was mich sehr berührte.

Viele der Hungrigen schienen mich zu erkennen, spätestens wenn sie der Kameras ansichtig wurden, doch niemand sprach mich an. Mr Brim war es, der mit den Meisten einige Worte wechselte und sogar von Tisch zu Tisch ging, um mit den Obdachlosen zu sprechen. Es schien ganz so, als würden einige von ihnen seit Jahr und Tag hier herkommen und ihre Suppe essen. Mr Brim kannte viele mit Vornamen und nach und nach, als ich seinen Gesprächen lauschte, fiel mir auf, dass diese Menschen gar nicht so anders waren, als meine Familie und ich. Das Leben hatte es schlicht und einfach nicht so gut gemeint mit ihnen wie mit mir.

Als der letzte Gast seinen Teller leergegessen hatte und gegangen war, stand mein Entschluss, zu helfen wo ich konnte, auf noch stabilerem Grund als zuvor.

Ich hatte nicht gedacht, dass die Suppenküche so früh schließen würde und mit dem Fahrer vereinbart, dass er mich kurz vor dem Dinner in der Stadt abholen sollte. Nun stand ich auf der Straße vor der Küche und soeben hatten sich auch Zack und Mr Brim von mir verabschiedet. Natürlich hatte ich einmal mehr kein Telefon bei mir, auch wenn mich meine Eltern, der Kronrat und das Produktionsteam immer wieder ermahnten, das Gerät nicht ständig in meinen Gemächern zu vergessen.

Meines Erachtens nach lagen noch mindestens zwei Stunden vor mir, bevor mich jemand im Palast vermissen würde und so beschloss ich - beflügelt von den schönen und spannenden Erlebnissen des Tages - die Hauptstadt meines Landes zum ersten Mal in meinem Leben zu Fuß zu erkunden. Meine Füße schmerzten zwar ähnlich wie nach meinem Ball im vergangenen Herbst, da ich den ganzen Tag entweder in der Küche oder in der Essensausgabe gestanden hatte, doch davon ließ sich mein Entdeckergeist nun auch nicht mehr bremsen. Dass ich mich in einer der ärmsten Gegenden Kianas befand, war mir zwar bewusst, ich dachte mir aber nichts dabei.

Die Geschäfte, die hier links und rechts der Straße lagen, hatten mit dem Zentrum, in dem ich gemeinsam mit Danina einige meiner Yule-Geschenke gekauft hatte, nicht wirklich etwas gemein. Die Fensterscheiben waren angelaufen, manchmal von Vogeldreck beinahe undurchsichtig geworden und an einigen Stellen auch gesprungen. Bestimmt zog die kalte Winterluft den armen Ladenbesitzern schrecklich um die Ohren.

Noch bevor ich mir wirklich Gedanken darum machen konnte, in welch seltsamer Gegend ich hier eigentlich gelandet war, standen plötzlich einige Männer in dunklen Hoodies vor mir. Sie hatten sich allesamt die Kapuzen über die Haare gezogen, doch ich konnte an ihren Lippen und Kinnpartien erkennen, dass sie noch sehr jung sein mussten. Keiner von ihnen hatte einen ausgeprägten Bartwuchs vorzuweisen und als einer mich ansprach, erkannte ich an der Stimme, dass er wohl erst gerade dem Kindesalter entwachsen sein konnte.

»Ihr habt Euch wohl verlaufen, edle Dame?«, fragte er, doch der Spott in seiner Stimme klang boshaft und nicht so, als würde er verirrten Passanten helfen wollen. Ich zuckte zusammen, denn in diesem Augenblick wurde mir die Gefahr bewusst, in der ich schwebte. Wie hatte ich nur so dumm sein können, alleine in einer Stadt herumzustreifen, die ich nicht kannte? Ich hatte noch nicht einmal Geld bei mir, mit dem ich die Männer hätte besänftigen können. Würden sie mich töten, wenn sie herausfanden, dass ich außer meiner Armbanduhr nichts Wertvolles bei mir trug? Vielleicht aber hatten sie die Uhr noch gar nicht gesehen und würden mich einfach laufen lassen?

»Ich weiß, wo ich mich befinde, danke!«, versicherte ich mit fester Stimme. Ob diese Typen hören konnten, wie wenig selbstbewusst ich mich in diesen Augenblicken fühlte?

»Dann weißt du sicher auch, dass du hier besser nicht vorbeigekommen wärst. Du kannst froh sein, wenn wir dich laufen lassen, wenn wir mit dir fertig sind, Kleines.« Der zweite Typ gab sich noch nicht einmal Mühe, nett zu klingen. Ich riss die Augen auf und trat einen Schritt zurück. Die drei Männer vor mir gingen daraufhin zwei Schritte auf mich zu – ich einen weiteren retour. Dann stieß ich gegen etwas Hartes und drehte mich auf dem Absatz herum. Hinter mir standen weitere Männer in Kapuzen. Verzweifelt ließ ich meinen Blick herumirren. Nicht ein einziger Fußgänger war unterwegs, der mir hätte helfen können.

Ich dachte darüber nach, trotzdem um Hilfe zu rufen, denn vielleicht stand irgendwo ein Fenster offen oder in einem der verlassenen Läden war doch noch jemand bei der Arbeit, der mich hören konnte.

»Na, wie sieht's aus? Gibst du uns freiwillig, was wir wollen, oder sollen wir dich noch ein wenig überzeugen?« Alle Männer um mich herum grinsten nun dreckig und traten noch näher. Der Sprecher leckte sich über die Lippen, die anderen ballten die Fäuste und ich konnte sehen, dass sie alle trotz ihres jungen Alters schon sehr stark sein mussten.

»Kommt nicht näher! Ich rufe die Polizei«, drohte ich und kramte in meinen Taschen, ganz so, als ob ich mein Telefon suchen würde. Das verschaffte mir nur wenige Augenblicke, dessen war ich mir bewusst. Auch wenn ich tatsächlich schlau genug gewesen wäre, das Handy mitzunehmen, hätten sie es mir abgenommen, noch bevor ich die drei Ziffern des Notrufs gewählt hatte.

»Ach was, Schätzchen, das hilft dir auch nicht weiter«, höhnte einer hinter mir und ich wusste, dass er recht hatte. Ich drehte mich zu ihm um und dann ging alles ganz schnell. Einer von ihnen packte mich am Arm und zog mich näher zu sich. Sein penetranter Körpergeruch drang in meine Nase und benebelte meine Sinne. Dann hielt ein Wagen neben uns, eine Gestalt schoss aus der Fahrertür, riss mich aus den Armen meines Angreifers und schlug gleichzeitig drei von ihnen mit gezielten Faustschlägen in die Flucht. Die anderen Kapuzenmänner beschlossen freiwillig, ihren Kumpanen zu folgen.

Ich war mehr als nur ein bisschen erstaunt, als ich in meinem Retter Cedric Brades erkannte.

»Was macht Ihr denn hier, Cedric?« Er sah nicht so aus, als ob er sich gerade mit ein paar Kleinkriminellen geprügelt hätte, sondern seine Kleidung saß perfekt, seine Frisur sah unberührt aus und auch seine Wangen waren kein bisschen erhitzt.

»Ab in den Wagen mit Euch, Prinzessin. Reden können wir immer noch, wenn ich Euch heil nach Hause gebracht habe«, bestimmte er, legte seine Hand an meinen Rücken und schob mich zur Beifahrertür.

»Ihr solltet nicht mehr alleine herumstreunen, wenn Ihr Euch nicht orientieren könnt und nicht einmal ein Handy dabeihabt, Prinzessin.« Er öffnete die Tür, drückte mich auf den Sitz und schloss den Gurt, bevor ich etwas sagen konnte. Doch damit war er bei mir an der falschen Adresse gelandet. Wutschnaubend löste ich den Gurt, als er die Tür schließen und selbst zur Fahrerseite gehen wollte.

»Wie könnt Ihr es wagen, Euch derart dreist in mein Leben einzumischen? Dass Ihr mir beigestanden habt, ist ja schön und gut, herzlichen Dank. Ihr könnt meine Dankbarkeit gerne schriftlich kriegen, aber ich wäre froh, wenn Ihr Euch nicht die Freiheit herausnehmen würdet, mich zu bevormunden. Ich bin alt genug, um mich selbst um mich zu kümmern.«

Damit stieg ich aus dem Wagen aus und ging davon – selbstverständlich in die entgegengesetzte Richtung als die Verbrecher von zuvor – dumm war ich ja schließlich nicht.

Ich kam nicht weit, da packte mich Cedric am Arm und riss mich zu sich herum. Unvermittelt fand ich mich an seiner Brust wieder. Erst jetzt fiel mir auf, dass ich zitterte. Die Begegnung von zuvor hatte mich doch mehr mitgenommen, als ich zugeben wollte.

»Verzeiht, Prinzessin. So bleibt doch stehen«, bat er leise und blickte auf mich herab. Mit einer Hand hielt er mich weiterhin fest, ganz so als hätte er Angst, ich würde erneut abhauen oder irgendeine Dummheit begehen. Mit der anderen strich er mir unendlich sanft eine Haarsträhne aus dem Gesicht.

»Ich war in Sorge um Euch. Hätte ich Euch nicht gefunden, wer weiß, was diese Typen mit Euch angestellt hätten. Lasst mich Euch nach Hause bringen«, erklärte er dann und sein Gesichtsausdruck war ein wenig betreten aber so sanft, dass ich gar nicht länger böse sein konnte.

»Was habt Ihr überhaupt in dieser seltsamen Gegend gemacht?«, wollte ich wissen und suchte in seinem Gesicht nach Antworten, doch ich sah nur Gelassenheit und keinerlei Hinweis auf sein Auftauchen.

»Sollen wir nicht besser rasch nach Hause fahren?«, schlug er vor und da ich Angst hatte, dass meine Knie nachgeben würden, stimmte ich schließlich zu und ließ mich zum Wagen zurückführen.

»Ähm, Cedric?«, meinte ich nach einer Weile, die wir schweigend nebeneinandergesessen hatten, während er das Steuer ruhig und sicher bediente.

Er wandte mir den Kopf zu und blickte mich abwartend an.

»Es wäre mir lieb, wenn im Palast niemand von diesem kleinen Zwischenfall erfahren würde«, bat ich verlegen und spürte, wie mein Gesicht ganz warm wurde.

»Selbstverständlich, Prinzessin. Ich werde diesen Vorfall für mich behalten, wenn Ihr mir versprecht, nie wieder ein solches Risiko einzugehen. Ihr habt heute Euer Leben gefährdet.« Er klang sehr eindringlich und löste noch einmal den Blick von der Straße, um mich ernst zu betrachten.

Ich nickte verschämt.

»Ihr habt recht, Cedric. Ich verspreche Euch, dass ich in Zukunft vorsichtiger sein werde.«

Der Schrecken saß mir definitiv in den Knochen und diese Erfahrung würde genügen, um sein Versprechen mit Freuden zu erfüllen.

Kapitel 27

Nach der Geschichte mit der Suppenküche wünschte ich mir einige Tage Ruhe, denn auch mein Abreisetag rückte unaufhaltsam näher und ich musste noch so viele Dinge erledigen, bevor ich soweit war. Doch schon wenige Tage später erreichte mich eine Nachricht.

Geschätzte Prinzessin Siara
Da mein Aufenthalt in Luandia sich einmal mehr seinem Ende zuneigt, bitte ich um die Ehre, Euch zu einem richtigen Date auszuführen, um endlich meine tadellosen Manieren, die ich in Eurer Anwesenheit immer zu vergessen scheine, unter Beweis zu stellen. Trefft mich morgen bei Sonnenuntergang bei der alten Linde im Schlosspark.
Euer ergebenster Diener, Alexander

Menschenskind, das erste was ich tun würde, wenn ich Sarah wiedersah, war, ihr diese Karte von Alexander, die mir kurz nach ihrer Abreise überbracht worden war, zu zeigen. Wusste sie, wie geschwollen und hochnäsig sich ihr Cousin auf Papier auszudrücken vermochte? Die Schrift war sehr rund und fein. Auf den ersten Blick hätte ich sie eher einer Frau zugeordnet, doch natürlich hatte er mit seinen Worten nebst einem Schmunzeln auch meine Neugierde geweckt und so machte ich mir Gedanken, was ich anziehen könnte. Ich rief meine Zofen, die gerade alle drei im Dienst waren und sich bald in meinem kleinen Salon versammelten.

»Ich werde morgen ein Treffen mit Prinz Alexander von Schottland haben. Leider habe ich keine Ahnung, was er geplant hat und so brauche ich eure Hilfe, um für alle Fälle passend gekleidet zu sein. Könnt ihr mir bis morgen früh einige Outfits bereitlegen?«, bat ich und bedeutete ihnen bereits, dass dies alles wäre. Ich wollte mich selbst dem Schreiben einiger Briefe widmen und wunderte mich, warum sie sich nicht entfernten.

Zuvor waren sie geschäftig in meinem Bad mit irgendeiner wichtigen

Angelegenheit eingespannt gewesen, doch es schien, als wollten sie nicht dahin zurückkehren.

»Was ist denn noch, meine Lieben?«, erkundigte ich mich geduldig. Alle drei erröteten und drucksten herum, es fiel ihnen schwer, ruhig zu stehen und so beschlich mich das ungute Gefühl, dass etwas im Busch war.

»Es ist so, Prinzessin«, ergriff schließlich Audey schüchtern das Wort. Ich erkannte alle drei kaum wieder, da ich gedacht hatte, wir hätten uns inzwischen aneinander gewöhnt oder sogar angefreundet und die alte Schüchternheit sei endlich beiseitegelegt.

»Die Produktionsleute waren bei uns und haben gemeint, dass sie Euch gerne filmen würden, wie Ihr Euch alleine ein Outfit heraussucht, anzieht und herrichtet. Sie haben uns gebeten, Euch nicht zur Hand zu gehen, damit sie dem Publikum zeigen können, wie selbständig und klug Ihr seid und dass Ihr nicht jeden Handgriff von Euren Zofen erledigen lasst«, flüsterte Pilar, als Audey offensichtlich nicht den Mut fand, weiterzusprechen.

»Sie haben was???«, rief ich empört aus und konnte kaum fassen, was ich soeben gehört hatte.

»Das ist nicht euer Ernst, oder?« Ein Blick in die drei betretenen Gesichter genügte mir als Antwort und ich wünschte mir, unter der kunstvollen Dekoration meiner Gemächer auch irgendwo einen Baseballschläger zu finden, um damit auf irgendetwas Unschuldiges einzuschlagen.

»Sie wagen es tatsächlich, meinen Zofen Befehle zu erteilen?« Meine Stimme überschlug sich und ich entdeckte plötzlich, dass Dians Lippen zitterten.

»Ach was, ihr könnt doch nichts dafür. Ich bin nur fassungslos, was sich diese Menschen alles erlauben. Ich bin hier die Prinzessin – dieser Titel sollte doch wohl für irgendetwas gut sein und wenn es nur dazu dient, dass ich nicht nach der Pfeife dieses aufgeblasenen Typen zu tanzen habe.«

Ich begann, im Raum auf und ab zu tigern, mein Hirn arbeitete auf Hochtouren, ohne etwas Brauchbares auszuspucken. Dabei wollte ich doch nur zu meinem Date mit Prinz Alexander zweckmäßig gekleidet sein.

Wenig später stand ich seufzend inmitten meines begehbaren Kleiderschrankes und schämte mich, dass es mir nicht gelingen wollte, alleine etwas zum Anziehen zu finden. Früher hatte ich mich so gerne in diesem Raum aufgehalten, doch seitdem ich auf Schritt und Tritt von Fernsehkameras verfolgt wurde, hatte ich die Wahl meiner Kleidung meist meinen drei fleißigen Zofen überlassen. Eine kannte sich besser mit der aktuellen Mode aus als die Nächste und so musste ich nie fürchten, unpassend gekleidet zu sein.

Heute aber war ich wütend. Wer war auf die dumme Idee gekommen, mir diese Arbeit zu überlassen? Wozu hatte ich denn eigentlich Bedienstete? Ich entwarf gerne mal eines meiner Festkleider und wenn ich einen bestimmten Wunsch hatte, dann teilte ich dies meinen Zofen auch mit, aber im Großen und Ganzen war das, was ich hier tat, reine Zeitverschwendung. Aber nein, es war ja für die Sendung und somit hatten es plötzlich alle bei der letzten Besprechung gut und schön gefunden, dass ich mir den Kopf über Dinge zerbrechen musste, wie meine Bekleidung für diesen Spendenanlass am heutigen Abend.

Zu gern hätte ich meinen Stolz hinuntergeschluckt und eine meiner Zofen zu Hilfe gerufen. Ich wusste genau, dass sie hinter dem Vorhang, der meinen Salon vom Ankleidezimmer trennte, warteten, bis ich mich meldete. Alle drei gaben vor, an Näh- oder Ausbesserungsarbeiten zu sitzen, doch in Wirklichkeit ahnten sie wohl, dass ich kurz davor war, vor Wut zu platzen.

Zögernd streckte ich die Hand nach einer Reihe Kleider aus, ließ meine Fingerspitzen über die verschiedenen Stoffe gleiten, ohne nach einem Stück zu greifen. Von dem Regal darüber schienen die Hüte vorwurfsvoll auf mich herab zu starren und ich nahm wahllos ein zitronengelbes Etwas zur Hand. Es war eine der wenigen Kopfbedeckungen, die ohne Feder auskamen und dennoch eine derjenigen, die ich so selten trug, dass ich mich jedes Mal darüber freute, wenn ich ihn in meinem Schrank wiederentdeckte. Nachdenklich drehte ich den Hut in meinen Händen. Er passte gut zu meiner Haarfarbe, das wusste ich auch, ohne ihn aufzusetzen.

Ob er wohl zu auffällig für eine Wohltätigkeitsveranstaltung war? Der Hut schien mir zuzuzwinkern und es widerstrebte mir, ihn ins Regal zurückzulegen.

Trotzdem verstaute ich ihn auf meinem Kopf, um die Hände frei zu haben, die ich brauchte um weiterhin durch meine Kleider zu wühlen. Ich wusste, dass es etwas lächerlich aussah, wie ich da in meiner einfachen Hauskleidung mit dem extravaganten Hut und ohne Schuhe und Socken herumtigerte. Meinen Eltern würde dieser Anblick weniger gefallen, doch sie hatten unbedingt ein authentisches und intimes Bild der Prinzessin in der Öffentlichkeit zeigen wollen und genau dies sollten sie bekommen.

Du bist so unglaublich echt, Siara!
Es ist sympathisch, dass du so gar kein bisschen anders bist als ich.
Ich mag es, dass du am Morgen auch mit verstrubbeltem Haar aufwachst!

Wenn ich an all die Kommentare auf der Webseite meiner Show dachte, wurde mir ganz warm ums Herz. Es war noch nicht allzu lange her, dass Mr Shelt mir die Seite gezeigt hatte und es hatte eine Weile gedauert, bis ich die Zeit fand, alles zu studieren und mir jede einzelne Nachricht durchgelesen hatte. Doch jetzt musste ich mich erst wieder auf das Kleiderproblem fokussieren.

Dass ich dann tatsächlich noch standesgemäß und sogar mehr oder weniger pünktlich zur Verabredung mit Alexander auftauchte, verdankte ich einem Zufall. Ganz hinten in meinem Schrank hatte ich – noch in seiner originalen Hülle – eine spezielle Kombination aus Rock und Bluse gefunden und kurzentschlossen angezogen. So schlecht standen mir die Sachen gar nicht und ich zog eine dicke Strumpfhose unter den eng geschnittenen und doch ein wenig kurzen Rock. Sie würde das Outfit ein wenig harmloser aussehen lassen und die schmale Bluse mit hohem Kragen betonte zudem meine schlanke Figur perfekt. Ich wählte Fellstiefel dazu aus, denn die Sonne ging nicht nur immer noch sehr früh unter, auch war es bissig kalt, kaum dass man im Schatten stand. Ich hoffte insgeheim, dass Alexander unsere Unternehmung von heute Abend nicht tatsächlich im Freien geplant hatte.

»Ich dachte schon, du kommst nicht mehr.« Er begrüßte mich mit seiner üblichen coolen Art, drückte mir einen Kuss auf die Wange und trat sogleich wieder einen Schritt zurück, um mich von Kopf bis Fuß zu mustern. Hätte ich seine direkte Art nicht bereits gekannt – ich hätte es definitiv unverschämt gefunden, wie er mich regelrecht scannte.

»Was?«, wollte ich irritiert wissen. Normalerweise achteten Männer doch sowieso nicht auf das Outfit ihres Dates, warum also starrte er mich so an?

»Darf ich dir empfehlen, die Haare zusammenzubinden und diese Kappe aufzusetzen?« Sobald wir zusammen waren, griff Alexander nicht mehr auf seine perfekten Manieren zurück, doch irgendwie gefiel mir, wie er mich munter duzte. Das Baseball-Cap, das er mir entgegenstreckte, gefiel mir allerdings weniger. Da ich mich ohne Hilfe hatte frisieren müssen, brauchte es eine halbe Ewigkeit, bis meine Haare auch nur annähernd so ausgesehen hatten, wie ich mir das vorstellte und deswegen bedauerte ich, mit der Kappe alles wieder zu zerstören.

»Wir müssen inkognito bleiben«, raunte er mir verschwörerisch zu und als er meinen verständnislosen Blick auffing, zwinkerte er frech.

»Vertrau mir einfach, Siara. Wir werden viel Spaß haben.« Mit diesen Worten drückte er mir die Kappe aufs Haar, das ich notdürftig zu einem Pferdeschwanz gebunden hatte und dann packte er mich an der Hand und zog mich – immer den Schatten der Bäume ausnutzend – zu einem Seitentor, das aus dem Palast führte.

Dort parkte ein kleiner, schnittiger Sportwagen, der mir auf den ersten Blick durch seine grelle, rote Farbe auffiel.

»Inkognito bleiben, sagtest du?«, neckte ich und genoss es, von ihm galant die Tür aufgehalten zu bekommen.

»Mit diesem Auto fallen wir garantiert auf. Du weißt schon, Ablenkungstaktik. Niemand wird merken, dass gerade die Prinzessin vorbeigefahren ist, weil alle nur den Wagen anschauen«, lachte er und startete mit einer temperamentvollen Bewegung den Motor. Ich hatte in meinem ganzen Leben noch nie vorne in einem Auto gesessen und fragte mich, warum ich eigentlich bisher selbst nicht das Lenken eines Fahrzeugs erlernt hatte. So schlecht konnte diese Fähigkeit im Zweifelsfalle nicht sein.

Und wenn es nur war, um mit einem Sportwagen durch die Nacht zu flitzen, wie jetzt mit Alexander.

«Hattest du schon einmal in deinem Leben richtig Spaß, Siara? So fest, dass du noch Tage danach darüber sprechen wolltest und dir in der Situation selbst fast in die Hosen gepinkelt hättest?«, erkundigte sich Alexander, nun nicht mehr flüsternd, sondern eher überlaut, um die Musik im Auto zu übertönen. Als ich zu ihm hinüberblickte, hatte er ebenfalls für einen Moment den Blick von der Straße gelöst und lächelte mich schelmisch von der Seite an.

»Aber natürlich«, versicherte ich rasch, bevor ich mich in meinen Erinnerungen auf die Suche nach eben solchen Augenblicken begab. Ich musste dementsprechend verunsichert ausgesehen haben, denn während sich Alexander wieder auf die Straße konzentrierte, wanderte seine Augenbraue nach oben.

»Bist du sicher?«, hakte er nach einer Weile etwas leiser nach. Ich konnte ihn trotz Musik verstehen.

»Vergiss nicht, dass ich ebenfalls in einem Königshaus aufgewachsen bin. Da steht Spaß nicht unbedingt weit oben auf der Liste für die geeigneten Freizeitaktivitäten des Nachwuchses«, grinste er.

»Durchschaut«, murmelte ich verlegen und lehnte mich in meinem Sitz ein wenig zurück. Warum nur fühlte ich mich plötzlich so komisch? Bisher war ich ohne diese Erfahrung, von der er sprach, doch ganz gut zurechtgekommen?

»Es ist nie zu spät, Süße. Du hast dir genau den Richtigen dafür ausgesucht. Man könnte sagen, ich bin Profi darin«, prahlte Alexander und drückte das Gaspedal noch ein wenig durch. Erschrocken hielt ich mich am Türgriff fest. Wenn es das war, was er darunter verstand, konnte ich gerne darauf verzichten.

Ich war erleichtert, als er am Stadtrand von Kiana den Wagen abstellte und einem Parkwächter den Schlüssel überließ. Das Abendessen war zwar schon eine Stunde her, zwischendurch hatte ich aber trotzdem gefürchtet, es noch einmal auf dem falschen Weg wiederzusehen, während Alexander den Sportwagen voll ausgefahren und keine Kurve ausgelassen hatte.

Gewissenhaft prüfte er nochmals den Sitz meiner Kappe und angelte dann vom Rücksitz des Wagens eine dicke Jacke mit breiten Schulterpolstern, in die er hineinschlüpfte. Eine kleinere Ausführung hielt er für mich bereit und half mir galant hinein.

»Jetzt sehe ich aus wie die Mädchen aus diesen nordamerikanischen Filmen von früher«, grinste ich, während ich mich im Vorbeigehen in einer Autoscheibe spiegelte.

»Oder wie ein Eis am Stiel«, bemerkte ich dann mit einem schiefen Grinsen, was mir eine erneute, eindringliche Musterung von Alexander bescherte.

»Süß ja, aber warum Eis am Stiel?«, wollte er nach einem Augenblick wissen, als ihm nicht aufzufallen schien, wie ich auf diesen Vergleich gekommen war. Ich verschränkte die dicken Jackenärmel vor der Brust und stellte die Füße dicht nebeneinander. Meine Beine in der Strumpfhose sahen sehr fein und zerbrechlich aus, während mein Oberkörper durch die mehr als gut gepolsterte Jacke aussah, als wäre ich mindestens dreimal so dick als in Wirklichkeit. Alexander lachte laut auf.

»Stimmt irgendwie. Aber wie gesagt – ein sehr süßes Eis«, schmunzelte er.

»Dankeschön.« Ich spürte, wie die Anspannung des Tages langsam von mir abfiel und ich mich in seiner Nähe wohl zu fühlen begann. In der Ferne war leichte Musik zu hören und inzwischen strömten viele andere Menschen in dieselbe Richtung wie wir. Einige Paare kamen uns auch entgegen, Hand in Hand oder Arm in Arm und allesamt schienen sie bester Laune zu sein.

Erst als wir vor einem großen, bunten Torbogen standen, der mit tausenden kleinen Lichtern »Rummelplatz« in die Nacht hinaus leuchtete, fiel mir wie Schuppen von den Augen, was Alexander vorhatte.

Während er am kleinen Tickethäuschen zwei Eintrittskarten erstand, blieb mir vor Freude einen Moment das Herz stehen.

»Woher wusstest du das?«, flüsterte ich, als Alexander mit einem fröhlichen Lächeln, zwei Papierschnipsel schwenkend, als wären sie aus Gold, wieder zu mir zurückkehrte.

»Wieso wusste ich was?«, fragte er verwirrt, aber weiterhin lächelnd.

»Dass ich schon immer mal einen Rummelplatz von Nahem sehen wollte?« Ich konnte nicht anders, ich musste sein Lächeln strahlend erwidern.

»Du wirst ihn nicht nur aus der Nähe sehen, sondern auch von innen. Dafür habe ich gerade mein letztes Geld ausgegeben«, grinste er.

»Wenn du allerdings willst, können wir auch nur rundherum spazieren. Ich denke aber, dass da der Spaß nicht ganz so groß wäre. Für mich auch nicht, denn da du eine Prinzessin bist, kann ich dir nicht einmal vorschlagen, irgendwo in der Dunkelheit herumzuknutschen«, scherzte er und zwinkerte mir zu, als ich einen Moment lang mit offenem Mund neben ihm stehenblieb.

»Du bist so ein Clown«, meinte ich dann, entriss ihm eines der Tickets und ging auf die bunt gekleideten Helfer zu, die mein Papierchen entzweirissen und mir nur die Hälfte zurückgaben. Etwas enttäuscht verstaute ich den kümmerlichen Rest in meiner Handtasche. Das Ganze war so schnell gegangen, dass ich den Mann nicht hatte daran hindern können, das wertvolle Papierschnipselchen zu zerstören. Ich würde ihn in Ehren halten und mich immer an meinen ersten Besuch auf dem Rummelplatz erinnern. Während der Einlasskontrolle hatte ich keinen Gedanken daran verschwendet, ob meine Tarnung gut genug war. Erst jetzt fielen mir die ganzen Konsequenzen ein, die es gehabt hätte, wenn ich entdeckt worden wäre.

»Ready?« Alexander legte mir freundschaftlich den Arm um die Schultern, als er ebenfalls hereingelassen worden war. Einen Moment lang war ich versucht, einen Schritt zur Seite zu gehen, und anscheinend hatte er genau gespürt, wie ich mich verspannt hatte.

»Gehört alles zur Tarnung, Siara, keine Sorge.« Er zog mich ein wenig näher und ich hatte das Gefühl, er würde mir die Schultern zerquetschen, doch irgendwie gefiel es mir, wie die anderen Paare über den Rummelplatz zu spazieren.

Schon am ersten Stand musste Alexander anhalten und mir eine riesige, pinkfarbene Zuckerwatte kaufen. Zu seinem Glück hatte er nicht sein letztes Geld für den Eintritt geopfert, denn so ging es den restlichen Abend weiter. Wir teilten Zuckerwatte, gebrannte Mandeln, klebrige Süßigkeiten, frisches Knoblauchbrot - um zu verhindern, dass uns auf dem Heimweg jemand küssen wollte, wie Alexander so schön sagte – und lachten dann zusammen über unsere vollen Bäuche.

Als wir definitiv nichts mehr verspeisen konnten, wollte ich Büchsenwerfen, Plüschtier-Schießen und ein Glücksrad ausprobieren. Alexander schien sich an meiner kindischen Freude dermaßen zu erfreuen, dass er regelrecht geknickt war, als es mir nicht gelang, ein Plüschtier zu ergattern. Das Gewehr war einfach zu groß und schwer für meine kleinen Hände und an Zielen war gar nicht erst zu denken. Der Besitzer des Standes konnte glücklich sein, dass ich nicht versehentlich ihn getroffen hatte.

So griff Alexander noch einmal in die Tasche und für einige Münzen lud ihm der Mann das Gewehr mit wenigen Handgriffen wieder. Ein konzentrierter Ausdruck trat auf das Gesicht des Schotten. Er presste ein Auge zusammen, zwischen seinen Lippen war die Zungenspitze zu erahnen und seine Oberarmmuskeln spannten sich an, was ich trotz der dicken Jacke vernehmen konnte. Wie er als Thronfolger zu solchen Muckis kam, war mir ein Rätsel, dessen Lösung ich gerne gekannt hätte. Er stützte den Ellbogen auf und es schien, als hätte er nur einmal mit dem Zeigefinger gezuckt. Drei Mal zielte er und drei Mal traf er, sodass ich fortan mit einem riesigen, pinkfarbenen Teddybär auf dem Arm über den Jahrmarkt spazierte.

»Dafür hätte ich aber zumindest ein Küsschen verdient, oder was meinst zu?« Alexanders Arm lag noch immer um meine Schulter und inzwischen schätzte ich seine Körperwärme sehr, denn die Nacht war kühl, trotz Strumpfhose und dicker Jacke. Wir gingen die letzten Meter bis zur Tür des Nebeneinganges zum Palast zu Fuß. Das protzige Auto hatte er an der Straße stehen lassen.

»Ein Küsschen also?«, schäkerte ich und dachte einen Moment darüber nach. Sein Blick lag abwartend auf mir und auch wenn er weiterhin grinste, konnte ich in seinen Augen lesen, dass ihm die Sache ernster war, als er mich glauben lassen wollte.

»Na gut«, gab ich schließlich nach und legte die Hand in seinen Nacken, um ihn ein wenig zu mir hinunter zu ziehen. Ich entdeckte Verwirrung in seinen Augen, doch ich stellte mich unbeeindruckt auf die Zehenspitzen und drückte ihm einen dicken Schmatzer auf die Wange.

»Das muss reichen«, scherzte ich und lächelte. Alexander lachte laut heraus.

»In Ordnung. Bis zum nächsten Mal.« Damit hielt er mir die Tür auf und ließ mich unter seinem Arm hindurch schlüpfen. Ich verabschiedete mich mit einer Umarmung und rannte dann geduckt, den Plüschteddy unter dem Arm, via Dienstbotentreppe in meine Gemächer. Ich begegnete niemandem. Um diese Zeit war keine Menschenseele mehr unterwegs, doch ich atmete erst wieder normal, als die Tür zu meinem Schlafzimmer hinter mir zufiel.

Kapitel 28

Sehr geehrter Dauphin Jules

Nein, das klang zu förmlich, zu aufgesetzt. Ich ließ die Feder sinken, zerknüllte das Papier und kaute am Stiel, bevor ich erneut ansetzte.

Lieber Jules

Zu intim, zu persönlich? Einen Moment lang starrte ich auf die beiden Worte. Sollte ich besser weniger verschnörkelt schreiben, damit das Ganze nicht den Eindruck eines Liebesbriefes erweckte? Nach einigen Augenblicken des Grübelns zuckte ich mit den Achseln und beschloss, den Brief in einem Rutsch aufzuschreiben und nie wieder durchzulesen. Ansonsten würde ich wohl in drei Wochen noch hier sitzen und nicht wissen, was ich zu Papier bringen sollte. Obwohl – machte es überhaupt Sinn, ihm zu schreiben, wo es doch für uns beide klar war, dass wir uns nie wiedersehen würden? Mit einem heftigen Kopfschütteln vertrieb ich alle Gedanken, die meine Hand noch immer aufhielten, zu Papier zu bringen, was ich mir wünschte. Nach einem tiefen Schluck aus meiner Teetasse setzte ich die Feder erneut an.

Nach Eurer überstürzten Abreise nach Frankreich habe ich viele Male darüber nachgedacht, was hätte sein können, wenn Ihr hier geblieben wärt und wir uns besser kennengelernt hätten. Unsere erste Begegnung hat mich nicht unberührt gelassen und so frage ich mich, wie es Euch ergangen ist bei Eurer Rückkehr nach Frankreich? Ich hoffe, dass König Frances Euch nicht zürnt, weil Ihr die Aufgabe, mit der er Euch betraut hat, nicht zu seiner Zufriedenheit erfüllen konntet und möchte Euch an dieser Stelle erneut für Eure Aufrichtigkeit danken.

Wenn ich ehrlich bin, geht es hier noch immer drunter und drüber. Ich weiß gar nicht, wo ich mit berichten anfangen soll oder ob es Euch überhaupt interessiert, wie es mir ergangen ist. Zudem hoffe ich, Euch damit nicht in Schwierigkeiten zu bringen, indem Ihr einen Brief aus Luandia empfangt. Aber schließlich werden Euer Cousin und alle Minister und wer immer sich noch für eure Post interessiert, sicher verstehen, wenn Ihr von einer Freundin einen Brief erhaltet, nicht wahr? Denn das sind wir doch - Freunde, oder?

Einen Moment lang starrte ich hinab auf das Papier, das sich in den letzten Minuten langsam aber stetig gefüllt hatte. War es vermessen von mir, ihn als Freund zu bezeichnen? Ich stützte den Kopf in die Hände und blickte nachdenklich aus dem Fenster. Seit Neujahr hatte es fast ständig geschneit und auch jetzt konnte ich durch das Schneegestöber nicht einmal bis zu den Stallungen hinüberblicken. Das unruhige Tanzen der Flocken spiegelte dabei sehr gut wider, wie ich mich innerlich fühlte. Obwohl ich ganze Tage damit verbracht hatte über den Inhalt dieses Briefes nachzudenken, fiel es mir schwer, ihn nun auf Papier zu bringen.

Zusätzlich plagte mich das schlechte Gewissen gegenüber den Männern, die seit Beginn der Show immer mal wieder an meiner Seite gewesen waren und sich um mich bemüht hatten. Dieser Brief fühlte sich an wie ein Verrat an ihnen, die mir doch ebenfalls ans Herz gewachsen waren. Ich seufzte und griff erneut nach der Feder. Wenn ich es jetzt nicht zu Ende brachte, würde ich es nie tun.

Noch immer erscheint es mir sehr schade, dass wir nur so kurze Zeit zusammen verbracht haben. Vielleicht hätten wir unsere Freundschaft dazu nutzen können, unsere beiden Länder einander näher zu bringen und die Menschen dazu zu ermutigen, die alten Konflikte zu vergessen? Oder findet Ihr es falsch von mir, dass ich den Wunsch hege, unsere Verbindung dazu zu nutzen, Gutes zu tun und Frieden zu stiften? Vielleicht denkt Ihr auch einfach, dass Luandia eine naive Prinzessin hat, die außer Träumen nichts im Kopf hat.

Auch wenn es mir von Anfang an so erschien, als würde ich Euch schon lange kennen, hoffe ich, dass Ihr diesen Brief gerne erhaltet und sogar die Zeit und die Gelegenheit findet, mir eine Antwort zukommen zu lassen.

Ich schicke Ihnen warme Grüße aus dem eisigen Luandia.
Siara

Ich fügte keinen Titel an und auch keine weiteren Grüße, um nicht einen zu intimen Eindruck zu erwecken, aber auch deutlich zu zeigen, dass dieser Brief privater Natur war. Noch zwei Mal las ich meine Worte, bevor ich das Blatt faltete und in einen Umschlag legte. Dann trug ich Dian auf, diesen mit der korrekten Adresse zu versehen. Einen Moment lang fürchtete ich, sie würde mir erklären, dass dies keine einfache Sache werden würde, doch sie nickte und schenkte mir ein Lächeln.

»Danke Dian«, rief ich ihr hinterher, als sie mit dem Umschlag in der Hand aus der Tür schlüpfte. Eindeutig, diese Zofe mit dem Talent, alles aufzuspüren und an jede Information heranzukommen und dabei noch diskret zu bleiben, war Gold wert. Mit Sicherheit würde der Brief seinen Empfänger erreichen, ohne dass im Palast auch nur eine Menschenseele erfahren würde, dass die luandische Kronprinzessin Briefe zum Erzfeind Frankreich schickte.

Nachdem diese Sache mit dem Brief endlich erledigt war, machte ich mich daran, mich für die erste Fahrstunde vorzubereiten. Ich spürte eine freudige Erregung, die sogar meine Finger zum Kribbeln brachte, als ich daran dachte, in einigen Minuten zum ersten Mal am Steuer eines Autos zu sitzen.

In Ermangelung einer besseren Idee griff ich zu einer engen Reithose, die mir hoffentlich genug Beinfreiheit gewähren würde, um die Pedale zu bedienen. Dazu wählte ich einen schlichten weißen Rollkragenpullover, der sowohl warm genug hielt, als auch schick aussah und trotzdem nicht den Eindruck erweckte, dass ich die Prinzessin spielen wollte. Immerhin war ich es, die etwas dazulernen wollte und ich war schon gespannt auf den Fahrlehrer, den meine Zofen für mich aufgetrieben hatten. Diskret und begabt sei er, wenn auch eigentlich beruflich nicht im Fahrgeschäft tätig. Mehr wusste ich nicht, doch für mich genügte völlig, dass mir jemand das Fahren zeigen würde.

Ein wenig nervös war ich schon, insbesondere da ich dem Kamerateam auf Wunsch meiner Eltern Zeit und Ort der ersten Stunde mitgeteilt hatte.

Mir wäre es lieber, erstmal zu üben und dann gefilmt zu werden, aber es fühlte sich nicht negativ an, mich auch als Anfängerin meinen Zuschauern zu präsentieren. Aus ihren Kommentaren konnte ich immer wieder herauslesen, dass sie es besonders schätzten, wenn ich mich als Mensch mit Schwächen und Emotionen zeigte und nicht nur das perfekte Prinzessinnen-Leben vorgaukelte.

Wenn ich mich richtig erinnerte, waren bei meinem ersten Schultag auch nicht mehr Leute im Hof gestanden, um diesen Schritt in meinem Leben zu begleiten. Nun hatten sich nebst meinen drei Zofen, die all dies arrangiert hatten, auch Danina und Elvar sowie das gesamte Kamerateam im Hof aufgestellt. Als ich aus der Seitentür des Palastes trat, sorgte ich mich einen Augenblick, ob die Wahl des Pullovers die Richtige war.

Da das luandische Wetter mal wieder beschlossen hatte, grau und trüb zu bleiben, hatten die Fernsehleute große Reflektoren und noch größere Scheinwerfer aufgebaut. Zusammen mit meiner Nervosität und dem hellen Pulli würde ich wohl zwangsläufig aussehen wie ein Blatt Papier.

»Seid Ihr soweit, Prinzessin?«, erkundigte sich Pilar liebevoll und ich schenkte ihr ein dankbares Lächeln. Dann nickte ich zögerlich. Im selben Augenblick wollte ich mich nach dem Fahrlehrer und dem Fahrzeug erkundigen, da weit und breit kein Auto zu sehen war, doch in diesem Augenblick bog ein dunkelblauer, eher schlichter Wagen auf den Hof ein.

Als ich beim Näherkommen entdeckte, wer am Steuer saß, setzte mein Herz eine Sekunde aus. Das konnte unmöglich ernst gemeint sein? Wie waren meine Zofen auf diese Idee gekommen? Als sich die Tür auf der Fahrerseite öffnete, konnte ich mich davon überzeugen, dass meine Augen mir keinen Streich spielten.

Die Person, die meine Zofen dazu auserwählt hatten, mir Fahrstunden zu erteilen, war niemand anderes, als der neue Stallmeister, der bisher den Anschein erweckt hatte, zu wenig T-Shirts zu besitzen. Heute war er ausnahmsweise vollständig bekleidet, wenngleich ich mich fragte, wie man bei diesem Wetter ohne Ärmel herumspazieren konnte. Als er meiner erstaunten Miene ansichtig wurde, spielte einmal mehr das spöttische Lächeln rund um seine Lippen. Ich zog die Brauen zusammen und straffte die Schultern, bevor ich auf den Mann zuging, nicht ohne mich im Vorbeigehen bei meinen Zofen Dian und Audey herzlich für die Organisation zu bedanken. Meine Hoffnung, dass ihnen nicht auffiel, wie sehr ihre Wahl mich aus der Bahn warf, schien sich zu erfüllen, denn alle drei lächelten zufrieden weiter.

Ich musterte meinen zukünftigen Fahrlehrer.

Der Mann hatte den Anstand, in einen Hofknicks zu versinken und zu warten, bis ich ihm die Hand entgegenstreckte.

»Ich danke Ihnen, dass Sie sich die Zeit genommen haben, mir zu zeigen wie man ein Auto bedient. Obwohl wir uns schon gesehen haben, weiß ich leider nicht Ihren Namen, wie ich zu meiner Schande gestehen muss«, begrüßte ich ihn und bemühte mich dabei um einen leichten, unbeschwerten Ton.

»Es ist mir eine Ehre, Prinzessin Siara.« Einmal mehr fiel mir auf, wie gut mir seine Stimme gefiel. Sie fühlte sich an, wie wenn jemand mit einer Feder über meine Haut streichen würde, aber nicht mit der behaarten Seite, sondern mit dem Stiel.

»Mein Name ist Phil. Das sollte fürs Erste genügen.« Warum hörte sich alles, was er sagte, so doppeldeutig an?

»Freut mich sehr, Phil.« Der Name kam mir nicht so einfach über die Lippen und irgendein Gefühl sagte mir, dass dieser Name und dieser Mann so gar nicht zusammenpassten.

«Sollen wir, Prinzessin Siara?« Er hielt mir die Tür auf und rückte den Sitz nach hinten, damit ich mehr Platz zum Einsteigen hatte. Dabei musste er an mir vorbei greifen und streifte währenddessen meinen Arm.

Geduldig wartete ich auf eine Entschuldigung, doch von ihm kam nichts außer einer auffordernden Handbewegung, endlich einzusteigen. Ich gehorchte und im Sitzen warf ich noch ein letztes Lächeln, ein wenig ironisch, ein wenig gequält, in Richtung Kameras, um meinen Zuschauern zu zeigen, dass auch eine Prinzessin mal ein mulmiges Gefühl im Magen hatte.

Neben mir setzte sich nun auch Phil auf den Beifahrersitz und erst jetzt entdeckte ich, dass dieses Auto mit zwei Pedalsätzen ausgestattet war. Zur Not würde er also bremsen oder beschleunigen können. Das beruhigte mich merklich und ich atmete einmal tief ein und wieder aus, bevor ich langsam die Finger aufs Lenkrad legte. Es fühlte sich kühl und rau an, doch als ich dem Rund entlangstrich, fand ich warme Stellen, wo Phil zuvor seine Hände gehabt hatte.

»Zuerst sollten wir uns anschnallen. Braucht Ihr Hilfe dazu, Prinzessin?« Er klang sehr geschäftsmäßig und ich fragte mich, ob er mich wohl als lästige Pflicht und verwöhnte Prinzessin anschaute? Wahrscheinlich schon, denn immerhin war er auch dafür zuständig, dass meine Pferde bereitstanden und dass es ihnen gut ging.

»Danke, ich glaube, ich komme klar«, lehnte ich dankend ab und nestelte selbst an meinem Sitzgurt herum. Er schaute mir interessiert zu und hob dabei eine Augenbraue. Irgendwie war hier alles seitenverkehrt für mich, da ich nur Rückbank und Beifahrersitz kannte, doch ich wollte mir nichts anmerken lassen. Ich war mir sicher, dass dieser Typ sowieso keine allzu gute Meinung von mir hatte.

Als wir endlich soweit starklar waren, drehte ich den Schlüssel und ließ ihn zu früh wieder los.

»Noch einmal«, murmelte ich leise und drehte, diesmal so kräftig, dass der Motor sich mit einem lauten Geräusch beklagte. Als ich zur Seite blickte, grinste Phil. Doch jetzt lief der Motor mit einem leisen Rattern und so ignorierte ich meinen Fahrlehrer. Er ließ langsam die Kupplung kommen und gab dann Gas. So fuhren wir vom Hof und ich bekam nach und nach ein Gefühl für das Lenkrad, das sich eigentlich ganz leicht drehen ließ. Ich brauchte nur wenig zu machen, da die Straße nicht allzu kurvig war. Als wir dann abbogen, bot mir Phil seine Hilfe an, doch ich wollte das unbedingt alleine schaffen und tatsächlich kam ich kaum auf die Gegenfahrbahn, was nichts ausmachte, da er erst dann Gas gegeben hatte, als weit und breit kein Auto mehr zu sehen war.

»Ihr macht das gut, Siara«, bestätigte er mir schließlich auch, bog aber bald wieder von der offiziellen Straße ab, in einen schmalen Feldweg, der irgendwann geteert war, jetzt etliche Risse und Löcher aufwies. Nun hielt Phil den Wagen an und begann, mir die Pedale und deren Funktionsweise zu erklären. Dann ließ er sie mich einzeln ausprobieren und als ich das endlich zu seiner Zufriedenheit erfüllte, hatte ich den Wagen mindestens zehn Mal absaufen lassen und es war Zeit, wieder in den Palast zurückzukehren. Das unangenehme Gefühl in Phils Nähe hatte sich rasch verflüchtigt und so war ich erstaunt, wie schnell die Zeit vergangen war.

»Na, wie habe ich mich in meiner ersten Stunde angestellt?«, wollte ich auf der Rückfahrt munter wissen. Obwohl ich so einige Ängste ausgestanden hatte und insgeheim mehr als einmal gedacht hatte, dass ich das Autofahren nie lernen würde, hatte es mir doch eine Menge Spaß bereitet.

»Sehr gut. Ich bin mir sicher, dass Ihr in einem Jahr die Autoprüfung schaffen könnt«, versicherte mir Phil ernst. Vor lauter Schreck trat ich ein wenig fester als nötig auf die Bremse.

»In einem Jahr?«, wollte ich fassungslos wissen und hätte den Wagen fast erneut abgewürgt.

»Ach Quatsch, Siara. Ich mache nur Spaß. Ihr habt ein Talent für das Fahren und ich denke, Ihr werdet nicht allzu viele Stunden brauchen. Wir üben sogleich weiter, wenn Ihr aus der Schweiz zurück seid«, versicherte mir mein Fahrlehrer und entlockte mir ein lautes Lachen. Dieser Schuft hatte mich hereingelegt und ich war prompt darauf hereingefallen.

»Macht Ihr dies denn freiwillig?«, wollte ich von ihm wissen, als wir bereits wieder in die Einfahrt zum Palast bogen.

»Was denn?« Er übernahm nun wieder die Pedale, um mir das Lenken beim Einparken zu erleichtern. Zum Glück waren die Parklücken alle sehr großzügig bemessen.

»Mir das Fahren beizubringen? Ihr seid ja eher Stallmeister als Fahrlehrer«, erklärte ich.

»Ich kenne Audey, Eure Zofe, schon länger und als sie mich darum gebeten hat, dachte ich mir, dass diese Sache vielleicht Spaß macht. Bisher hatte ich recht, also warum nicht?« Noch während er sprach, wurde mir bewusst, dass er wohl kaum zugeben würde, wenn er diese ganze Sache unfreiwillig mitmachte, doch seine Miene verriet, dass ihm meine Gesellschaft tatsächlich nicht unangenehm war.

Als wir uns verabschiedeten, blieb das Gefühl zurück, heute etwas Neues gelernt zu haben und die Vorfreude auf die nächste Fahrstunde war jetzt ebenfalls schon sehr groß.

Kapitel 29

Außer dem Zusammenpacken meiner Sachen gab es für mich nur noch eine Sache zu erledigen und dafür hatte ich mir den zweitletzten Tag in Luandia freigehalten. An diesem Morgen ließ ich Conde Federico de Madeira eine Nachricht zukommen. Einige Stunden später waren wir zusammen unterwegs. Wohin – das wussten wir beide nicht.

»Ich werde bald wieder in die Schweiz zurückkehren.« Nach einer Weile des Schweigens offenbarte ich Federico den eigentlichen Grund unseres Zusammenkommens. Ich wollte mich von ihm verabschieden, um zu verhindern, dass er aus der Show erfuhr, dass ich wegging.

Er wandte mir überrascht den Kopf zu und ließ seinen Blick eine ganze Weile auf mir ruhen. Für meinen Geschmack etwas zu lange, mir wäre es lieber gewesen, er hätte sich auf die Straße konzentriert, die so schon genügend holprig war. Doch mit seiner einen kräftigen Hand am Lenkrad umfuhr er die gröbsten Schlaglöcher sicher, während die andere auf dem Schalthebel lag.

Ich ertappte mich dabei, wie ich seine langen, feinen Finger betrachtete und mir wünschte, er würde diese auf meinen Oberschenkel legen oder damit die meinen umschließen. Die Stille, die zwischen uns lag wie ein dicker Nebel, wurde langsam unangenehm.

»Du sagst gar nichts?«, erkundigte ich mich. Ich war mir nicht im Klaren, was ich erwartet hatte, Trauer, Protest, vielleicht der Vorschlag, mich zu besuchen. Doch mit Schweigen hatte ich nicht gerechnet.

»Ich wusste doch, dass das passieren würde, Siara.« Seine Stimme war leise und gefasst, verriet nichts über die Emotionen, die ihn bewegten.

»Hm«, machte ich ebenso leise, irgendwie enttäuscht vom Verlauf des Gesprächs.

»Das heißt nicht, dass ich dich nicht vermissen werde, aber meine Geschäfte in Luandia sind in Kürze ebenfalls abgeschlossen und mein Land braucht mich in diesen Zeiten dringender denn je – genauso wie dein Land dich braucht, Siara«, erklärte er gefasst.

»Oh – wann werden wir uns dann wiedersehen? Madeira ist schließlich nicht um die Ecke.« Ich riss meine Augen weit auf und musste mich am Türgriff festhalten, als Federico eine scharfe Kurve schneller befuhr, als gesund war.

»Von der Schweiz ist es nicht einmal allzu weit weg. Denkst du nicht, dass es an der Zeit wäre, dass du mich besuchst und deinerseits mein Land kennenlernst?«, schlug er vor. Noch immer klang seine Stimme so furchtbar ernst, dass ich mir Sorgen machte, er könnte ernsthaft verstimmt sein.

»Das werde ich sehr gerne tun. Deine Einladung bedeutet mir sehr viel«, versicherte ich rasch, nicht nur, um ihn glücklich zu stimmen, sondern auch, weil mir sein Land aus den vielen Erzählungen ans Herz gewachsen war. Ich wollte wirklich wissen, ob alles dort so aussah, wie ich es mir inzwischen so oft im Kopf ausgemalt hatte.

»Bist du böse?«, fragte ich schüchtern, als von Federico schon wieder keine Antwort gekommen war. Ich schielte zu ihm hinüber, doch er schien nicht allzu angestrengt oder konzentriert zu sein beim Fahren. Nun aber schnellte sein Gesicht wieder zu mir hinüber, er drehte so ruckartig den Kopf, dass es aus meiner Perspektive recht unangenehm aussah.

»Nein, Siara, ich bin nicht böse.« Es klang allerdings ganz danach. Seine Stimme hörte sich belegt an – entweder er war erkältet – oder böse.

»Ich finde nur, dass es an der Zeit ist, über uns zu sprechen«, eröffnete er plötzlich, nachdem erneut Grabesstille im Auto eingekehrt war. Ein Holpern, ein Rumpeln und er bremste auf dem Seitenstreifen, der seine Bezeichnung als Teil einer Fahrbahn kaum verdiente.

»Über uns?«, wollte ich irritiert wissen und schaute ihn verdattert an, wie er den Sitzgurt löste und schließlich aus dem Auto stieg. Ich tat es ihm nach.

»Wo willst du hin, Federico?«, fragte ich beunruhigt, doch er kam nur um das Auto herum auf mich zu. Während seine Augen mich fixierten, vergewisserte ich mich davon, dass er noch immer derselbe Mann war, den ich so gerne mochte und in dessen Gesellschaft ich mich so wohl fühlte.

Bei mir angelangt, umfasste er mit seinen Händen meine Oberarme.

»Siara«, begann er eindringlich und sein Geruch stieg mir in die Nase. Ein besonderes Rasierwasser und ein Duft nach Rauch. War er Raucher oder hatte er neben einem Feuer gestanden? Und warum überlegte ich mir dies ausgerechnet jetzt?

»Siara, ich habe Euch von Anfang an für die wundervollste Frau der Welt gehalten. Ihr seht aus wie eine Fee, doch erst nach und nach durfte ich Euer gütiges Wesen kennenlernen. Ihr gebt jedem Menschen, mit dem Ihr sprecht, das Gefühl, der Mittelpunkt der Erde zu sein, und ich habe mich noch nie im Beisein einer Frau so wohl gefühlt. Wir beide stammen aus Kreisen, wo es nicht unbedingt angesagt ist, sich selbst zu sein und sein wahres Gesicht zu offenbaren, doch genau das tut Ihr und deswegen fällt es mir leicht, das ebenfalls zu tun.«

Ich freute mich ab den Worten von Federico, doch eine leise Unsicherheit, worauf er damit hinauswollte, beschlich mich dennoch. Er wirkte nicht so sanft und gelassen wie sonst, sondern es schien etwas in ihm zu brodeln, das er unbedingt loswerden wollte.

»Ich habe mich in Euch verliebt, Siara, und ich muss wissen, ob es überhaupt Hoffnung für mich gibt, oder ob ich mich nach etwas sehne, was nicht sein kann.«

Wow. Nun war die Bombe definitiv geplatzt und mir fiel auf, dass ich mir nie Gedanken über meine Gefühle zu ihm gemacht hatte, obwohl ich von allen Seiten immer dazu gedrängt worden war. Ich hatte mich in Federicos Nähe ebenfalls immer sehr wohl gefühlt und mehr hatte ich nie gebraucht.

An seinem Gesicht konnte ich sehen, dass ihm eine solche Erklärung heute nicht genügen würde.

»Ich bin überwältigt, Federico. Seit dem Tag, an dem wir uns kennengelernt haben, werdet Ihr mir wichtiger und wichtiger. Ihr habt stets ein offenes Ohr für mich und ich weiß, dass Ihr mich immer beschützen werdet. Als Freund oder auch als mehr als das. Ich bin so vielen Eindrücken ausgesetzt, dass ich bisher keine Wahl treffen konnte. Nun, wo meine Abreise bevorsteht, wird es noch schwieriger für mich, besonders weil ich Euch, aber auch die anderen Menschen, die ich kennenlernen durfte, sehr vermissen werde. Und aus diesem Grund kann ich Euch nur sagen, dass ich noch nicht genug von Euch kenne und weiß, als dass ich schon damit aufhören möchte, mit Euch zusammen zu sein. Ihr habt mir von Eurer Familie erzählt und von Eurer Heimat und ich wünsche mir, beides kennenzulernen und zu erleben, wer Ihr seid, wenn Ihr nicht nur ein Gast seid, wie hier in Luandia. Ich kann Euch keine Versprechen geben – diese Worte müssen genügen. Ich danke Euch für Eure Offenheit und hoffe, Ihr erkennt meine aufrichtigen Absichten.« Ich holte tief Luft.

Während der ganzen Zeit hatte mich Federico nicht losgelassen und das tat er auch jetzt nicht. Er zog mich an den Armen noch näher zu sich und senkte die Lippen auf meine. Ich zuckte kurz zusammen, doch mehr als ein flüchtiger, liebevoller Kuss wollte er nicht und so bedauerte ich beinahe, wie schnell er sich wieder von mir löste. Federico trat einen Schritt zurück und ließ meine Arme los.

»Dieses Stück Hoffnung genügt mir, Prinzessin Siara. Ich werde es im Herzen tragen, bis ich Euch wiedersehe und hoffen, dass Ihr mich in guter Erinnerung behalten werdet, bis zu diesem glücklichen Tag«, versicherte mir Federico.

Wir fuhren in einvernehmlichem Schweigen weiter und während leise die Musik aus dem Radio erklang, ließ ich die Landschaft meiner Heimat ein letztes Mal auf mich wirken. Ich speicherte die Form der Hügel, das Glitzern der Gewässer und das Kreischen der Seevögel in meinem Kopf, um mein Luandia auch in der Ferne jederzeit bei mir zu haben.

Kapitel 30

Ich wusste, dass Luandia mich brauchte und dieser Gedanke machte es für mich nur umso schwerer, meine Kleider herauszusuchen, damit meine Zofen sie in die beiden bereitstehenden Koffer legen konnten. Bei meiner überhasteten Abreise aus dem Internat im vergangenen Herbst waren zwar die meisten meiner Sachen dortgeblieben. Aber darunter befanden sich Wintermäntel und lange Kleider. Und dass nun der Frühling langsam kam, daran zweifelte niemand mehr. Schon seit einigen Tagen drückten die grünen Spitzen verschiedenster Frühlingsblumen durch die raue Erdoberfläche, die mehr und mehr auftaute und ebenfalls für den Frühling bereit schien. Insgeheim hatte ich gehofft, die Schnee- und Goldglöckchen noch blühen sehen zu können, bevor ich abreiste, doch der Tag des Semesterbeginns war schon viel zu nah.

Es machte mir keine Sorge, mich wieder im Internat zu integrieren und auch der Schulstoff stellte für mich dank Sarahs Unterstützung überhaupt kein Problem dar. Das Problem lag ganz wo anders: Während ich zwar in Luandia aufgewachsen war und mich schon immer mit meinem Heimatland verbunden gefühlt hatte, war mir erst in den letzten Wochen und Monaten bewusst geworden, wie sehr dieses Land mich brauchte. Die Erlebnisse an Neujahr und in der Suppenküche waren nicht spurlos an mir vorbeigegangen. Aus dem Palastalltag auszubrechen und Menschen aus meinem Volk kennenzulernen hatte bewirkt, dass ich jetzt nicht einfach weggehen und das alles wieder vergessen konnte.

Zum ersten Mal seitdem wir mit der Show begonnen hatten, kam mir der Gedanke, dass sie doch nicht ganz so unsinnig war, wie ich mir zu Anfang sicher gewesen war.

»Möchten Sie dieses grüne Kleid auch mitnehmen, Prinzessin?« Audey riss mich aus meinen Gedanken und ich wandte mich ihr wieder zu. Mit einem Nicken antwortete ich auf ihre Frage, auch wenn ich mir ganz und gar unsicher war, ob besagtes Kleid mir überhaupt stand. Ich runzelte die

Stirn, weil mir solche Fragen plötzlich nicht mehr allzu wichtig waren.

»Ist alles in Ordnung?«, fragte sie sofort alarmiert. Mein innerer Zwiespalt musste sich auf meinem Gesicht widerspiegeln.

»Ich habe nur die ganze Zeit das Gefühl, mein Volk im Stich zu lassen, wenn ich jetzt wieder abreise und wie ein normales Mädchen die Schulbank drücke«, murmelte ich leise und schaute ihr zu, wie sie das Kleid sorgfältig in den Koffer legte. In diesem Moment wünschte ich mir Danina oder Sarah an meine Seite.

»Aber Ihr müsst doch noch so viel lernen, um dem Volk eines Tages eine gute Königin zu sein«, widersprach Audey und errötete dann.

»Nicht, dass Ihr nicht jetzt schon eine gute Königin wärt«, korrigierte sie sich hastig und entlockte mir ein Lächeln.

»Aber Bildung ist wichtig und eure Zuschauer und euer Volk verstehen dies mit Sicherheit. Sie wären ja dumm, wenn sie Euch dies missgönnen würden und außerdem dürfen sie Euch in Eurer Sendung begleiten und so ist es, als wäret Ihr gar nicht so weit weg«, lächelte sie. Ihre aufmunternden Worte nahmen mir tatsächlich ein bisschen von dem Schwermut, der zuvor über meiner Seele gelegen hatte.

»Du hast recht, Audey. Ich werde fleißig lernen, um eine gute Königin zu werden. Aber leider gibt es immer noch so viele Menschen in Luandia, die keinen Zugang zu Bildung haben. Die Flüchtlinge in ihren Lagern, die auf ihre Papiere warten, sitzen nur herum und ihre Kinder können später keine schönen Berufe erlernen, weil sie nicht zur Schule gehen konnten und deren Kinder können keine vernünftige Ausbildung machen, weil ihre Eltern nicht genug Geld verdienen könnten. Das ist alles so verstrickt und es ist nicht richtig, dass das hier in Luandia passiert.« Ich wusste nicht genau, was passiert war, aber plötzlich sprudelten die Worte einfach so aus mir heraus.

Audey hielt inne beim Packen und ließ das Kleid, das sie mir soeben hatte zeigen wollen, wieder sinken.

»Wisst Ihr, Prinzessin ...«, begann sie zögerlich und biss sich leicht auf die Lippe, bevor sie weitersprach.

»Diesen Menschen fehlt es dank Euch nicht mehr so sehr an dem Nötigsten wie Wasser und Nahrung. Euer Vater und sein Parlament bemühen sich nach Kräften, ihnen allen beizustehen und zu geben, was sie brauchen und was sie wollen. Doch Luandia ist kein so großes Land, dass Geld und Platz im Überfluss vorhanden wäre. Unser Reichtum kommt von jahrhundertelanger, sorgfältiger Staatsführung. Die Menschen in Luandia sind es gewohnt, hart zu arbeiten, um ein sicheres und angenehmes Leben führen zu können, doch plötzlich kommt ein Volk übers Meer gesegelt und wir haben fast ein Viertel mehr Bevölkerung, von einem Tag auf den anderen. Da ist es nur logisch, dass es an allem Nötigen mangelt und zu wenig Lehrer, Ärzte und auch zu wenig Nahrung vorhanden ist.« Audey holte tief Luft und öffnete noch einmal den Mund, doch sie legte die Lippen wieder aufeinander, ohne noch etwas hinzuzufügen.

Überhaupt war dies so oder so die längste Rede, die ich je von meiner Zofe gehört hatte und ich schämte mich fast ein wenig, dass mir nie aufgefallen war, wie klug sie war.

»Du hast so recht. Doch ich möchte dringend helfen, etwas bewirken und ich weiß nicht, ob ich dies von der Schweiz aus so gut kann, als wenn ich hier bin. Und bis ich mit der Schule endlich fertig bin, vergehen noch mindestens zwei Jahre, außer ich finde zuvor einen geeigneten Heiratskandidaten, so wie dies meine Eltern für mich geplant haben und dann setze ich meine Ausbildung hier fort«, überlegte ich.

Keine Sekunde kam es für mich in Frage, den erstbesten Mann zu wählen, um hierzubleiben und meinem Volk beistehen zu können. Ich wusste, dass ich es bereuen würde, mich an jemanden zu binden, den ich nicht liebte, auch wenn meine Mutter immer so tat, als sei dies keine große Sache.

»Ihr könnt auch von der Schweiz aus helfen, Prinzessin. Die Schweiz ist ein gut situiertes Land und wenn Ihr unauffällig vorgeht, ohne dass Europa auf die Krise in Luandia aufmerksam wird, findet Ihr vielleicht auch dort die eine oder andere helfende Hand für euer Land«, schlug Audey vor.

So langsam vergaß ich, dass ich mit meiner Zofe sprach und nicht mit einer guten Freundin.

»Daran habe ich noch gar nicht gedacht, Audey. Ich werde in die Schweiz reisen und an jedem Tag mein Bestes geben, um baldmöglichst wieder in Luandia zu sein und meinem Volk zu helfen. Wie kommt es nur, dass du so viel schlauer und vernünftiger bist als ich?« Seufzend ließ ich mich auf die Couch am Fenster sinken und blickte nachdenklich in den Palastgarten hinunter. Die Erinnerung an meinen letzten Tag mit Federico kam mir in den Sinn und ein Lächeln flog über mein Gesicht. Ob er mich in der Schweiz besuchen würde?

Das Wetter bei meiner Landung in der Schweiz war mild und ich hatte einen ruhigen Flug in der ersten Klasse einer Schweizer Fluggesellschaft hinter mir. Mein Vater hatte sich geärgert, dass sein Terminkalender nicht zuließ, dass ich den Jet unserer Familie benutzte, doch ich hatte es schon immer vorgezogen, nicht komplett alleine zu reisen, sondern die Leute am Flughafen und im Flugzeug beobachten zu können. Das Essen - zumindest in der ersten Klasse - war gar nicht so schlecht, wie alle immer behaupteten und das Unterhaltungsprogramm war sogar besser, als in unserem Privatjet, wo so etwas niemals eingebaut werden würde, solange mein Vater das Sagen hatte. Solch neumodisches Zeug fand er völlig unnötig.

In die Schule zurückzukehren war für mich dann dennoch ein größerer Schock als angenommen. Sie hatte sich mehr verändert, als ich je für möglich gehalten hatte. Ich hatte von Sarah schon in einem Brief erfahren, dass die Schulleitung auf Druck von den Schülerinnen und deren mächtigen Eltern, das Verbot von Mobiltelefonen aufgehoben hatte, nachdem ich begonnen hatte, die TV-Show zu drehen. Ich fand dies nur fair, denn auch ich würde meines dabeihaben, um meine Zuschauer auf dem Laufenden halten zu können, doch dass wir uns gleichzeitig damit viel angreifbarer und verletzlicher machten, war eine Sorge, die mich nicht ganz losließ. Es musste nur eines dieser Geräte gestohlen werden und schon wären wir alle mit unseren Nummern der Öffentlichkeit ausgeliefert.

Doch als ich ankam, erkannte ich rasch, dass das Problem an einem ganz anderen Ort lag: Noch bevor ich aus dem Wagen ausstieg, konnte ich einige Mädchen sehen, die hie und da auf ihren Geräten herumtippten und bange fragte ich mich, ob sie denn nicht mehr live miteinander sprachen. Doch der Trubel um meine Ankunft ließ diese Sorgen erstmal in den Hintergrund treten.

Alle Schülerinnen - darunter viele, die zuvor nie groß Interesse an mir gezeigt hatten - begrüßten mich wie eine verlorene Schwester, die endlich nach Hause zurückkehrt. Sie kamen in den Schulhof gelaufen, als ein Angestellter der Schule gerade meine Koffer aus dem Auto lud. Hie und da klingelte bereits das erste Telefon und auch das Piepen von Nachrichten erklang mehr als einmal aus dem Kreis der Schülerinnen. Sie umarmten mich, erkundigten sich nach meinem Wohlbefinden und eine davon, meines Wissens die Erbin eines russischen Herzogtums, reichte mir sogar einen frischgepressten Fruchtsaft, wohl vom Frühstücksbuffet, das ich nur um eine halbe Stunde verpasst hatte. Erstaunt bedankte ich mich und machte dann in dem Getümmel Sarah aus, die sich nicht durch die ganzen jungen Frauen hatte drängen wollen, um zu mir zu gelangen. Mein Herz wurde warm bei ihrem Anblick und ich freute mich, sie zu sehen. Ich winkte ihr zu und straffte dann die Schultern.

Langsam bahnte ich mir einen Weg durch die Menschentraube, noch immer erstaunt, dass so etwas ausgerechnet hier passierte. In Luandia war ich die einzige Thronerbin. Da kam es schon einmal vor, dass sich die Menschen meinetwegen versammelten und mich umringten. Doch hier waren die Erbinnen einiger größerer und mächtigerer Königshäuser, Gräfinnen und Herzoginnen, deren Bankkontos dicker waren als das meine und einige bildhübsche Mädchen. Und sie alle tänzelten um mich herum, kümmerten sich um mich und schienen sich über meine Ankunft zu freuen.

Warum sie meinetwegen einen solchen Aufruhr veranstaltet hatten, fiel mir dann rasch auf, als ich auf Sarah und den Schuleingang zuging. Dort stand bereits das Kamerateam bereit, um meine Ankunft in der Schule zu filmen.

Ich runzelte einen Moment lang die Stirn, dann wurde mir die ganze Aufregung klar und ich schluckte, um den Stich der Enttäuschung zu vergessen. Während Sarah, meine treue Freundin aus Schottland sich abseits gehalten hatte, waren diese Mädchen nur zu mir gerannt gekommen, um sich einen Moment lang im Scheinwerferlicht der Kameras zu sonnen.

Zum Glück würden diese nur in den ersten zwei Wochen an der Schule filmen und mich noch zum Skifahren in die Schweizer Berge begleiten, bevor sie nach Luandia zurückkehren und im Sommer weiter drehen würden. Die erste Staffel mit zehn Folgen wäre dann abgeschlossen und die Zuschauer mussten sich einige Wochen gedulden, bis eine zweite Staffel fertiggestellt wäre. Ich freute mich schon auf die kameralose Zeit, auch wenn ich mich inzwischen gut an ihre ständige Präsenz gewöhnt hatte.

»Guten Morgen Fremde«, meinte Sarah, als ich sie endlich erreicht hatte und die anderen Mädchen begriffen hatten, dass nun wohl nicht der geeignete Moment war, noch länger an meinen Rockzipfeln zu hängen. Sie zogen sich dezent zurück, während ich meine Freundin in eine innige Umarmung schloss und gar nicht mehr loslassen wollte.

»Vor einigen Monaten war ich noch nicht so beliebt hier. Woran das wohl liegen muss? Und diese Telefone scheinen nun die neuen Machthaber an der Schule zu sein«, murmelte ich in ihr Ohr, damit die Kameras dies nicht aufzeichnen konnten. Ich wollte nicht als gehässige Zicke rüberkommen und würde es wohl verkraften, für eine Weile die Beliebte zu spielen. Ob jeder König, Herzog, Präsident und was auch immer so erfreut war, seine Tochter plötzlich im TV zu entdecken, konnte unmöglich mein Problem sein.

»Willkommen zurück«, lächelte meine Freundin herzlich und zwinkerte mir zu, als sie mich eine Armlänge von sich hielt. Wir würden später in meinem Zimmer ungestört reden, denn es war sowieso zu klein, um darin allzu viele Szenen zu drehen, sodass ich mich dorthin zurückziehen würde, wenn ich keine Lust mehr auf die Kameras hatte.

»Gut siehst du aus.« Sarahs Kompliment freute mich mehr als jeder positive Artikel in einem Magazin über mich. Ihr Lächeln steckte mich an und so hakten wir uns ein und gingen auf das Schulgebäude zu. Heute kam mir das alte Gemäuer nicht mehr so unheimlich vor, wie bei meinem ersten Einzug ins Internat. Doch heute hatte ich auch meine Freundin an meiner Seite und wusste, dass ein warmes und gemütliches Zimmer auf mich wartete.

Ich blickte nicht zurück in den Schulhof, wo einige Schülerinnen noch immer zusammenstanden und wo auch die Kameraleute zurückblieben. Ich blickte nur nach vorne, in die wunderschöne, historische Eingangshalle und in mein neues, altes Leben an der Schule.

Ich war gespannt, was es alles für mich bereithalten würde.

Noch nicht genug gelesen?

Princess Reality 2 erscheint zu Ostern 2017. Wer bis dahin nicht warten mag, findet auf der nächsten Seite einen tollen Buchtipp.

Leseprobe

Nick musterte sie eine Zeit lang versonnen. „Hört sich für mich an, als wäre er dein bester Freund, aber nicht der Mann, den du heiraten solltest. Von einem Ehepartner würde ich mir erwarten, dass er mich in all meinen Belangen und Interessen unterstützt. Versteht ihr euch denn im Bett?"

Überrascht über diese direkte Frage, verschluckte sie sich an ihrer Piña Colada und hustete. Ihr Mund verselbstständigte sich, ehe ihr Gehirn ansprang. „Bis vor ein paar Wochen lief alles perfekt."

Nick runzelte die Stirn. „Das wirst du mir schon näher erklären müssen."

Sie zögerte einen Moment lang, nahm noch einen tiefen Schluck von ihrem Cocktail. Es war zu befürchten, dass sie dem Rum bereits viel zu sehr zugesprochen hatte, sonst hätte sie das Thema niemals aufs Tapet gebracht.

Letztendlich nahm sie all ihren Mut zusammen. „Du hättest mich nicht küssen dürfen", flüsterte sie.

Nick sog scharf die Luft ein. „Wem sagst du das! Aber darf ich dich noch einmal daran erinnern, dass du mich zuerst geküsst hast."

„Das sollte doch nur ein sanftes Küsschen unter Freunden sein", begehrte sie auf. „Ich wollte einzig unter Beweis stellen, dass ich dir vertraue. Ich konnte ja nicht ahnen, dass du gleich dermaßen über mich herfallen würdest." Sie wedelte mit einer Hand in der Luft herum. „Und genau das ist mein Problem. Es geht darum, wie du mich geküsst hast. Wild, verlangend, voller Inbrunst. Ja, fast schon grob. So etwas kannte ich bisher nicht. Aber es hat sich so verdammt gut angefühlt!"

Nick holte abermals vernehmlich Luft. „Jetzt hast du gemerkt, was ich dir von Anfang an gesagt habe: Charly ist ein Langweiler."

AMANDA FROST

Anfang 2013 startete ich die erfolgreiche Sternen-Trilogie, die es prompt in die Kindle Top 100 schaffte. Zuvor war ich viele Jahre international im Marketing und der Logistik großer Unternehmen tätig und lebte lange in der Schweiz, bevor es mich nach München zog. Als Tochter eines Rennfahrers liebe ich schnelle Autos und Motorräder genauso sehr wie Reisen in ferne Länder.

Mit „Dreams – Nacht über Miami" erschien im Oktober 2016 mein neuntes Buch. In meinen Geschichten geht es grundsätzlich um die große Liebe, gewürzt mit einem guten Schuss Erotik.